Mandarin panorama

天下谁人不识君

李白传

吴斯宁 著

中国出版集团
中国民主法制出版社

全国百佳图书
出版单位

图书在版编目（CIP）数据

天下谁人不识君：李白传 / 吴斯宁著. —北京：中国
民主法制出版社, 2024.3
ISBN 978-7-5162-3546-1

Ⅰ.①天… Ⅱ.①吴… Ⅲ.①传记文学—中国—当代
Ⅳ.①I25

中国国家版本馆CIP数据核字（2024）第047078号

图书出品人：刘海涛
出版统筹：石　松
图书策划：张佳彬
责任编辑：张佳彬　姜　华
文字编辑：高文鹏

书　　名/ 天下谁人不识君：李白传
作　　者/ 吴斯宁　著

出版·发行/中国民主法制出版社
地址/北京市丰台区右安门外玉林里7号（100069）
电话/（010）63055259（总编室）　63058068　63057714（营销中心）
传真/（010）63055259
http：//www.npcpub.com
E-mail：mzfz@npcpub.com
经销/新华书店
开本/16开　690mm×980mm
印张/22　字数/230千字
版本/2024年5月第1版　2024年11月第2次印刷
印刷/北京中科印刷有限公司

书号/ISBN 978-7-5162-3546-1
定价/69.80元
出版声明/版权所有，侵权必究。

且放白鹿青崖间，须行即骑访名山。

——《梦游天姥吟留别》

君不见黄河之水天上来，奔流到海不复回。

——《将进酒》

仰天大笑出门去，我辈岂是蓬蒿人。

——《南陵别儿童入京》

两岸猿声啼不住，轻舟已过万重山。

——《早发白帝城》

认识李白

六神磊磊

中国古代的诗人，要论成就最大的是谁，或许人们会有不一样的看法。郭沫若先生就认为屈原的成就最大，李白、杜甫都不及。但要说人气最高，最受大家广泛喜爱的，大概还是李白。

有时候跟孩子们聊诗，感受特别明显，一说到李白，他们往往就注意力更集中，兴致更高。我遇到过一个孩子，属于被训练出来的所谓"背诗达人"，从小被母亲刻意当作"古诗词红人"培养，从他嘴里几乎撬不出一点对诗词的真实感受，全是"标准答案"，绝不显露个性。但在没人的地方，我问他最喜欢哪首唐诗，他回答是李白的《侠客行》。

最被津津乐道的人，往往也是被误解最多、最深的人。李白从小到大一生的故事都曾被改造、包装，也被误解。从小时候的梦笔生花、铁杵磨针，到去世时的入水捉月、骑鲸飞升，这些传说已经堆垒出了另一个李白，和历史上那个真实的李白偏离了很多，甚至是完全不同的两个人。那么，如何还原李白，就成了有趣的问题。

李白是有种种矛盾之处的，他一方面倜傥不羁、傲视王侯，散发着迷人的人格魅力，另一方面又着实渴望接近权力中心，对自己受到的恩遇和荣宠念念不忘。他是语言艺术的天才，咳唾成珠，但又时常显得不会说话，甚至举止荒疏，远没有同龄人王维那种出语妥当得体的能力。这些都是我们在追寻李白的时候无法回避的。

《天下谁人不识君：李白传》是一部探寻李白的有意思的作品。它关注的关于李白的话题，是历史之谜也好，是有关李白的悬疑争议也好，都是有价值的话题，是一个喜爱李白的人不会绕开也无法绕开的话题。作者的征引也较为广泛，写作风格轻松幽默，让读者更容易读下去。读了这本书，相信读者会对李白有一个更完整的了解。

有不少读者问，李白的艺术成就如此伟大，在今天，为什么还要去拆解和还原李白？诚然，李白作为一个文化的图腾已经有千年了，无论怎么研究和窥探，都不会也不能改变对他的评价。就像骆玉明先生说的，李白的伟大主要不在于他本人的真实人格——那是有平凡甚至略庸俗的一面的——而在于李白诗歌里所构想的世界，以及他描绘的那种傲岸、自由自在的人格。这当然是完全正确的。但从另一方面说，要想更好地领略李白的诗歌，寻找到诗人的本意本旨，也不能不尽量去贴近、还原诗人本身。

我们今天读鲁迅，大致知道他每一声嗟叹、每一次愤怒都是何所指，但读李白则是含糊的，"苍蝇贝锦喧谤声"是什么？"谤詈忽生，众口攒毁"又是指什么事？都已经不能确知了。如果广大读者对李白只有一个非常模糊的印象，觉得他是一个鲜衣怒马、潇洒了一辈子的人，甚至将其类比、想象为今天的一个生活优越、万人追捧的大作家，那么无疑会影响对李白诗歌的欣赏和感受，就不能真正体悟到诗人的快乐和悲伤。多对李白了解一分，我们就能对李白的作品理解得深刻一分。

李白是诗人，而李白本人也是诗，是我们读不尽、读不完的。

历史的垂青与选择

老天爷派李白来到这个世上，似乎是作总结讲话的。

那时，诗的江湖中，尽是你不服我、我不服你，扯大了嗓门歌唱的。而且这些人，不但敢唱，还能唱、善唱。什么律诗、绝句、乐府、歌行，该有的都有了，该唱的都唱了。就像大会发言一样，来得早的，嗓门大的，抢先发言了，还说得很好。像李白这种后来的，要么干脆闭嘴，就当没有"我"这个人；要么厚了脸皮，重复他人的话语；要么将他们的发言高度归纳、融汇，形成真正的一家之言，让你模模糊糊可以感知"我"的来源与路数，却又不得不承认，"我"已超越了，升华了，形成自己的面目和个性了，与前面的任何人截然不同了。

不用说，以李白的个性，他毫不犹豫地选择了第三种做法。

他成功了。

这是历史要让他成功。也就是说，历史已给他准备好了成功的基本条件。

第一，给了他一个强大的国家。他所处的大唐自建立到他主要的生命活动期，已历时一百余年，先后经过李世民、武则天等政治家的治理，呈现出万物更新、欣欣向荣的气象，到唐玄宗时代，一个前所未有的盛世来临了。这是当时世界上最伟大的国家之一，用再怎么夸张的形容词来形容它都不为过。李白当时的感受是"一百四十年，国容何赫然"。他看到的，处处是阳光，是新绿；感受到的，处处是强大，是新鲜。他觉得他是这个非凡国家的非凡子民。他的心态是无比开放的。在他心里，没有什么小国寡民的封闭和保守，有的只是探索、征服的欲望和激情。他的诗里不断地写到剑，不断地鄙夷着那些死读书、读死书的书生们，就是因为，剑，在某种程度上代表了那个时代的走向与激情。他宁可死在激情的挥洒上，也不愿老死在书斋里。那是对时代、对自由生命的亵渎。他是紧紧把握住了时代精神的人。当然，这种飞扬向上的精神，只有那个强大的帝国才能给他。但当时的诗人很多，历史为什么最终选择李白来当这个精神代表，来做这个时代的发言人，这让我们不得不把目光更多地投注在李白"这个人"身上。

第二，给了他令人难以置信的聪慧与才气。他多次向人讲过他青少年时期的读书生涯，什么"五岁诵六甲，十岁观百家"，什么"十五观奇书，作赋凌相如"。也就是说，十岁到十五岁之间，他已经博览群书，写作水平也不同凡响。他的自我评价是：他写的文章已经超过他的前辈老乡，那个被视为作"赋"高手的司马相如。尽管这里带上了李白一贯的"夸大""能吹"的成分，但他吹归吹，他有吹的资本。许多稍后于他的唐代人写的有关他的文章中，对他写诗印象最深的往往是"文不加点"：不假思索，一挥而就，没有什么绞尽脑汁，也没有什么苦吟长吟。他的一个堂弟说他"开口成文，挥翰雾散"——一张口，一拿笔，出来的就是好文章。他就像一台好诗好文生产机器似的，只要一开动，好诗好文就自动流淌出来。只要你面对着他那充分展示个性与才华的诗与文，你就不能不对他横溢的才气感到惊讶，乃至叹服。唐代称诗人为"才子"，而李白，无疑是唐代最当得起这个称号的人。

第三，给了他自由不羁的性格。他出生于商人家庭，子曰诗云虽也读过，所受的影响也只是要报效国家，做一番大事业。和杜甫那种把儒家思想时时记在心里、挂在嘴上，并一心一意要去实践的，大不一样。在生活作风上，他是一个典型的自由主义者，一生所渴望的，也不过是自由，要自由地生活，自由地"飞翔"。所以，你让他整天准时上班去，他做不到；你让他谨小慎微，他也做不到；你让他谦谦君子，一本正经，他更做不到。他所能做的，就是笑傲江湖，就是书剑飘零，就是一杯酒来一首诗。

第四，给了他优越的生活条件。诗是有闲的产物。杜甫当年困居长安十年，只留下了一百多首诗，这与他整天为吃饱肚子发愁、奔波有关。而李白一生，除了个别短暂的时期，几乎是衣食无忧的。据一些学者推测，他的父亲、几个兄弟都是商人，对他，他们总是关爱有加，时不时地"慷慨解囊"。他很少为生活发愁，也很少操心什么柴米油盐这些俗事。所以，他的诗才那么飘逸，不带一点烟火气。

第五，给了他丰富的人生经历。他不是什么学院诗人、校园诗人，更不是什么坐在书斋里闭门造车的诗人。他是典型的大地之子。

他的足迹遍及大半个中国。可以说他是唐代的徐霞客。只不过，徐霞客留下了游记，而他留下了诗。也可以说，他的相当一部分诗，都可以算作他的游记。他一生隐过居，炼过丹，寻过仙，从过政，造过"反"，学过剑，杀过人，坐过牢，当过道士，和贵为九五之尊的帝王共过事，和最底层的老百姓喝过酒，和许多女人有过"亲密接触"，老婆就有四个。唐代诗人中，经历像他这样丰富的，恐怕还真找不出第二个。

第六，给了他强健的身体。也许是自小学剑习武的缘故，他的身体特别棒，一生很少生病。他给人的感觉是，精力特别充沛，天天骑马打猎，游山玩水，到处吃喝玩乐，寻朋访友，反正是哪儿有好看的、好听的、好吃的、好玩的，哪儿就有他的身影。他有的是时间，也有的是精力。他和中国古代那些病歪歪的、叹老嗟贫、闭门苦吟的诗人形成了鲜明的对比。他来到这个世界上，似乎有使不完的劲、咋折腾也用不完的力量。一句话，他来到这个世界上，就是来享受生命的。

第七，给了他长寿。上天对他不像对待王勃、李贺那样吝啬，而是慷慨大度地给了他六十余年的生命，这使他的天才有了充分磨砺、展示的时间。不可否认，诗人中有所谓天才，但无论是怎样的天才，没有几十年的打磨，都是难以当起"天才"这个称号的。比如王勃、李贺，论才气，王勃不在李白之下，但他的生命太短暂了，只能成为流星式的诗人，而无法像李白那样发出持久而璀璨的光芒。

只能说，李白在唐代诗坛的出现，意味着屈原之后，中国又有了伟大的诗人。

在屈原离世后，中国出现了无数诗人，但没有一个能与屈原相提并论。就连那个后世赢得无数人喜爱与尊重的陶渊明也不能，他的作品无疑是第一流的，但由于其思想和生活的限制，他缺乏一个大诗人应有的对人类心灵强烈的冲击力。只有李白，以他冲天的光焰再次照亮了中国的诗坛，让任何一个稍有点文化知识的人都不得不承认，中国又一个大诗人出现了。

目　录

1

第一章

出生与出身

与生俱来到死不休的传奇

李白的一生充满了传奇色彩。甚至，他本身就是一部传奇。这部传奇，从他还没出生就开始了。

据说，李白出生的那天晚上，他母亲梦见了太白金星，故生下来就给他取名为"白"，用"太白"来作字。[①]这个梦，多半是李白吹出来的，或李白的崇拜者们想当然臆造出来的。但不管怎样，他的崇拜者们从此认定他就是太白金星转世，而且还堂而皇之以序言的形式写在了他的诗集前面，似乎在向人们陈述一个事实，一个真理。也许在他们眼里，只有天上的星辰下凡，才可以如此才情横溢，光芒四射。

不但如此，他或者他的崇拜者们还说过这样的故事：他小时候，一天晚上梦见自己手中的毛笔开出了美丽的花朵（"梦笔生花"的故事就是这样来的），从此，他就才思敏捷，写什么都不在话下了。这和那个"江郎才尽"的江淹有点像。江淹是梦见神仙给了他一支笔，而我们的大诗人做的梦要更进一步，不但有笔，还要让笔开出花来。

---

① 见李阳冰《草堂集序》。

只能说，他的梦也像他的诗一样，充满着奇幻的色彩。

而他此后的一生，更是传奇。王琦注本《李太白全集》所收录的那些"外记""逸事"之多，几乎没有哪一个诗人可与之相比。他简直就是个绯闻大家。

而有关他的死，更是传奇中的传奇：他喝醉了酒，看到水中的月亮，便跳到了水中，要去"捉月"。不用说，这是后人的想象。当然，也怪不了后人，谁叫他一次又一次地写到月亮，把它写得那么富有人性，像是他的亲人，甚至情人呢？[①]

他的一生，从出生到死亡，都是一个又一个故事。在当时的情形下，小诗人一般不会有所谓的传奇故事，即便有，也很难流传下来。只有大诗人，特别是像李白这种在当时就引起众人瞩目的大诗人才有故事，也才有可能流传下来那么多故事。他的诗流传了一千多年，他的人生也以小说、故事、传说等形式流传了一千多年。从这个意义上说，他是一个真正的大众诗人。

故乡啊故乡，你在哪里

但就是这样的传奇人物，在哪儿出生，却成了谜，引发了后世一大批猜谜活动。

有人说他出生于山东。比如李白的好朋友杜甫，就直截了当地在诗中说"山东李白"；中唐元稹也照猫画虎，在文章里也斩钉截铁

[①] 见王定保《唐摭言》。

地称"山东人李白"①；而我们的正史《旧唐书》，也同样特相信老杜，觉得这样忠厚的人，绝对不可能说谎，便"秉笔直书"说李白是"山东人"。可翻开《李太白全集》，什么"学剑来山东"啦，什么"我家寄东鲁"啦，到处可见，老杜是不是在说他的老大哥当时居住在山东呢？

有人说，他出生在四川江油，是个正宗的四川人。这有大量的证明。如为李白诗集写序的魏颢，不容置疑地说李白生于四川。李白本人也有大量有关四川的诗文。他晚年漂泊于宣城，孤苦无依时，想起的也是"三巴"——今四川部分地区——这片养育他的土地。但李白回忆的四川是他的出生地，还是生长地呢？还是出生地兼生长地呢？②

也有人说，他出生于碎叶。这是后人的考证。但碎叶在哪里，又争了个不可开交。有人说是西域，有人便推断说，李白曾经是个胡人，外国人。最后大名鼎鼎的郭沫若也加入了这一猜谜活动。他说，你们都说错了，李白不出生于四川，也不是什么胡人，他是个地地道道的中国人，但他不出生于今天的中国，而是出生于中亚碎叶，也就是现在的吉尔吉斯斯坦共和国托克马克附近。这在一个时期内几乎是"一锤定音"，成了公论。也就是说，他曾经是个"海外华侨"（当然，这是玩笑。当年的碎叶也是中国的地盘）。只不过，在很小的时候，他就随父亲来到了四川，学起了四川话（今天，李白的诗如果用四川话来读，也许更接近李白吟诗的面貌）。幸亏他回来了，要不然，中

---

① 见杜甫《苏端、薛复筵简薛华醉歌》，元稹《唐故工部员外郎杜君墓系铭并序》。
② 《宣城见杜鹃花》："蜀国曾闻子规鸟，宣城还见杜鹃花。一叫一回肠一断，三春三月忆三巴。"

国历史上，也许就少了一个伟大的诗人。

但究竟谁说得对，恐怕也只有李白最清楚。李白有名的"床前明月光，疑是地上霜。举头望明月，低头思故乡"我们都熟悉。可是，谁又知道，在明月皎洁的晚上，他所思念的故乡究竟在哪里呢？

说不清的身世

李白多次对外宣称，自己是陇西成纪（今甘肃静宁西南）人，而且还是西凉开国之君凉武昭王李暠的九世孙。这一宣称可是非同小可，因为唐王朝李氏家族正是来自凉武昭王李暠这一支。也就是说，李白一下子和皇族成了一家子。

李白的从叔李阳冰、崇拜者范传正是李白这一自称的有力支持者。李阳冰在李白诗集的序言中，毫不含糊地下了这样的结论：李白是陇西成纪人，是凉武昭王李暠的九世孙。他们的先祖，都是响当当的大人物，只是到了后来，他们这一支被贬到了碎叶，和中原的李家失去了联系，以至于前后五代人都成了平民老百姓。[①]

中唐的范传正似乎听到了当时一些人对这一说法的质疑，补充说，他们这一支回到四川后，谱牒（相当于今天的家谱、户口本之类）找不到了，在皇家的宗谱上也就登记不上了。所以，你让李白拿出这一最有力的身份证明来，那是不可能的。

但李阳冰的说法多半就来自李白本人；范传正的说法，从他的序

———————————

① 见李阳冰《草堂集序》。

言看，来自李白的儿子。李白儿子的说法，多半还是来自李白。所以，归根到底，这种说法，源头还是李白对外的宣称。①

对于李白的这种说法，有正反两派意见。

反对派的意见是：李白是胡吹冒撂，乱往自己脸上贴金。他的这些说法，就像他的许多诗一样，都是想象的产物，根本不可信。李白自称陇西成纪人，那是时代的"通病"。当时的人特别看重门第，出身高门望族，就高人一等；出身寒门贱族，就被人看不起。那些出身低微的，也就学了乖，只要姓李，就自称是"陇西人"或"赵郡人"；只要姓杜，就自称是"京邑人"。这样，脸上才有光，才不被人瞧不起。只不过，李白比别人更能吹，他不仅吹自己出身陇西成纪，还吹自己是凉武昭王李暠的九世孙，这样一来，就和唐玄宗他们扯上了关系，因为唐玄宗是李暠的十一世孙。他这一吹可好，论起辈分来，他比唐玄宗还高两辈，一下成了唐玄宗的爷爷辈。

他为了坐实自己的尊贵身份，还和那个汉代的"飞将军"李广拉上了关系。原因很简单，李广是李暠的远祖。在他的逻辑中，认下了李广，也就是认下了李暠；认下了李暠，也就和李世民、李隆基他们成为一家子啦。②

这一派的理由主要有二：一是给皇族管家谱的宗正寺不承认，相当于官方的态度很明确，你李白和我们不是一家子，别往我们这个圈子里硬凑；二是李白自己也往往自相矛盾。这一派以子之矛，攻子之盾，把他和李家那些人交往留下的诗一条一条拉出来，结果发现，他

---

① 见范传正《唐左拾遗翰林学士李公新墓碑并序》。
② 见《赠张相镐二首》其二："本家陇西人，先为汉边将。功略盖天地，名飞青云上。苦战竟不侯，当年颇惆怅。"

见了他那些所谓的"孙子""重孙"，立马降了辈分，称人家为"族叔""族弟"之类。反正，一见当权的李家人，他这个辈分不低的李家人，一下子"识趣"起来，"谦虚"了许多。反正，今天看这样的比较，如同参观李白谎话大展览，让我们信还是不信呢？

但有人又说了，当时的谱牒，你家记的和我家记的，不一定就一样，有差异才正常。李白这一支的谱牒早就丢失了，李白本身就没有李氏的谱牒，他又咋能搞得清他与那些皇族的关系呢？他只能看情况，随便说。是不是这样呢？还是说不准。

肯定派的说法是：李白没胡吹，他是实话实说。他确实是飞将军李广多少多少代子孙，是凉武昭王多少多少代子孙。也就是说，他和李世民、李隆基他们就是一个祖先。他这个皇亲贵胄之所以流落民间，有着尚不为我们所知的原因，但在没有新的证据以前，我们还是应该相信李白，相信李阳冰，相信范传正他们。也就是说，宁信其有，不信其无。

这一派中的一支为了证明李白、李阳冰、范传正的说法并非谎言，继续深挖细掘，认为李白祖先之所以流落民间，且不被后来朝廷承认，与他的曾祖（究竟是谁，这一派也争论不休）、诸李宗室和徐敬业"倒武"——起兵反对武则天集团有关。骆宾王的那篇有名的《为徐敬业讨武曌檄》就是这一政治事件的产物。"倒武"失败后，他的曾祖等人自杀或被杀，其子孙被武则天改姓"虺"——毒蛇。在武则天眼里，这些反对他的李姓宗室，都是些蛇蝎心肠，对他们手软，就是对自己的犯罪，杀的杀（主要是组织者、参与者），流放的流放（主要是他们的子孙），并且"籍没者五千口"，也就是注销他们的户口档案，销毁他们的家谱之类，让他们从此成为"黑户"，成为没

"身份"的人。过上多少年后，你就是想证明你是李氏皇族，也没凭据，让你永世不得翻身。不得不说，这一招真够绝啊，你想"归队"，都不可能。

李白的祖父即在流放和"没籍"之列。神龙元年（公元705年）中宗复出，武则天退位，改"周"为"唐"，大赦天下。李白的父亲在碎叶听说后，便带领全家返回中原。谁想回来后，才得知"反逆"子孙们不在大赦范围内。李白的父亲便逃到了四川绵州（今江油）。742年，也就是李白四十二岁时，唐玄宗下令清理皇族户口，漏办的可以补办。但李白此时空有一张嘴，没有"谱牒"一类的证明（这都是武则天的"功劳"），咋说人家也不承认，以至于一辈子只能以一个平民的身份出现在大唐的历史中。①

这一派同样说得振振有词，煞有介事，让我们信还是不信呢？

父亲啊父亲，你叫什么

李白姓李，这应该不是什么问题，但对李白的父亲而言，却曾经是个问题。

据说，在隋末唐初的时候，他的祖先逃到了碎叶，在那儿隐姓埋名，也就是说，原来姓李，到碎叶却改名换姓了。就这样，李这个姓，暂时离开他们这一家族近百年之久。

直到705年，也就是李白虚岁五岁时，李白的父亲才带领他们一

---

① 王辉斌：《李白研究新探》，黄山书社2013年版，第2—14页。

大家子（李白在众兄弟中排行十二，人称"李十二"。可见他们这一支人口不少），潜回到四川绵州昌隆县清廉乡。李白后来自号"清莲居士"，也许就是为了纪念这个他生活了二十年的故乡。

当时这儿属于穷乡僻壤，李白的父亲多半还是怕引人注目才来这儿的。这一点，还是像个逃犯的所为。

但到了四川，李白的父亲做了一件形式上影响李白一生的大事：把李姓恢复了，他们一家又开始姓李了。不然的话，今天我们所知道的大诗人李白，怎好对人宣称他是凉武昭王李暠九世孙呢？而李白后来之所以能够两次娶前宰相的孙女为妻子，恐怕与他自称是凉武昭王李暠的九世孙有关。所以，他的父亲没白"复姓"。李白也非常看重自己的这个出身，几乎念念不忘地念叨了一辈子。谬误重复上一千遍也会有人相信，更何况还不一定是谬误呢？不管怎样，他一定就像巴尔扎克相信自己是贵族出身一样，十二分地相信自己就是那个遥远的凉武昭王的九世孙吧？

但李白的父亲叫什么，今天依然是个谜。我们只知道当时的人称他叫"李客"。这个"客"，无非是外来客、外乡人的意思，并不是他的名字。但这个外来客，并不是大老粗，也是读书人，只是一直没有做过官。是不想做官还是不能做官？如果他的"反逆"后人身份属实，或犯下过什么罪行的话，他似乎只能有一个选择，那就是隐姓埋名、隐居山林了。

据李白后来回忆，父亲留给他的"美好印象"之一，就是让他背诵他的老乡司马相如的《子虚赋》。

看来，他的父亲口味不浅，喜欢这个汉代人铺张扬厉的文章。他不知道，这无形中影响了他的这个宝贝儿子，以致他一生都把司马相

如这个老乡作为自己学习的榜样。

不过，按照郭沫若等人的考证，他的老子也不是什么普通老百姓，而是一个富商，买卖做得相当大。说白了，李白和陈子昂一样，是个典型的富二代。他身上也有着相当鲜明的富二代特征：把钱不当钱，动不动就挥金如土。据说他到扬州一带游玩，不到一年，就挥金三十多万。这样的巨资，会使官宦子弟杜甫见了"吐血"的。他之所以动不动就说"千金散尽还复来"这样的豪言壮语，也是因为他背后站着一个财团：他的老子，他的几个兄弟，都经商，大把大把的银子会从他们那儿源源不断地输送到他的手中。

但他家有钱归有钱，作为商人，地位并不高，他们交往的似乎更多是底层老百姓。李白自己也说过，他经常和打鱼的、做买卖的混在一起；就是隐居，也从不和尘世隔绝。该喝酒喝酒，该唱歌唱歌，该打猎打猎，没必要做出一副不食人间烟火状，把自己搞得那么清高。可以说，从文化气质上讲，他身上有贵族气。但从身份、从心理上讲，他是一个典型的平民。①

---

① 《与贾少公书》："混游渔商，隐不绝俗。"《金陵与诸贤送权十一序》："所以青云豪士，散在商钓。"

第二章

奇异的年轻人

自述中的童年与少年时代

据李白自称，他小时候就不得了，"五岁诵六甲，十岁观百家"。这"六甲"是什么，说不清楚。有人说是相当于今天的初级数学之类，有人说是五行八卦之类，也有人说是相当于《弟子规》《百家姓》之类的少年读物。至于"观百家"，那相当于今天所说的博览群书。而且他后面还跟了一句："轩辕以来，颇得闻矣。""轩辕"就是人们常说的"炎黄子孙"中的黄帝，中华民族的远祖。他告诉我们，自有中华文化以来的典籍，他差不多都读过。而且他还用了个"颇"字，也就是说，不是一般地了解，而是相当地了解。可以说，他这话说得相当狂，也相当自信。反正这样小的年龄，就能做到这些，不能不说是"早慧"。

不过，依李白的性格，这里肯定有吹嘘的成分。而且这是他写在"自荐信"里的，更得说自己的好话。但有一点值得注意，他看的不只是儒家经典，更多是杂书之类。无疑地，他不是循规蹈矩的学生。他以后引以为豪的，也是看了那么多课外书。

他还吹过这样的话："十五观奇书，作赋凌相如。"读书在李白那里，似乎是五年一段，五年一个大进步。五岁怎么不得了，十岁又怎么不得了，到了十五岁，一般的书已经不放在眼里了，只看那些稀奇古怪、世上少见的。至于写的文章，就更不得了，早已超过了他的偶像司马相如。

他的赋留下来了一些，是不是十五岁左右作的，不知道。但他不是光说不练的假把式，他有真功夫。这一点，我们对他了解得越深入，就越清楚。

现实中的剑客与纸上的侠客

当然，他不只是爱读书、爱写作。他还学剑术，天天想着当侠客。

初唐到盛唐是一个"尚武"的时代。别说武将，就是诗人，也往往会两下子。看看杜甫后来写的回忆诗篇，他们这些诗人在一起，并不仅仅是喝喝酒、吟吟诗，骑马射箭打猎也是重要的活动。不识弯弓射箭，你活得也太没劲了，谁和你玩啊？可以说，学剑术，也是当时的时髦。

按李白的说法，他十五岁就迷上了剑术。[①]而且这一迷，不是一年两年，而是几十年。他成婚后，为了学剑术，还专门跑到山东向当时的剑术名家们求教[②]，可见其痴迷的程度。

---

① 《与韩荆州书》："十五好剑术。"
② 《五月东鲁行答汶上翁》："顾余不及仕，学剑来山东。"

当然，他也没忘了给我们介绍他这几十年的"功夫"：再硬再强的弓，随便就拉个满月；一有空，就骑了骏马去打猎，一箭就放翻了两只老虎。这还没完，射完了老虎，他也不放过空中的飞鸟：闪电般转身，只听"嗖"的一声，两只鸟应声而落。[1]

看看，他的功夫比武松、李逵如何？不考武状元，真是可惜了。

据李白的朋友崔宗之说，李白走哪，袖中都藏着把"匕首剑"。[2]这"匕首剑"是匕首还是剑呢？是形似匕首的短剑，还是匕首和剑呢？并不重要。重要的是，走走坐坐身上都带把"凶器"，这是什么人干的事呢？怎么越看越像个混社会走江湖的呢？也许李白要的就是这效果。他啥时候都要与众不同啊。如果他袖中掏出的不是匕首，不是短剑，而是一本《文选》，他还是李太白吗？不但他要瞧不起自己，他那些朋友们恐怕也要瞧不起他了。

李白的另一个朋友魏颢说得就更惊人了。

而李白在写给一个从兄诗中的有些句子，似乎在为魏颢的话作着证明。他说自己年轻时结交的都是英雄豪杰，整天舞刀弄棒，干的是白刀子进去，红刀子出来，"刀头上舔血的买卖"。[3]似乎和梁山好汉差不多。他这是用诗在写武侠小说吗？只不过，李白在诗的开头就说明了，这都是他年轻时不懂事时干的，你要怪也只能怪当时的他年轻。那意思就是：现在不了，俺早就"改邪归正""重新做人"啦。他说自己当年不懂事，多半还是为了博得从兄谅解，好从他那儿多捞

---

[1] 《赠宣城宇文太守兼呈崔侍御》："弯弓绿弦开，满月不惮坚。闲骑骏马猎，一射两虎穿。回旋若流光，转背落双鸢。"

[2] 见崔宗之《赠李十二白》。

[3] 《赠从兄襄阳少府皓》："结发未识事，所交尽豪雄。却秦不受赏，击晋宁为功？托身白刃里，杀人红尘中。当朝揖高义，举世称英雄。"

点经济援助。

随着这话的问题就来了：李白杀了好几个人，怎么还和个没事人一样，到处游山玩水呢？"杀人偿命，欠债还钱"难道对他不起作用？唐代法律难道对他形同虚设？初唐的王勃杀了一个官奴，就被判了死刑，要不是遇上大赦，他的小命早就没了，难道到了盛唐的李白反而天不拘地不管了？有人说，他年轻时生活在四川绵州，那儿天高皇帝远，法治不健全，让他成了漏网之鱼；也有人说，他家是富商，是豪强，有什么麻烦，他老子后面拿钱摆平，所以他才能大摇大摆地到处游山玩水。

但李白诗里虽没明确写过自己杀过人，却明明确确地写过，和别人打架斗殴，差点成了别人的刀下之鬼。先不说李白杀人是否属实，他确在诗里写过和别人因斗鸡起了冲突，在朋友的帮助下才得以逃脱。

但这件事，李白一直引以为耻。毕竟，这样的场景，和"一射两虎穿""转背落双鸢"差距太大。残酷的现实啊，你怎么就是这么无情地打我们诗人的嘴呢？

李白最终没能成为太极张三丰、大刀王五之类的人。他也只是向往并适度参与这样的生活而已。他向往游侠生活，那种自由、豪迈、浪漫的感觉，都足以引起他的共鸣。但他并不满足于仅仅做一个侠客。他还有更大的，远非一个游侠所能实现的梦想。

最终让他过足了侠客瘾的，还是文字。

可以说，他是纸上的侠客。他写了许多与侠客有关的诗。其中有一首就叫《侠客行》（节选）：

赵客缦胡缨，吴钩霜雪明。

银鞍照白马，飒沓如流星。

十步杀一人，千里不留行。

事了拂衣去，深藏身与名。

这是多么光彩夺目的英雄啊，深深地鄙夷着世俗功名，追求着个人人格的完美。这怎能不让人赞叹，让人向往呢？这里，有他的追求、他的向往、他的精神寄托。

而这样的句子，还有很多，比如："由来万夫勇，挟此生雄风。托交从剧孟，买醉入新丰。笑尽一杯酒，杀人都市中。羞道易水寒，从令日贯虹。"（《结客少年场行》）；比如："燕南壮士吴门豪，筑中置铅鱼隐刀。感君恩重许君命，太山一掷轻鸿毛。"（《结袜子》）；还比如："弓摧南山虎，手接太行猱。酒后竞风采，三杯弄宝刀。杀人如剪草，剧孟同游遨。"（《白马篇》）

什么叫剑气如虹，什么叫豪气干云，这就是。它们就像星星一样散布在他的集子里，让你随时都可能眼前一亮，看到一个活脱脱的李太白来。尽管他大多数的时候，是在写别人。可大诗人的"大"，就是他不论是写自己，还是写别人，都能随时让你感到，他就是在写自己。他的性情，他的人格，他的精神，他的生命，都融在了里面，你想分出哪儿是写他自己，哪儿是写别人，都很难。

他的这些纸上的侠客，比他的"手刃数人"的"英雄事迹"，更能打动我们。他们是另一个李太白，也许比现实中的李太白更光辉，更灿烂，更丰厚，更有英雄气，也更有魅力。

学道求仙记

李白还学道求仙，想着法子长生不老。据他自己说，求仙也是从十五岁开始的。[1]看来，十五岁对于他，是一个具有纪念碑意义的年龄，也是一个具有转折意义的年龄：他似乎可以由着自己的性子，自主安排自己的生活了。他又是观奇书，又是好剑术，又是游神仙，够忙，够充实，也够自在。

其实，学道求仙也是当时的时髦，甚至可以说是最大的时髦。当时，几乎每一个皇帝都是道教或明或暗的信仰者，他们无一不想着借助那些丹药，成为仙人，从而实现他们的最高梦想：万岁万岁万万岁。

下面的官员、有钱人看皇帝这样，便也开始了政治投机或照猫画虎，反正不管心里信不信，行动上绝对与皇帝保持一致。

李白开始恐怕也就是随大流，赶时髦，但后来越陷越深，以至于有时候，真的就相信他能够成仙，或者他已经成仙，他就是仙人。后来，他索性受了道箓。也就是说，他正式成了一名道士，和张三丰他们成一伙的了。在那个时期，你见了李白，恐怕得称他"李道长"。

这恐怕也与他对生命的极度敏感有关。越是伟大的诗人，越对时光、对岁月、对自己身体的变化敏感。有时候，掉几根头发都会让他的感情产生狂波巨澜。头发白了，更是让人感慨不已的人生大事。"白发三千丈，缘愁似个长。不知明镜里，何处得秋霜"这样的诗句，也只有对生命特别敏感的诗人才写得出来。大众所熟悉的他的"君不

---

[1] 《感兴八首》其五："十五游神仙，仙游未曾歇。"

见黄河之水天上来，奔流到海不复回；君不见高堂明镜悲白发，朝如青丝暮成雪"是在悲叹时光易逝；"弃我去者，昨日之日不可留"是在悲叹岁月难留。而这样的思想，在他的集子中是一抓一大把的。诗人便想紧紧抓住现在，享受现在，"人生得意须尽欢，莫使金樽空对月""百年三万六千日，一日须倾三百杯"。可饮酒也只能使他一时陶醉，驱除不了匆匆岁月带给他的精神压力，最终他的感受还是"今日之日多烦忧"。

怎么办，出路在哪里？他只能把眼光放在未来，寄希望于将来的得道成仙。李白之所以一生都痴迷于修道求仙，可能是因为他对这个世界太热爱，对生命太执着，对时光太敏感，他想像浮士德一样，留住这美好的时光。历史，已成过去，不可追；现在，随时在消失，不可留。只有未来，可以寄托他这点渺茫的希望。在诗里动不动就"游仙"，就像他在现实中动不动寻仙一样，都是他企图挽留岁月，为超越时光所做出的努力。可以说，学道求仙，是他唯一的选择，也是他最大的精神寄托和心理安慰。

只不过，学道求仙，得有两个条件，其中之一是有钱。在当时的技术水平下，炼丹相当于烧钱。普通老百姓，或者穷酸，根本玩不起这种奢侈的游戏。比如，杜甫和李白认识后，受李白影响，也想赶赶时髦，学学仙，吃吃丹，但一看这个吓人的成本，赶紧退出了。

学道求仙，在某种程度上，相当于今天的打高尔夫球，是那些所谓的"上层人士"玩的，穷诗人绝对玩不起。而李白，靠着他老子和兄弟，以及各级官员的"大力支持"，才能搞这些"奢侈享受"。

另一个条件就是身体要好。身体不好的话，那些"金丹"，吃不上几天也许就得见阎王，别说求仙了，成鬼还差不多。身体是革命的本钱，而李白这个本钱也特别足。从他的诗里你就可以感受到，他天生是那种生命力特别充沛、精力特别旺盛的人。也只有这样的人，才有足够的精力长时间折腾。

而恰好李白这两个条件都符合。他似乎就是为炼丹求仙而生的。

按李白自己的说法，他当时与一个叫东严子①的一起躲在他家乡附近求仙修道。

最后修到了什么程度呢：几年待在山中，没踏入城市一步，比陶渊明还陶渊明。他们在山中养了"奇禽"——武侠小说中常出现的神雕呢，还是仙鹤呢，还是其他稀奇古怪的珍禽呢？诗人没有说，反正是农村里、城市里一般情况下见不到的稀奇鸟类。这些鸟，天天和他俩在一起，一点也不怕他们。喂它们东西，放在手心，一呼叫，它们就像他们的孩子一样，纷纷跑到他们手心来啄食了。

他们和鸟的关系亲密到了什么程度！这也是李白所引以为荣并且念念不忘的。因为，按照道家学说，只有得道之人，才能与大自然、大自然中的万物这样和谐相处。他现在和这些"奇禽"相处到了这样的地步，不正证明他已是个得道之人了吗？

据他说，当时他家乡所在地的官员听说了，亲自跑到了他们隐居的地方，想看个究竟。一看，大吃一惊：看来真遇上得道高人了，非要推荐他们去参加有道科考试不可。与李白同时代的高适就是走的这条路。但李白和东严子都拒绝了人家的这番好意，宁可在山里待着，也不参加什么有道科考试。对于李白而言，别说什么有道科，就是当

---

① 李白在文章中称东严子为"逸人"，他也常常自称"逸人"。其实，所谓"逸人"，也就是得道之人。他的诗那么飘逸，恐怕也与他整天与这些"逸人"混在一起有关。他一生最爱交往的朋友，不是诗人，也不是官员，而是道人或正在走向得道之路的人。

时最有前途的进士科他都看不上。他心里多半在说："你也太小瞧我李太白了吧？"

他后来用三个词表达了他当时的心态：一是"养高"。这里的"高"，相当于"道"。"养高"其实也就是修道。他的一大目标就是要成为一个得道之人。二是"忘机"。忘了机心，去了城府，抛了钩心斗角，弃了竞争比较，成为一个最"自然"的人。三是"不屈"。不点头哈腰，不奴颜婢膝，不唯唯诺诺，做一个最真的人，最纯粹的人。①这和他后来所说的"安能摧眉折腰事权贵，使我不得开心颜"是一以贯之的。

奇怪的学问，奇怪的师生

李白还学习纵横之术。这不是赶时髦，倒有点逆潮流而动的味道。

所谓纵横之术不过是当年张仪、苏秦他们这拨人玩剩的玩意儿，说白了，就是策士们、说客们耍嘴皮子，说服帝王，从而推销自己那点"私货"的"艺术"。这是乱世里的艺术，春秋战国、三国、南北朝时期，这样的人特别多。就是人们熟悉的魏征，当年也学过这玩意儿。可到李白这时候，大唐已建立了一百多年，天下一统，早没了说客们合纵连横的土壤，你李太白还学这些，想干吗呢？

有人说是四川封闭，在长安早已过时的思想，在四川还流行着。

① 见《上安州裴长史书》："又昔与逸人东严子隐于岷山之阳。白巢居数年，不迹城市。养奇禽千计，呼皆就掌取食，了无惊猜。广汉太守闻而异之，诣庐亲睹，因举二人以有道，并不起。此则白养高忘机不屈之迹也。"

是这样吗？说不清。也许仅仅是因为他的求知欲太强，什么都想看，什么都想学；也许与他自小读的那些"奇书"有关。那些纵横捭阖、建功立业的人物，比如他所佩服的司马相如、诸葛亮、鲁仲连，哪一个身上没有纵横家的气质或影子呢？小时候读的书籍对人的一生具有重要甚至决定性的影响，也许当他沉浸在那些奇妙迷人的书籍中时，就已经意味着他必然会走向这条道路。

据说，他是隐居在家乡附近的大匡山，经常到梓州跟一个叫赵蕤的学习纵横之术。

这个赵蕤也是四川人，学问相当渊博，他的妻子也颇有学识，当年朝廷要请他们夫妻二人出山，请他做官，结果却被他拒绝了，不知他是嫌朝廷给的官小，还是看天下太平，他的那些纵横术用不上，心灰意懒，不愿出去。总之，他得到了个"有节操"的美评。不过，他还是不甘寂寞，写了一本书，叫《长短经》，专门谈称王称霸之道。

他之所以给他的这部书起这么个名字，不过是说，策士们、说客们对一件事，可以由着嘴说，想让它长它就长，想让它短它就短。所以有名的《战国策》，也叫《短长书》，就是这个道理。不过，从这个名字也可以看出赵蕤的自信，甚至自负：《战国策》不过叫"书"，而他的作品叫"经"，是不是有点目空四海、自比圣贤的味道呢？

据说李白跟赵蕤学习了一年多。这一年多，赵蕤多半会将他的这些思想、学问倾囊相授，而李白，也多半会如海纳百川一般将它们悉数全收。他不会知道，这一年多，会那样深地影响他后来的生命走向。

他和赵蕤，应该说相处得非常好，说他们是师生，不如说他们是朋友。在李白离开四川到扬州后，一天，他卧病在床，想的不是别人，而是他这个老师兼朋友："离开家乡，见不上老朋友了，我在梦中还能与谁在一起呢？"他这样说道。[1]

不过，这是诗的说法。他实际上在说，他多么思念赵蕤。在梦中，多少次梦见他；醒来后，才发现他们之间还隔着多少重山。而他，也只好拖着病体，给他写信。这是聊胜于无的法子。用他的话说，这是一种"安慰"，无奈的"安慰"。

这是离家后的情怀，而在当年，当他们在山中的时候，也许更多的是慷慨激昂，指天说地，意气风发。他怀念的不仅是赵蕤这个人，还有他们一同度过的美好时光。

在写诗中学习写诗，天才的第一缕光芒

李白自是少不了写诗。

写诗，是那个时代读书人的基本功，谁不会，根本就没脸在那个圈子里混，想混也混不下去。有点追求、想进步的读书人，没有不在诗上下功夫的。让心气极高、干什么都想拿第一名的李白不好好写诗，他丢不起这个人。

所以，小时候的李白学习就非常刻苦，我们所熟知的那个铁杵磨成针的故事，不一定真实，但李白同学当时对于学习，确实有股子铁杵磨成针的精神。他曾对人说，他人生有两大习惯或乐趣：一是手不

---

[1] 《淮南卧病书怀寄蜀中赵征君蕤》："故人不可见，幽梦谁与适？寄书西飞鸿，赠尔慰离析。"

释卷。坐着读，躺在床上也读，而且啥书都读，儒家的读，道家的也读，其他杂家的同样也读得兴味盎然。二是写作不休。他用了"不倦"这样的词来形容自己对写作的态度。这是一个让人为之动容的词。这里有他的坚持，他的爱，他的痴心不二。他似乎和杜甫一样，冥冥中感受到了，他们来到这个世界上，就是要不停地写，写，写，直到生命的最后一息。①

正是因为有了他的这份勤奋、坚持，在以后的漫长岁月中，他才可以不断地写出那么多那么好的作品来。诗是个人体验的呈现，但如何呈现出来，如何呈现得恰如其分，却需要相当的学识和积累。诗在某种程度上就是海明威所说的海上露出来的那点冰山，而那看不见的巨大底部，却是由学识、见识、经验累积而成。写诗只凭灵感，这样的灵感是无法持久的。一个大诗人，必须也是博览群书的人。从李白和杜甫的诗里，我们不难发现这一点。他们对古代及当代文化的熟悉程度，是让人惊讶的。凡是提倡不读书，仅凭灵感、个人体验写诗的人，都仅仅看到了表面，只看到了那个漂浮在海上的冰山。

正因为此，当看到我们的天才诗人留下了大量的模拟乐府的作品，我一点也不惊讶。这才符合创作的规律。任何诗人，包括李太白这样的天才诗人，都必须有一个从模仿学习到自由创作的过程。对于所谓天才，有人早做了回答：天才是百分之一的天赋，加上百分之九十九的汗水。这里再加一句：百分之一的天赋，多半还需要百分之九十九的汗水来开启。以为天才一出世，就像哪吒一样，可以上天入地的，那是门外汉的想当然。当然，离了百分之一的天赋，流再多的

---

① 《上安州裴长史书》："常横经籍书，制作不倦，迄于今三十春矣。"

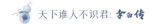

汗水，也是难以成为李白这样的诗人的。

这无疑是他的学习期。我们似乎可以看到年轻的李白沉浸在古代的乐府诗中，读着，写着，思考着，苦恼着，兴奋着，一页又一页的书翻过去，一张又一张的纸被涂满，他欣赏着，吟咏着，修改着，有些揉成了一团，有些直接就扔进了火炉里。不用说，我们今天看到的他早期的作品，仅仅是其中很小一部分。但就是这一部分，也在证明着我们的大诗人经过了多么勤奋艰苦的学习过程。

这里有亦步亦趋、中规中矩的模仿，也有在模仿中的创新求变。但不管怎样，他主要的目的是练笔。他在练习中训练自己的技巧，寻找自己对文字的感觉，培养自己观察、切入事物的角度。

他在摸索中提高，最后实现了超越。

在战争中学习战争，在写作中学习写作，这是收效最快的学习方式。只要看看他二十岁左右写的《访戴天山道士不遇》，我们就可以说，经过十到十五年的苦学，潜藏着的天赋似乎已经被他唤醒，他已可以出师了。甚至可以说，从这首依然留有六朝痕迹的作品里，我们已不难看到他天才的闪光了。这是一首来自生活经验的诗，他这个未来的道士，去拜访当时的一个道士，结果没碰上，便写下了这样的诗：

> 犬吠水声中，桃花带露浓。
>
> 树深时见鹿，溪午不闻钟。
>
> 野竹分青霭，飞泉挂碧峰。
>
> 无人知所去，愁倚两三松。

这里，他不说隔着水声听到了狗叫声，他说，水声中有狗在叫，给人的感觉，那狗就在水中。为什么这么说？就为了这样写比较朦胧。他所表现的环境朦胧，就像仙境一样。他诗下的意境也朦胧，有实的地方，也有虚的地方。实的地方，让你似乎可以摸得着，觉得他脚踏在现实大地上；虚的地方，又让你如梦如幻，不知身处何方。却同时又会让你有一种憧憬、向往：这是多么不同于你所在的城市、乡村，不同于你所在的办公室、书斋的缥缈境界啊。而身边处处可以看到的桃花呢，他说"带露浓"。这个"浓"字，是说露水很多呢，还是在说桃花在露水的映衬下，别样地红别样地艳呢？

而山中的树，层层又叠叠，密密又麻麻，挨挨又挤挤，他只用了一个"深"字，和贾岛的"只在此山中，云深不知处"有异曲同工之妙。当然，这"深"字，对于李白，多半不是炼字的结晶，而是自然挥洒的结果。他的性格，他的学识，他的心境，他的思想，他的观察力，他对中国文字的熟谙，使得有些在今天看来用得特别有味的字眼，在他，却是自然而然流出的。

当然，他的重点不在于写树，而在于说鹿。在这树木浓茂的山中，时不时地会见到一两只野鹿。鹿是什么？在他这个修道求仙的人眼里，鹿是神仙们的坐骑呀。在他著名的《梦游天姥吟留别》中，他也说"且放白鹿青崖间，须行即骑访名山"：他要骑了白鹿去寻访名山，去寻访名山中的仙人们。仙人们骑鹿，他也骑鹿，他是在告诉他们"俺们是一伙的"吗？

他走着走着，不知不觉已是中午，只听溪水淙淙，却无一丝钟声。李白这里借听不到钟声在含蓄地暗示我们，他所访问的老道不在，是在"点题"：不遇。谁说李太白写诗完全信马由缰呢？看看，他理性得很。从始至终他都知道他在写什么，该照应的地方他一点也

不会落下。

来到道观门前，他看到的是一片清幽的世外仙境：野生的竹子把薄雾映成了青色，泉水汇成的瀑布从碧绿的山峰上飞泻而下。他这是在写景，也是在写道观主人的精神世界：脱俗的，本真的，也是活泼泼地涌动着生命的。而这也正是诗人所追求的，有一种欣赏、喜悦的心情在里面。

当然，还是压阵的二句，最能体现出他的神采。没碰上他想找的人，也没人知道他去哪儿了，这可咋办？他斜倚着松树。说是发愁，我们感受到的却是那种飘逸洒脱劲。这种话不说尽，留下大量想象的写法，正是诗的写法。而他二十岁时，就已玩得相当熟了。

以前一直认为，李白和杜甫不一样，杜甫是一步一个脚印，慢慢地积累学习体验，历时几十年，才成为大诗人的。而他，年纪轻轻，一出手就是大诗人气象，到二十五六岁时，他诗歌的艺术水准就已经非常高了。在整体阅读了他们二人的作品后，我的看法变了：李白和杜甫都是天赋极高的人，他们对此都有过极为相似的表述，从他们的诗作中也不难看出这一点。但更重要的是，他们成为大诗人也都是学习、体验、人生磨砺的结果。他们用后天的努力唤醒了与生俱来的天赋。只不过，那个自由挥洒的杜甫似乎比李白醒来得迟一些而已。

模仿的痕迹，包揽宇宙的雄心

李白这时候不但玩诗，也玩赋。这同样是当时文人的基本功。

他留到今天的，有八篇赋。这些赋，和他那些大量的乐府诗一样，也是他青年时期的"习作"：带有很浓厚的模仿气息。那里散发出来的，有司马相如、扬雄的味儿，也有江淹这些六朝文人的味儿，还有更早的屈原、宋玉他们的味儿。当然，也有他个人的气息，但他的气息与别人的味道混在了一起，我们吃到的似乎是一锅似曾相识的调和饭。那种专属于他自己的气息还没有完全显露出来。

杜甫特别重视《文选》，而李白对这本书也同样不陌生。他的有些赋作，直接模拟《文选》中的作品。据说，还模拟过多次。这是一个从牙牙学语到不断模仿、不断提高的过程。比如他的《拟恨赋》，几乎就是从那个"江郎才尽"的主人公江淹的《恨赋》中脱胎出来的，结构、叙述的口气，包括感情，都和这部作品一样。这时候的李太白几乎整个地淹没在了江淹创造的世界中。

但这是必经的过程。没有在别人的世界畅游，学习游泳的技艺，也就不可能在自己的世界畅游。模仿前人的作品为创造一个独属于李白的世界打开了一扇门。

但他更多的是，沿着他的老乡司马相如、扬雄他们那种夸张的路子走，而且口气比司马相如还大。这也是在学习。学习那些和他性情相近的作家，学习那些和他性情相近的著作。他在找适合自己的口味，他也在找自己文学上的血脉和家族。

他在司马相如他们那里，似乎找到了自己最为倾心的气息：这种夸张的、大肆渲染的、充满想象的、像上帝一样俯瞰整个世界的写法，是多么过瘾啊。

在这个世界里，他简直就像一个君主一样睥睨着天下。司马相如曾说："赋家之心，苞括宇宙，总览人物。"而这一点，在李白这儿无疑是实现了。他的大气磅礴，他的非凡的想象，他的睥睨一切的豪气，在赋中得到了淋漓尽致的体现。尽管在今天看来，他的大多数赋，都没有什么真实的情感和人生的体验，只是仗着自己深厚的"文化知识"大吹法螺。但对当时那个创作的他而言，他就是要吹。牛吹得越大，他越过瘾。毕竟，用文字来吹，也是一种本事。他从这种炫耀式的写作中，一定得到了不少的快感。

第三章

人生的规划

年轻时的偶像：司马相如

李白在后来有很多崇拜者，而他在年轻时，却是别人的崇拜者。他当时最崇拜的人，是他的老乡司马相如。

司马相如是成都人，小时候和李白一样，爱好广泛，喜欢音乐，喜欢读书，还喜欢剑术。在当时许多人眼里，他多半是一个"不务正业"的人。他老爹是个土豪，没多少文化，也许是为了让他健康长大，给他起了个贱名，叫"犬子"，相当于今天农村的孩子叫"狗蛋""狗娃"一样。他上学后，对这个名字不大喜欢，正好又读了战国时代有名的蔺相如的故事，特别崇拜蔺相如，索性就擅自作主，改名叫相如。

正好那时候他家里有的是钱，在景帝时代，他老爹拿钱给他捐了个武官，但司马相如看不上这个官，他觉得自己的长处是玩文字，他想凭借辞赋当更大的官。但景帝不喜欢他这样华而不实的文人。他有点绝望，觉得跟着景帝混，没前途。正好梁孝王进京朝见，和他一见如故，他就辞了官，跑去跟梁孝王混。

这时候，他写了《子虚赋》，名气很大，但谁承想梁孝王死了，树倒猢狲散。他只好厚着脸皮跑回成都，却发现家里已是今非昔比，穷得没法过日子了，便跑到临邛去。那里有他一个哥们儿在做县令。他去临邛的目的，不是找县令哥们儿救济，而是要勾引当地大款卓王孙的女儿卓文君。当时卓文君刚刚死了丈夫，在娘家寡居。只要娶了卓文君，不愁没钱花。他和他的县令哥们儿打的是这样的算盘。

司马相如是怎么勾搭卓文君的呢？他和县令哥们儿做了个局：他倾其所有，买了好衣服、好车子，大摇大摆到临邛去了。让临邛的百姓以为来了什么大人物。县令拜访了他好几次，他都不见。大款卓王孙惊讶了，心想：这是个什么样的大人物呢？便非要请司马相如到他家吃饭。这样，他脸上多有光呀。

在饭局上，司马相如弹了一曲琴，据后世演义，他弹的曲子叫《凤求凰》，相当于今天的"哥哥""妹妹"之类的情歌。卓文君懂音乐，一听就明白了。当晚就跟着司马相如私奔，跑回成都去了。

卓文君以为自己嫁了个高富帅，到成都一看，才发现司马相如是个穷光蛋，连吃顿饱饭都成问题。但嫁鸡随鸡，嫁狗随狗，谁叫她上了贼船了呢。不久后，卓文君和司马相如又跑回临邛，盘了个小酒店，她站在柜台上卖酒，司马相如系了围裙，和伙计们一块洗刷酒器。

他们不是要做生意，而是成心让卓王孙难堪，逼卓王孙掏钱。果然，死要面子的卓王孙受不了了，给了他们仆从、钱财，让他们赶紧滚蛋，再别在临邛丢人现眼。就这样，司马相如带着一大堆钱财和仆人，以及他漂亮的老婆，回成都当他的土财主去了。

后来，有一天汉武帝读《子虚赋》，以为这是古人写的，大发感慨："我怎么就没福气和这个司马相如在一个时代呢！"正好那天服侍他的是司马相如的老乡、给汉武帝养狗的杨得意。这杨得意就顺势推荐了司马相如。司马相如又写了一篇《上林赋》献给汉武帝，汉武帝很是飘飘然，便赏了司马相如一个郎官做，他一下子就由一个平头老百姓变成了朝廷官员。

他并不满足于做一个文人。在政治上，他同样希望有所作为。而他也确实取得了令人刮目相看的成绩。他代表朝廷成功安抚处于骚动中的巴蜀百姓；成功招抚西南各部落，使之归顺汉朝。就是临死前，他还建议汉武帝要封禅泰山。而后来，武帝确实是按他所说的去做了。他是一个生也不俗，死也不凡的人。

他的作品，他的故事，李白自小就熟悉，也一直梦想着走司马相如的道路。他写赋，学司马相如；浪漫的生活，学司马相如；后来的漫游，也基本上追随着司马相如当年的踪迹；至于他给自己设计的成功路线图，也基本上是学司马相如。他之所以不愿意参加那些科举考试，而梦想着一飞冲天，多半是因为有他这个四川老乡的"成功经验"活生生地摆在他面前。在某种程度上，他有一种司马相如情结。

精神上的父亲：鲁仲连

只不过，李白是"心雄万夫"的人，即使他崇拜司马相如这样的人，他所要做的，也并不是成为司马相如第二。这是他高傲的心性、极度的自尊心受不了的。他所要做的，就是超越他们。他后来说他年轻时就已"作赋凌相如"，并对司马相如、扬雄他们的文章大为不满，说历代都称赞他们的文章，称他们是什么文雄，不敢提出批评意见。

依发展形势来看，他们文章的缺点很明显，一是心胸狭小，二是格局不大。[1]我们知道，司马相如和扬雄文章的特点就是能吹、善吹，但此时李白却已嫌他们吹得不够大、不够好了。

这无异于与他昔日的偶像正式决裂：拜拜了，偶像，俺可不愿意一辈子生活在你的阴影下。

而另一些人，却在慢慢走近他的生命。

他们是谢安、诸葛亮、张良、范蠡等人。而他反复提及，一生都顶礼膜拜的，却是一个叫鲁仲连的人。

这个人，在中国历史上，名气没有司马相如大，但在李白心目中，却是一个接近完美的人。

鲁仲连是战国时代的齐国人，一没钱，二没权，只是一个普通老百姓，一生却干了两件当官作宰的人也干不出来的大事：一是凭三寸不烂之舌击败了前来为秦国劝降的魏国特使，挫败了敌人的图谋，解了赵国的围；二是给齐军包围中的燕国聊城守将写了一封信，用箭射入城中，使其自杀，兵不血刃进入了齐军攻打了一年也拿不下来的聊城。

这是他一生中的光辉业绩。但让李白念念不忘的，不仅是他的光辉业绩，更重要的是他对待权力、金钱的态度，或者说他取得世俗成功后的人生态度：当初他解了赵国的围，成了赵国的大功臣，赵国的平原君要给他封官，他不要；给他金钱，他也不要。他说了一句让后来多少人汗颜不已，也让李白一生都为之追求的话："人们之所以看重天下之士，就在于他们为人排解危难而分文不取。不然的话，那就

---

[1]　见《大猎赋》序。

成了重利轻义的商人。那是我鲁仲连说啥也不干的事。"说罢，就头也不回地走了，留给了平原君这种贵公子们一个永远也思解不透的背影。

二十多年后，他帮助齐军拿下聊城，齐国要给他官爵，他的态度和对待赵国给他权位、金钱的态度是一样的：他跑到海上隐居去了，也留下了一句话："我与其富贵而看人眼色，宁可贫贱而自在地活着。"这几乎可作为李白的座右铭。或者可以说，是鲁仲连代他做出了他想做的事，也代他说出了他想说的话。①

他和鲁仲连都是平民老百姓，却都想着要做"天下之士"，要干出一番事业来。凭什么干出事业？凭自己的能力和本事。他们都对自己有着无比的自信。鲁仲连在围城之中，见到天下鼎鼎有名的平原君，问他怎么办，这位高官、大名人给他的回答是："我现在还敢说什么呢？"鲁仲连当即表示了他的失望："我原本以为你是当今天下的贤公子，现在才知道你不是。"在那一刻，他肯定深深地意识到了，地位之高，权位之重，名气之大，也掩盖不了他们这些达官贵人识见的平庸、能力的孱弱。而他这个平民，却拥有远大的抱负、对自己才华和能力的自信，在这个危难时刻，自觉肩负起了挽回时代危局的重任。

李白从他的故事中，难道没有得到什么重要的启示吗？他面对达官贵人那么自信，他屡屡向人表明，等他做出伟大的成就后，就要功成身退，做一个潇洒的、自由的、不受约束的人，难道不是受鲁仲连的影响吗？当他后来和一个又一个的达官贵人交往时，难道没有产生

---

① 鲁仲连事详见司马迁《史记·鲁仲连邹阳列传》。

一种"富贵与否并不是判定一个人是否聪明的标准"的念头吗？在某种程度上，鲁仲连是他精神上的父亲。他一生都在向鲁仲连靠近，在向鲁仲连致敬。只是他在政治上，没取得鲁仲连的功绩，也就无法像鲁仲连那样"功成身退"。他是一个"失败了的鲁仲连"①。

他后来用诗频频向鲁仲连表达倾慕之情。他用两个词来评价鲁仲连：一是"倜傥"。何为倜傥？今天这个词几乎不怎么用了，但在当年，凡是和这个词沾边的人，一定是一个潇洒的人、超凡脱俗的人、能力超群的人、有着特殊个人魅力的人。二是"高妙"。不论是"高"还是"妙"，单个用来夸人，已是不小的赞誉，而李白对于鲁仲连，他觉得他必须把这两个词全数送给他，才足以表达他的敬佩敬慕之情。

他说，鲁仲连一出场，就像海上升起明月一般，整个世界都是一片光明。在他眼里，鲁仲连简直就像光明使者一样："带光明给世界，带温暖给人类。"②

他说，谁说泰山高，和鲁仲连的高风亮节相比，一点也不高；谁说秦军人多，还不是让鲁仲连的三寸不烂之舌打退了。③

他说，鲁仲连就像独立于天地之间的兰花和白雪一样，在清风的吹拂下，又高洁，又自在。④

他说，他击退秦国，举世敬仰，却一不要官，二不要钱，只是向平原君笑笑而已。⑤为什么向平原君笑呢？这是轻蔑的笑啊。笑平原

---

① 李长之语，参见李长之著《李白传》，东方出版社，第67页。
② 《古风》其十："齐有倜傥生，鲁连特高妙。明月出海底，一朝开光曜。"
③ 《留别鲁颂》："谁道泰山高，下却鲁连节。谁云秦军众，摧却鲁连舌。"
④ 《留别鲁颂》："独立天地间，清风洒兰雪。"
⑤ 《古风》其十："却秦振英声，后世仰末照。意轻千金赠，顾向平原笑。"

君你太庸俗，你太小瞧我鲁仲连，小瞧天下之士，我是那种爱权爱钱的人吗？帮助赵国，是为了权为了钱吗？你侮辱了我，也侮辱了天下之士。

他说了一大堆，既是在说鲁仲连，更是在说自己，在向整个社会表明他的人生态度。这相当于他的人生宣言。

他最后说，他和鲁仲连是一个脾性，受不了条条框框的约束，他们是一路人，最终都要"拂衣而去"。往哪里去？往名山去，往江海去，往那没有约束、没有羁绊、自由自在的仙境一般的处所去。①

人生规划图

他是这样规划自己的人生的：共分三步走。

第一步，通过某种途径为帝王所知所用。

走出第一步，他给自己规划了两条路。

第一条，走诸葛亮式的路：凭着自己的努力，或是通过隐居修道，或是通过诗赋创作，成为某个圈子里公认的"卧龙"，然后由某个"伯乐"推荐，直接进入朝廷高层。诸葛亮当年是因为崔州平、徐庶等人的赏识、推荐，才为刘备所知所用，做出一番惊天动地的事业的。那么，他的伯乐是谁呢？他等待着这个人，也等待着风云际会的这一天。②

---

① 《古风》其十："吾亦澹荡人，拂衣可同调。"
② 参见《读诸葛武侯传书怀赠长安崔少府叔封昆季》。

　　第二条，走姜子牙式的路。这是他的"奇思异想"：有一天，他将像姜子牙与周文王相遇那样，不用任何的"伯乐"，直接被当今天子所知所重。他为什么会把希望寄托在这种极小概率事件中呢？就在于他认为"天不秘宝，地不藏珍"[①]，只要你是个人才，"天生我材必有用"，迟早会脱颖而出。他称这是"天道"。

　　而无论是走诸葛亮式的路，还是姜子牙式的路，都与他强大的自信有关。那就是他一直不把自己当一般人，而是自视为"逸人"——非同一般的人，超出流俗的人；视为"大贤"——要才有才，要德有德，而且有的不是一般的才、一般的德。这样的人，他不相信会被埋没一辈子。也就是说，他相信"是金子迟早会发光"。他也相信，他是大唐王朝品质最优的一块金子。

　　这样的想法在今天看来，会觉得幼稚，甚至是可笑。但在当时，却是许多读书人的普遍想法。不仅李白、高适、岑参，甚至杜甫也有这样的想法，他们都嫌科举式的发展道路太慢，都想着跳跃式发展。只是大部分人没走通，只好走了科举的路，但也有一些人走通了，比如中唐有名的李泌，他走的就是这条路。后来，李白也确实没通过科举，而是凭着他的隐士身份和诗名，一下子成了皇帝身边的工作人员。只不过，和李泌不同的是，李白并没有像他当年规划的那样，进入朝廷中心。

　　第二步，走战国时管仲、晏婴那样的路，帮助帝王做出足以彪炳史册的丰功伟绩来。

　　对于这一点，李白从生到死从来没有避讳、遮掩过。他在任何时

---

① 参见《代寿山答孟少府移文书》。

候都这样说，对任何人也这样说。在这个世俗社会里，做出政治上的伟大成绩，是他毕生追求的一大梦想。也正是他所说的"事君之道""荣亲之义"：他并不像杜甫或我们所想象的那样，"天子呼来不上船"。对于自己与君王的关系，他年轻时就有非常清楚的定位：他并不蔑视君王，而是要用自己的才华为其服务，从而实现自己的政治理想。

这是心怀政治理想的读书人必须要选择的道路：要么与当权者合作，像他所崇拜的诸葛亮那样；要么与当权者不合作，像陶渊明那样。而不合作，独善其身，对整个社会的发展不会产生丝毫的影响，这是李太白式的读书人所不甘心的。李白一生很少提及陶渊明，原因也就在这里。对此，他看得很清楚，他后来所说的"安能摧眉折腰事权贵"之类的话，也只是他无数的大话之一罢了。而且，这里的权贵，无疑是不包括君王的。至于他所说的"荣亲义"，也无非是要"光宗耀祖"。这是一个世俗社会男人正常的想法，我们的大诗人也未能免俗。而这样的"未能免俗"，别人也许是只做不说，而我们的大诗人却是又做又说。

第三步，像战国时的范蠡、汉朝的张良那样，在世俗社会做出大成绩后，随即抽身而退，按自己的心意，去过自由自在的生活。

这里，李白显出了与别人的不一样：别的人也许仅仅是规划了第一步、第二步，通过跳跃式发展，进入朝廷中心，实现自己的人生梦想。而他并不满足于此。他给自己规划了两个人生，一个是为他人，通过自己获得的权力，让国家安定，老百姓过上好日子。还有一个，是为自己。别人过上好日子了，那自己的人生价值就实现了，还待在这个位置上干什么？他要辞官归隐，修仙访道，享受生活。他要向别人表明，他追求权位，却并不贪图权位。一旦天下安定了，老百姓过上好日子了，他才不稀罕这些东西呢！[①]

　　这是他对人生的一个规划。在这个规划中，他把儒家的理想和道家的理想毫无障碍地结合在了一起。从这里，可以看出他的梦想，以及他的人生态度。大诗人和小诗人的区别是，前者不仅会做梦，更会做伟大的梦。他的梦，都是与社会，与整个人类的生活和发展息息相关的。

---

① 参见《代寿山答孟少府移文书》："近者逸人李白，自峨眉而来……乃相与卷其丹书，匿其瑶瑟，申管、晏之谈，谋帝王之术。奋其智能，愿位辅弼，使寰区大定，海县清一。事君之道成，荣亲之义毕。然后与陶朱、留侯，浮五湖，戏沧州，不足为难矣。"

第四章

向外部求索

人生的青白眼

　　虽然李白也梦想要做姜太公，等帝王们"愿者上钩"。但在现实中，他并不是那种坐等天上掉馅饼的人。他很清楚，要实现他的这个梦想，他必须尽早找到他的那个伯乐，那个能够赏识他、推荐他、提携他的人。他开始主动出击。在四川的时候，他就踏上了寻找伯乐之路，或者说，叫拜见达官贵人之路。

　　拜见这些达官贵人，目的很明显，一是要积累人脉。这主要是对他眼中的潜力股而言。说不定哪天能用得上呢？这和今天许多人不断参加各类饭局的心态有点像。二是要谋求"进步"。想通过人家在某些更重要的人物面前为自己"美言几句"，甚至直接"上达天听"，这主要是对当权派而言。其实，积累人脉也是为了谋求进步。他最终的目的就是要"进步"，而且还是"一飞冲天""一鸣惊人"式的那种"大进步"。一般的、按部就班的、循序渐进式的发展，他是说啥也看不上的。太慢了！照这样下去，他的宏伟抱负一辈子也别想实现啦。①

———————————

① 　参见范传正《唐左拾遗翰林学士李公新墓碑并序》。

据留下来的文字，他二十岁左右的时候，就拜见了当时有名的许国公苏颋。这个苏颋是当时朝廷的大笔杆子，和燕国公张说并称为"燕许大手笔"。当时他屈任益州长史，来到了四川。李白一看来了这样的大人物，立马就拿着诗文跑去拜见了。他多半想起了司马相如见梁孝王的场景。

据他说，苏颋不但见了他，看了他献上的诗文，还给了他相当高的评价。如果用今天的话说，就是对他的作品"给予了充分肯定"。

怎么肯定的呢？苏颋认为："这小伙子真是个天才啊。"这是概括性的总体印象式的评价。不得不说，这个朝廷的大笔杆子并非浪得虚名，他是真懂。他有写作的经验，也有鉴赏的眼光，一眼就看出这个叫李白的小伙子与他人不同。也许他是这个世界上第一个称李白为"天才"的人。

他随即用了一个今天已经不大用的词来形容李白："英丽"。什么是"英"？无非是有英雄气，有豪气，宏伟、豪迈。什么是"丽"？无非说文章漂亮、绚烂，有文采。

他又用了一句话来形容李白的文章："下笔不休"，也就是说，他认为李白的文章给人一种毫无阻碍、一气呵成、一气贯注的印象。不得不说，他真是内行。他不但是写文章的大手笔，也是搞评论的大手笔。

但随即他指出了眼前这个小伙子文章中的不足："风力未成"——没有形成自己的风格，独属于自己的力量、个性没有完全体现出来。也就是那个"唯一的"李白还没有完全出现。

但他随即又指出，尽管这样，李白的文章此时已能看出"专车之骨"——这里的"专车"是"满满一车"的意思。据说当年大禹召集群臣在会稽山开会，防风氏来迟了，大禹很生气，把他杀了剐了。结果防风氏的骨头装了满满一大车。可见防风氏有多魁梧高大。这样，所谓"专车之骨"，也即是巨人之骨。后来专车之骨又引申为大家风骨。也就是说，苏颋认为，尽管李白文章的个人风格还未形成，但从中已可以看出或感受到他不同于一般文人的大气象来。而这大气象，是多少作家、诗人一生梦寐以求却难以达到的境界。而这个年轻人却已具有了，这对苏颋来说，是多么惊讶的事，难怪他要称眼前这个年轻人为天才。

他最后给出的结论是：日后若能不断加强学习，提高学识，李白将来可以和司马相如相提并论。①从他这个结论来推断，李白当时献上的，多半是赋之类。这无疑是对他最高的赞誉。当然，今天看来，苏颋的这个评价还嫌保守。从文学成就上来看，李白后来是远远超越了他的这个老乡的。

据说，他还拜访了当时的渝州刺史（治所在今重庆）李邕。李邕是当时的大名人，做过许多地方的刺史，性格狂放不羁，又爱结交文人，有"当代信陵君"的美誉。

李白万万没想到，他得到的是李邕的白眼。也许是因为李邕也同样是一个极度自负的人，一山不容二虎，一个客厅里容不下两个夸夸其谈的人。也许是李邕见不得他的"殊调"：要么是举世皆浊我独清；要么是举世皆醉我独醒；要么是你们向东，我偏向西；你们说枣，我偏说梨。反正就是要与众不同。在李邕这个老江湖眼里，这是装蒜，

---

① 《上安州裴长史书》："前礼部尚书苏公，出为益州长史，白于路中投刺，待以布衣之礼，因谓群僚曰：'此子天才英丽，下笔不休，虽风力未成，且见专车之骨。若广之以学，可以相如比肩也。'四海明识，具知此谈。"

也见不得他的"大言"——胡吹冒撂，有一说十，无中生有，夸大其词——这是李白说话的一大特点。在今天，他多半不会被称为"李十二"，而要被称为"李大炮"的。李邕有可能觉得他目中无人，不懂礼貌，不识深浅，不会说话，不踏实，不老成。或者更为主要的，李白的到来，使他极度的自尊和权威受到了侵犯，就像一贯以虎王自居的他发现他的地盘来了一只同样彪悍、勇猛且极具攻击性的老虎，不由自主对他充满了不满、厌恶、反感、警惕等诸多复杂的情绪，以至于不但没发现他的"天才"，反而对他爱搭不理，白眼相待。

这让一向自信心满满的李白很不爽，他给李邕写了一首诗，就叫《上李邕》，以示抗议。

他说，你看那大鹏鸟，借着风势，一天能飞九万里。就是风停了，歇下来的时候，也还能将海水掀起冲天的波浪。大家见我为人处世与众不同，只要我一开口说话，就冷笑个不停，认为我是胡吹牛皮。却不想想当年孔子都说后生可畏，你怎么就可以轻视我这样的年轻人呢？[①]

这里，他给李邕扣了一顶大帽子：不重视爱护年轻人。但李邕是刺史，他没有责任来培养这种在他眼里咋咋呼呼的年轻人。你再咋反驳、申诉，他对你的印象还是不会改变。李白只好走人。不过，他似乎并不反思自己有什么不妥之处。他是那种绝对自信的人，他只会想：你不用我，只能说明你有眼无珠，不识人才。这不是我的损失，而是你的损失。他又信心十足地上路了。

[①] 《上李邕》："大鹏一日同风起，扶摇直上九万里。假令风歇时下来，犹能簸却沧溟水。世人见我恒殊调，闻余大言皆冷笑。宣父犹能畏后生，丈夫未可轻年少。"

最难舍家乡的那轮明月

这次，他把眼光对准了故乡之外的广阔天地。

他决定像司马相如一样，离开四川。

后来为李白诗集写序的魏颢这样评价四川人："四川人要么默默无闻，要么就会成为杰出的人物。"[1]和今天我们常说的"川人出夔门是龙，不出夔门是虫"的说法有相近之处。在李白前面的司马相如、扬雄、陈子昂是如此；在他之后的苏东坡、郭沫若、巴金也是如此。

反正对于这个四川年轻人来说，离开了家乡，他人生的征途才算真正开始。

在一个静静的秋天，二十四岁的李白离开了他生活了二十年之久的四川，到外面闯荡。以后，他再也没有回过家乡。家乡在他的心中，只能成为一个美好的回忆。或者说，家乡是他的一个美好的梦。以后，他在诗中频频提到过家乡，却从没主动回去过。

他是坐船离开家乡的。这时候，他是充满了对家乡的眷恋之情的。他数次写到过的峨眉山，他多少次抬头仰望过的那轮月亮，在他的心目中，一下子显现出了更加动人的力量。

在船上的一个夜晚，当他再看到那轮明月时，不由万般感触在心头，挥笔写下了《峨眉山月歌》：

> 峨眉山月半轮秋，
> 影入平羌江水流。

---

[1] 参见魏颢《李翰林集序》："蜀之人无闻则已，闻则杰出。"

夜发清溪向三峡，

思君不见下渝州。

我相信，他写这首诗没费多大工夫，也许没用上几分钟。它应该是自然而然地从他笔下流出的。他不需要刻意。他为人不需要刻意，写诗更不需要刻意。

这里，他思念着那轮家乡的明月，更是在思念着家乡的亲人。或者，家乡，在这时候，以一轮明月的形象出现了。而这轮明月，是伤感的呢，还是意气风发的呢？他把他的感情全部寄托在这轮明月中，寄托在了这静静的辽阔的夜，这静静的奔流不息的江水中，只有一丝感情的脉搏在轻轻地跳动，由读者去捕捉，去判断。

后来，当他回忆起这一往事时，他是这样说的："从成为一个以天下为己任的读书人的那一刻起，就意味着要像弓箭一样，向四方射去。因此，作为一个大丈夫，一定要有周游四方的志向。"①

这里，他给自己的定位是"大丈夫"。什么是大丈夫？孟子早给我们说得很清楚：住要住得大。怎么才算大？以四海为家、以天下为家。站要站得正。怎么才算正？必须站在天下的正位上。也就是说，永远都要站在正义的一面。走呢，也要走天下的大道。什么是天下的大道？即属于正义、属于为人谋幸福的道路。这三个标准是从正面来界定男子汉。他又从反面说了三个标准，比前面正面的三个标准更有名，更为我们所知，那就是：富贵诱惑不了，贫贱改变不了，威势武力屈服不了。

---

① 《上安州裴长史书》："以为士生则桑弧蓬矢，射乎四方，故知大丈夫必有四方之志。"

要以天下为家，四海为家，那么走出现在这个家也是必然的选择了。

李白用了两句话来说自己的离家远行。

一是"仗剑去国"。他说得很豪迈，很给自己脸上贴金。他不说身上带着的笔，那多没意思，是个读书人，都带笔，他才不愿意落入庸庸大众中，他说他自己是拿着剑离开家乡的。他给自己的定位，首先是一个剑客，一个侠客，一个大英雄，至于什么文人不文人的，那都在其次。这个定位和前面"大丈夫"的定位，对于他来说，是没有什么大的区别的。在他眼中，大丈夫就是侠客，侠客就是大丈夫。

二是"辞亲远游"。按今天的话说，就是辞别亲人到远方去。他的父母、兄弟这时候都还健在。需要指出的是，李白的父母和李白一样，身体都非常好。李白的相对长寿，精力充沛旺盛，恐怕多少也与遗传有关。这里的"远游"，某种程度上带有旅游的性质，但与今天的旅游并不完全相同。这里的"游"和古人常说的"游学""游宦"的"游"一样，一方面具有在社会大学学习之意，另一方面也带有漂泊不定、居无定所之意。用李白的诗来说，具有"孤蓬万里征"的意味。

但在李白这里，已经看不到离家的那种伤感，有的只是豪迈。有些事，隔了时间的距离去看，会过滤掉许多的感情成分。在当时，感情充沛的时候，是诗的表达。而一隔了距离，就是散文的表达了。

有意思的是，同是出远门，在杜甫的回忆中，叫壮游；在李白的回忆中，叫远游。"壮"强调的是精神上的豪迈；而"远"，强调的是世界的广大。其实李白的出游是既"远"又"壮"的。按他的话说，叫"南穷苍梧，东涉溟海"：向南到达了今天湖南九嶷山以南地区；

向东，跋涉到了浙江东部茫茫的大海。[①]

李白不是唐代最能走的人，像唐三藏，像鉴真，都比他走得远。但他无疑是唐代"走"与"写"完美结合的人。古人常说，"走千里路，读万卷书"，他是走千里路，写万卷诗，是一路山水一路诗。

东南行一：身与心的旅游

李白离开四川，没直接跑到长安去，而是先跑到了东南一带。从出行路线上看，他基本上是沿着长江向东而去。他在一首诗中说，他是因为喜欢东南的山水才来这儿的。所以，碰上任何的名胜美景，他都是不会放过的。[②]

于是，这个年轻人还在荆门惊喜着三峡之后江面的突然宽阔：他发现多日来伴随着他的高山峻岭不见了，代之以无边无际的平原旷野。很明显，他已走出了四川，进入了一个新的世界。他为这个新世界欣喜着，激动着，连皎洁的明月在他眼中，都变成了天上飞下来的明镜。那本是司空见惯的云彩，也一下子如海市蜃楼一般美丽迷人。而对于故乡，他此时的情绪是复杂的，一方面，理智告诉他，离开故乡是必要的，眼前这激动人心的新的世界似乎也在证明着这一点；另一方面，感情上依然割舍不下，毕竟那儿有自己的父母兄弟，有二十年的永远也难忘怀的生活。那是自己这棵"飞蓬"的根。所以他对眼

---

① 《上安州裴长史书》："乃仗剑去国，辞亲远游，南穷苍梧，东涉溟海。"
② 《秋下荆门》："霜落荆门江树空，布帆无恙挂秋风。此行不为鲈鱼鲙，自爱名山入剡中。"

前这从故乡一直陪伴着自己来到新世界的浩浩江水，就像亲人一样爱怜、疼惜，觉得它们是在恋恋不舍地送别着自己。其实，这是这个年轻人的乡愁。只不过这点思乡的情绪在广阔壮美的世界面前，变得不那么感伤，甚至还有股豪气。没办法，这就是李太白，豪气是他与生俱来的气质，只要条件允许，即使是写乡愁，这股气质也会自然而然地流露出来。①

过些天，他的身影已出现在了洞庭湖上。他是和一位朋友来的，结果这位朋友却暴毙于湖边（详见本书第五章中《什么是朋友》一节），赏心乐事成了伤心痛事。他已没有心情欣赏洞庭湖的美景。只有在后来，当他安葬了这位朋友，当几十年的岁月抚平了他心灵的创伤后，洞庭湖的美景才在他眼前展现出了它的魅力，而他的诗心也才在洞庭湖面前苏醒了：夜晚的洞庭湖是多么空明澄净啊，他多么想乘了这些与天相接的湖水，上到那同样空明、洁净的天空去。这当然只能是幻想。那么，他要像赊酒一样赊了洞庭的月色，摇一叶扁舟，到那白云湖水相接的远天去买酒大醉。②他说过"清风朗月不用一钱买"，现在却又说要赊洞庭湖的月色。洞庭湖有知，该如何回答呢？这是他的幽默，还是痴情呢？

而喝醉后的他，面对着洞庭湖，又是什么样的反应呢？他看见矗立在洞庭湖中挡住湘江水去路的君山，一下来了气，他大喊着要铲去君山，好让湘江水自由自在地流淌。这算是诗人的醉话呢还是大话

---

① 《渡荆门送别》："渡远荆门外，来从楚国游。山随平野尽，江入大荒流。月下飞天镜，云生结海楼。仍怜故乡水，万里送行舟。"
② 《陪族叔刑部侍郎晔及中书贾舍人至游洞庭五首》其二："南湖秋水夜无烟，耐可乘流直上天。且就洞庭赊月色，将船买酒白云边。"

呢？那么后面的这些话算是什么呢：洞庭湖水全部变成了酒，把整个秋天的洞庭醉了个烂透。^①洞庭啊，在我们的大诗人眼中，为什么你的月色就那么珍贵，要赊哩？你的湖水就那么迷人，要醉哩？

而在庐山香炉峰下，他为眼前从高空飞流直下的瀑布惊奇着，脑子里闪过的是天上的银河。^②在五老峰下，他为大自然的鬼斧神工叹服着，觉得这五老峰就像是老天爷拿着宝剑削出来的五朵金色荷花，九江秀丽的景色在这儿可以全部收于眼底。他生出一个念头：要在这儿隐居修仙求道。^③他这可不是随便说着玩的。安史之乱后，他确实是跑到了庐山，当起了隐士。看来就是几十年后，这儿美丽的景色，在他的印象中依然是深刻鲜明的。

而在南京的名胜古迹及各处歌楼酒馆里，也处处留下了他的足迹。他怀念着曾在南京生活过、活动过的那些"风流人物"，频频向他们表达着敬佩或思慕之情。比如，他多次想起了当年那个挽狂澜于既倒的谢安。在内心底，他简直就是自比谢安。在世俗功绩上，想做谢安；在风流生活上，也想做谢安。他也多次在不同场合想起了陆机、谢朓、袁宏这些文人。可以说，南京，这座充满历史沧桑的城市，让他过足了"怀古"瘾，也让他思索着历史与现实，思索着那个对自己来说还属于"渺茫"的未来。毕竟，怀古是为了抚今。

当然，他还要接着走，他还没看到那个在他心中澎湃激荡了多少

---

① 《陪侍郎叔游洞庭醉后三首》其三："划却君山好，平铺湘水流。巴陵无限酒，醉杀洞庭秋。"
② 《望庐山瀑布》："日照香炉生紫烟，遥看瀑布挂前川。飞流直下三千尺，疑是银河落九天。"
③ 《望庐山五老峰》："庐山东南五老峰，青天削出金芙蓉。九江秀色可揽结，吾将此地巢云松。"

年的大海呢。他得走啊，得继续走。他见到了那个三月杨柳如烟、繁花似锦的扬州，见到了似乎和天空连在一起，比五岳更为壮观的天姥山；他也迈着有力的步伐，来到了美丽的绍兴，看到了让他后来留恋不已的镜湖，还有镜湖的月亮。后来一次次出现在他梦中的，也还是镜湖的那轮明月；还有那四万八千丈的天台山，它们向东南倾斜着，在他眼中，就像是在向天姥山俯首称臣。①

还有耶溪。那儿采莲的女孩子给他的印象最为深刻：一见到人来，她们就唱着歌，笑着划着小船，进入了荷花荡中，似乎是怕羞，又似乎不是。②对于这些美丽的女孩子，他毫不吝啬，一下写了五首诗。从她们月亮一样的眉毛、星星一样的眼睛、赤着的脚，到雪一样的皮肤，到抛媚眼、折花和行人调笑的行为举止，一点也没放过。比起后来杜甫的"越女天下白"一句，他下笔可是大方多了，也大胆多了。

当然，最终，让他有一种夙愿得偿、不负今生感觉的，是见到了他向往已久的大海。俄国的普希金曾有诗篇《致大海》，沉醉于大海"阴沉的声调""深渊的音响""黄昏时分的寂静""反复无常的激情"中。而我们的大诗人呢，他看到云低低地压在大海上，大鹏鸟上下翻飞着，让我不由自主想到了高尔基笔下迎着暴风雨飞翔的海燕。似乎我们的诗人写的也是暴风雨来临前的大海。而他接着写道：那些波浪翻滚着，巨大的海鱼时出时没着。风越来越急，卷起的浪潮多么汹涌，好像有神怪出没，但随即就不见了。他笔下的大海咋就这么神秘、诡异呢？又是大鹏，又是巨鳌，又是神怪，他这是在写眼前的大

---

① 《梦游天姥吟留别》："天姥连天向天横，势拔五岳掩赤城。天台四万八千丈，对此欲倒东南倾。我欲因之梦吴越，一夜飞度镜湖月。"
② 《越女词五首》其三："耶溪采莲女，见客棹歌回。笑入荷花去，佯羞不出来。"

海吗？还是在写他的想象或幻觉呢？①

　　他可能是中国最适合写大海的诗人。可惜留下的与大海有关的诗篇并不多。后来他在长安写了一篇悼念日本人晁衡的诗，"明月不归沉碧海，白云愁色满苍梧"：明月再没有升上天空，而是沉到了大海。这个没再升起来的明月让人悲伤，这个明月沉下去的大海呢？他想到了他当年见到的那个汹涌的大海了吗？

　　这番游历，他的脚步经过了今天四川、重庆、湖北、湖南、江西、安徽、江苏、浙江等南方省区，用去了大约三年的时光。当他后来对人说出他"南穷苍梧，东涉溟海"时，一定是充满自豪的。

　　这三年，可以说，是他身与心的旅游。他的身体与大自然融为一体，他的心灵与历史、与历史上的伟大人物也融为一体。他做到了"今古相接"，或者说，今与古的沟通，现实与历史的沟通。旅游对他来说，本质上就是一种寻找，寻找那个真正的自己，那个隐藏的，也许连自己都未曾发现的自己。也许，最终他找到的会是自由。

东南行二：少不了的诗

　　当然，他不光游山玩水，他还写诗。也许对他来说，诗歌是游山玩水的副产品。但对今天的我们来说，游山玩水属于李白，他的诗歌属于我们每一个人。

　　其实，读他的诗歌就是在分享他的人生，分享他的精神世界，分

---

① 《天台晓望》："云垂大鹏翻，波动巨鳌没。风潮争汹涌，神怪何翕忽。"

享他那飞扬的心灵。

于是我们看到了"山随平野尽，江入大荒流"。他的惊喜，他的眼前一亮，他的豁然开朗，他的豪情，即使经过了上千年，仍然是簇新的。

我们也看到了"月下飞天镜，云生结海楼"。这里，有他对当前景象的自然捕捉，更有着非凡的想象力。可以说，离开了想象，李白就将不是李白。想象使李白变得绚烂了、多姿了，甚至如梦如幻非人间了，最终成"仙"了。

我们也看到了"飞流直下三千尺，疑是银河落九天""两岸青山相对出，孤帆一片日边来"，这里仅仅是夸张吗？仅仅是想象吗？难道我们没有在这飞动的文字中，读到他对人生、自然的巨大喜悦，没有听到他的那颗在胸中怦怦跳动的激动无比的心？是的，在大自然面前，在这些壮丽无比的景观面前，他激动了，沉醉了，彻底自由了。

我们还看到了"海风吹不断，江月照还空""云垂大鹏翻，波动巨鳌没"。这里，展示的是他观察、描写的功底。他描写的似乎是他看到的东西，但为什么又让我们觉得，他依然是在想象呢？难道在他这里，写实与想象已不可分，写实的就是想象的？

不用说，这是他诗歌写作上的一大收获期。他的这些作品，充满了对眼前这个世界的惊奇与热爱。山水在王维、孟浩然笔下，是平静的，甚至是压抑的，而到了他的笔下，一下子具有了生命的灵性、热度和激情。他让山水长上了翅膀，飞了起来，动了起来。他让我们感受到了一个截然不同的山水世界和心灵世界。

只能说，他为我们创造了一个更加奇妙、博大的世界。这个世界，既开阔又壮阔，既雄奇又神奇，既豪气又秀气，既清真又清丽。

在这个世界里，我们的心胸为之舒展，为之向往，为之激动，为之惊讶，为之赞叹。我们的一个个感受神经被拨动，一个个审美细胞被激发，那种高尚的、圣洁的、热爱的情绪在心中荡漾着。

我们成为一个更高级、更阔大的我们。

东南行三：同样少不了的政治

他说过，他是因为喜欢东南的山水才来这儿的。

但这只是目的之一。他来东南，还有一个目的，那就是寻找他的伯乐，从而能尽快实现他的政治抱负。他之所以不直接到长安去，多半是因为他还是一个无名之辈，没有资历，也没有声望。直接跑到长安去，等待他的，会是和高适、岑参一样的碰壁遭遇。

他一定是经过反复考虑，权衡利弊后，才做出了这样的决定。可以说，东南之行，是他一飞冲天梦想的一个准备，一个迂回。他走的是曲线从政的道路。

因此，以他在四川路上拜见苏颋的这股敢闯敢干的劲头和他外向、好交友的性格，特别是他那急欲做出一番大事业的抱负，可以推断，他这一时期，应该和后来一样，没少拜访当地的社会名流。这些人，不管是正当官作宰的，还是皇帝接见过的著名人士，只要是有一点希望，他都有可能去拜访一番。

可以说，在东南的这些年，他既看饱了山水，也看饱了达官贵人。只不过，那些山水成全了他，使他成为无可替代的诗人；而那些达官贵人和社会名流，对他并没有实际性的帮助。

第五章

光亮与黑暗

表扬与自我表扬

有一件事需要提一下，那就是他在江陵（今湖北荆州一带）的时候，遇见了当时有名的道教人士司马承祯。这个司马承祯，据说是南朝道教最重要的人物陶弘景的三传弟子。

唐代的皇帝为了给自己脸上贴金，拉了《道德经》的作者老子李耳作祖先，说自己是老子的后人。而道教为了抬高自己的地位，也拉了老子作为祖师爷，这样一来，唐代的皇帝和道教就自然而然地有了亲戚关系。是亲戚就得支持啊，于是道教在唐代成了热门，道士在唐代成了尊贵人士。这个司马承祯也被唐玄宗请进皇宫，亲自接见过。

李白和司马承祯之所以相遇，多半是因为李白听说司马承祯在江陵，认为机会难得，跑去拜见的。

这时候司马承祯都已八十岁了，啥人没见过，啥事没经过？一见这个一心想求仙学道的年轻人来拜访他，便尽拣他爱听的说，说得李白晕晕乎乎，飘飘欲仙，几十年后，还念念不忘这个老道夸他的话。

司马老道是怎么夸李白的呢？他说李白"有仙风道骨，可与神游八极之表"。也就是说，他夸李白不是凡人，而是神仙一般的人。这是挠到了李白的"痒痒肉"，尤其是这司马老道还说，要与李白一块儿结伴遨游宇宙，这更让他心花怒放。你想人家司马承祯是什么人？一个皇帝都慕名接见过的道教大名人。他李白是什么人？当时不过是一个想着求仙学道的无名之辈，他能不激动？真是遇到了人生知己一般。

人家司马承祯好话说尽，李白自然也投桃报李，专门写了一篇《大鹏遇希有鸟赋》。这是一篇表扬与自我表扬相结合的文章，他把自己比作大鹏鸟，把司马承祯比作希有鸟。

大鹏鸟，不用说，来自《庄子》的《逍遥游》，是自由精神的象征。那么希有鸟呢？则来自《山海经》，据说是昆仑山的一种神鸟，顾名思义，也就是和大鹏鸟一样，都是极其罕见的鸟，世上少有的鸟，一般人见不到的鸟。他用大量的篇幅，把大鹏鸟从宏伟气势到远大志向，到逍遥精神，夸了个遍，然后就遇到了希有鸟，又借希有鸟的嘴把自己好好夸了一下，"真是一只伟大的鸟啊"。接着又让希有鸟自夸了一番，俩人互夸完，觉得人世间的凡人庸人们目光太短浅，便约好一块儿到无边无际的太空翱翔。

李白非常看重这篇文章，年纪大了以后，又重新做了改写，也就是流传后世的《大鹏赋》，并把当年司马老道夸他的话郑重其事地写在了这篇文章的序言中，他是生怕世人不知道这样的话，生怕这样拍马屁的话被时间湮没，怕他那仙风道骨的形象不被后人所认识。在塑造自己的形象方面，他可谓是不遗余力。他说他当年写《大鹏遇希有鸟赋》就是为了"自广"，也就是自我推广，自我宣传。他倒也实话实说，一点不避讳。

有意思的是，他重新写了《大鹏赋》后，倒一下变得"谦虚"

了，说这样做，"岂敢"让作家同行们阅读，"岂敢"想着不朽，只不过让儿孙们读读罢了。其实，他说"岂敢"，就是"我不敢谁敢"。他就是要让那些同行们看看，什么叫"大作"；让后人们看看，什么叫"才气"。他说，他看到前人写的《大鹏赞》时，"从心底里看不上"，这才是他真实的心态。他不是不会说谦虚话，他也会。但他的谦虚话说出来，像套话，如果不算作假话的话。

不过，说实话，难怪李白看不上别人写的有关大鹏的文章，只要看看他写的《大鹏赋》，就不会看上别人写的类似的文章。他的这篇文章，让人们充分认识到他的才气、个性和豪情。他这哪是在写文章啊，简直就像御剑飞行俯视下界一般；这哪是写大鹏啊，分明就是在写他自己。他笔下的大鹏已与他融为一体，大鹏在自在飞翔，他也在自在飞翔。大鹏有多么奇异伟大，他就有多么奇异伟大。他在赋中说"我也不知道大鹏为什么能神奇怪异到这种地步，大概天生是这样吧"。我们也不妨这样说，成为他这样的人，写他这样的文章，大概也带有天生的性质吧！

先做后说的现实主义者

还需要一提的是他的扬州之行。按李白写给别人的自荐信中所说，他在扬州待了一年，大把地花钱，一年下来，光钱就花去了三十多万。

他原话是"散金三十余万"，这里"金"，当作"金钱、钱币"讲，多半是指当时最常见的货币——铜钱。当时物价极便宜，一斗米才十三钱，青州齐州一带更便宜，才三钱；一匹绢，才二百钱。李白一年花去了三十多万钱，这是个什么概念？[1]

当然，按李白的说法，他这钱，不是自己奢侈浪费了，而是都周济那些"落魄公子"了。

杜甫在诗中说："安得广厦千万间，大庇天下寒士俱欢颜。"这相当于一种美好的愿望，一个人道主义宣言。而李白呢，不发表宣言，他直接去做。当然，做了之后他也说。他属于先做后说的那种。而杜甫，则属于只说不做，或者只说但没机会去做的那种。

这哥儿俩当时并不认识，但似乎冥冥中已分好了工，杜甫负责发宣言，整天嚷嚷：要提高读书人的待遇，要让他们有房子住，要给他们涨工资。而李白呢，则闷声不响，整天拿着自己的钱袋子，忙着给那些穷困潦倒的读书人发钱。从这个角度说，李白是现实主义者，杜甫倒是浪漫主义者。

李白之所以这样做，是因为他觉得这是在行侠仗义。他给自己的定位，首先是侠客。作为一个侠客，如果整天只是瞎嚷嚷，不拿出点实际行动来扶危救困，那算什么侠客呢？

做一个真正的大侠，做一个像谢安、诸葛亮那样的政治家，都是他的梦想。这些梦想有内在的统一性，那就是都要救民于水火。或者说，不当官的时候，在民间的时候，他就做侠客；当上官了，进入朝廷了，他就做谢安、诸葛亮那样的政治家。当然，在李白看来，当侠客，不一定整天要打打杀杀，轻财好施、济危扶困也是行侠仗义。[2]

---

[1] 参见《新唐书·食货志》。

[2] 《上安州裴长史书》："曩昔东游维扬，不逾一年，散金三十余万，有落魄公子，悉皆济之。此则是白之轻财好施也。"

而杜甫，不论是当官不当官，都把自己当政治家看待：你听也罢，不听也罢，能实现也罢，不能实现也罢，反正我就是要关心国家大事，我就是要发表意见，就是要不停地嚷嚷。

什么是朋友

这一时期，李白还做了一件他一生都引以为豪的事情，那就是安葬他的朋友吴指南。

吴指南和李白是老乡，也是四川人，他们一块儿结伴到湖北旅游，不知什么缘故，吴指南暴死于洞庭湖上，这让年轻的李白大为伤心。按他后来的叙述，大夏天的，他趴在吴指南的尸体上，像死了亲兄弟一样大哭个没完，到最后，眼泪也哭干了，还是哭，最终血也哭出来了。谁想把一只老虎也哭来了。

我们的诗人曾吹过"一箭两虎穿"，武艺高得不得了。此时面对老虎，他是怎么做的呢？他一没动刀剑，二没动弓箭，他是"坚守不动"。也就是说，任你虎视眈眈，我自岿然不动。即使让你吃了，我也要和我的朋友在一起。不知老虎是被他的这种精神打动了，还是被他可怕的样子给吓着了，反正最后的结果是，老虎退却了，李白胜利了。

李白把他的这个朋友埋在了洞庭湖边，便按照既定路线，到南京一带继续游玩、跑官。

但他并没有忘了这哥们儿"尸骨未安"：毕竟洞庭湖边只是一个暂时的"家"。他一定要给这个朋友找一个永久的安身之所。

几年后，当他漫游结束，再次来到洞庭湖时，便把吴指南的尸骨挖出来，发现它们竟然"筋肉尚在"，也就是说，尸体还没有完全腐烂。接下来，他是怎么做的呢？他擦干眼泪，用一个包裹装了，没日没夜地跋涉，无论白天晚上，把吴指南的尸骨行坐不离地带在身边。

这绝对是一个侠客的做法。背了尸骨千里迁葬，这样的事，换作杜甫、白居易他们，会这样干吗？

但这时的他已不是昔日的李太白，可以一出手，就是千金万金。这阵子，他的口袋已经瘪了下来，或者更准确地说，已是囊中空空。这时候，他有当侠客的心，却没了当侠客的经济基础。

他只好厚了脸皮，到处借钱。最终，是靠借来的钱，他才把他昔日的好朋友吴指南迁葬在了湖北武汉一带。

这件事，说起来就像武侠小说，但李太白把它郑重其事地写在了给别人的自荐信中。什么叫朋友，什么叫义气，李白用他的行为作了很好的诠释。

当然，他之所以在信中把这件事写出来，是要告诉别人：我李白是一个够朋友、重义气的人，你们提携了我，我一定不会忘恩负义，一定会报答你们的。

只不过，那些收到他的这些自荐信的官员，并没有被他的这些事迹感动。

有时候，自我吹嘘过度会起负面作用。李白当时似乎并没有认识到这一点。①

落花一朵天上来

还需一提的是，这一时期，李白的身边出现了一个叫"金陵子"的女人。这个名字，多半是李白为她所起。她在认识李白前，多半是一名歌妓。

对于这位女孩子，李白专门为她写了一首诗，记叙他们的相遇相识。起首他就说："你是南京城东谁家的女儿，为什么在窗外像卓文君一样偷听着琴声？"②

这里透出一点消息：他与金陵子相遇，多半是在南京东城，也多半是在青楼这种场所；而这个女孩子，作为歌妓，不用说，也和卓文君一样，对音乐相当精通。而她呢，多半听说隔壁来了一名才华横溢的年轻诗人，想来瞧个究竟吧？

这一瞧可好，从此她的生命和一个叫李白的大诗人纠合在了一起。这恐怕是她万万没想到的。就像卓文君当年，万万没想到在她守寡的寂寞岁月中，会从天而降一个司马相如吧？

有意思的是，在见面之初，她就让李白想到了卓文君。也就是

---

① 《上安州裴长史书》："又昔与蜀中友人吴指南同游于楚，指南死于洞庭之上。白禫服恸哭，若丧天伦。炎月伏尸，泣尽而既之以血。行路闻者，悉皆伤心。猛虎前临，坚守不动。遂权殡于湖侧，便之金陵。数年来观，筋肉尚在。白雪泣持刃，躬申洗削。裹骨徒步，负之而趋。寝兴携持，无辍身手，遂丐贷营葬于鄂城之东。故乡路遥，魂魄无主，礼以迁窆，式昭朋情。此则是白存交重义也。"
② 《示金陵子》："金陵城东谁家子，窃听琴声碧窗里。"

说，一方面她很漂亮；另一方面，她让他想起了司马相如与卓文君的风流韵事。他是深受司马相如一生事迹影响的人，多半会想：司马相如能，我为什么不能？他也想拥有自己的卓文君了。

更有意思的是，他觉得这个女孩子，简直就是"天上掉下个林妹妹"，只不过，在诗人嘴里，他可不这么说。他说的是"落花一片天上来"。这金陵子给他的感觉，是天上飘落的花朵，有着非人世间所能有的容貌和气质。在当时他的眼中，也许和仙女下凡一般吧？这倒和他这个"谪仙人"正般配。①

不过，这个金陵子多半不是土生土长的南京人，而是楚人，也就是湖南湖北一带的人，似乎是流落到南京来的。因为李白一则说她这朵"仙花"随人渡江而来；再则说她唱歌用楚声，而不是吴侬软语②；三则说她用吴语唱楚歌，唱不完整。他们认识时，她多半刚来南京不久，吴语还没完全学会。

但我们的大诗人却觉得她唱歌的时候，即使没唱成，举手投足也充满了娇羞之情，惹人怜爱。他用了"娇不成""最有情"这样充满了男性眼光的词语来形容。只能说，我们的大诗人在这个千娇百媚的小姑娘面前动情了。③

也许是他的英雄主义、侠义精神作怪，在这个娇柔的女孩子面前，他生出了要保护她的念头。但也许更根本、最主要的是他爱美的心理作怪。他要和人世间最美丽的东西在一起，不论是山水，还是女人。

---

① 《示金陵子》："落花一片天上来，随人直渡西江水。"
② 《出妓金陵子呈卢六四首》其四："小妓金陵歌楚声。"
③ 《示金陵子》："楚歌吴语娇不成，似能未能最有情。"

他不是一向自比谢安吗？谢安带着歌妓到处游山玩水，他为什么不能？他是敢想敢做的那种人。从此以后，他确实是把这个女孩子带在身边了。①

当然，不是娶她做老婆，而是让她做自己的歌妓。这是那时贵族、文人们的习俗。李白在这方面尤其没能免俗。今天我们读他的《出妓金陵子呈卢六四首》，就明显感到，这个金陵子，并没被他作为爱着的人，而是被他当成了炫耀的物品。这个卢六来了，他让金陵子出来相见，把她比作了那个和楚怀王有云雨之欢的"巫山神女"，在李白眼中，她是什么？②

他这样的人，让他一辈子守着一座山，即使秀色甲天下的峨眉山，他也会发疯；让他一辈子守着一个女人，即使她是天仙，他同样也会发疯。

他就是这样的生命，他只能给这些他所经过并为之惊喜的山水一点时间，也只能给他所爱过的女人一段感情。他不属于哪座山、哪条河、哪个女人，他只属于他自己。

虚无感的诞生与征服

这一时期，他欣赏了美景，得到了美女，还认识了一批新的朋友，可这些，带给他欢乐的同时，似乎也让他想到了这种欢乐的短暂

---

① 《示金陵子》："谢公正要东山妓，携手林泉处处行。"
② 《出妓金陵子呈卢六四首》其一："安石东山三十春，傲然携妓出风尘。楼中见我金陵子，何似阳台云雨人？"

性。一股生存的虚无感开始在他内心弥漫。

在绍兴，他面对越王勾践当年征战的遗迹时，想到的是：勾践当年破吴归来多么风光，一起出征归来的那些战士们多么风光。现在呢，他们在哪里？当年这儿的宫殿里满是漂亮的宫女们，现在呢，她们又在哪里？只剩些鹧鸪飞来飞去呀。[①]

他的潜台词很明显：百年后，我又在哪里呢？

而在苏州，他感到的是：当年吴王的宫殿现在长满了欣欣向荣的杨柳，采莲女们也在明媚的春光中唱着欢快的歌儿，谁还会想到当年这儿曾经有过一个叫西施的人呢？只有照在江面上的月亮，当年倒也曾照见过她。[②]

他的潜台词也很明显：百年后，谁又会想起我呢？

他一定痛心地想到了：再伟大，再有名，也会死亡，也会成为陈迹，也会被人忘却，不朽只能是一种自我安慰的奢望。难道历史与现实就是这样的隔膜，连接它们的，只能是那轮明月？既然如此，那么他还有必要追求伟大，追求不朽的声名吗？那么人生的价值又何在呢？

面对着历史与现实，他不得不把自己摆进去，不得不追问自己。如果他给不出这个答案，那么他的人生历程也就无法继续下去。

在一个凉风习习的夜晚，他登上了南京城西的一座高楼，望着这座六朝古都，遥想着它的历史，也望着头顶的那轮明月，沉吟着，久

[①] 《越中览古》："越王勾践破吴归，义士还家尽锦衣。宫女如花满春殿，只今惟有鹧鸪飞。"

[②] 《苏台览古》："旧苑荒台杨柳新，菱歌清唱不胜春。只今惟有西江月，曾照吴王宫里人。"

久不愿离去。

就是在这个夜晚，他给出了问题的答案。这是他深深思考的结果。主要是两句话。

一句是"古来相接眼中稀"：古今能够相知相交，进行深层次沟通的，很少很少。他指出了一个事实。这个事实，他在绍兴感受到了，他在苏州感受到了，他在南京也同样感受到了。

但他随即又告诉了我们另外一句话——"令人长忆谢玄晖"：他在久久地想念着那个数百年前的诗人谢朓。不是说伟大的人也会被人遗忘吗，那我为什么依然还会想起他呢？不是说历史和现实的沟通很困难吗，那我为什么几百年后还会那样亲切自然地吟诵他的诗句呢？我与古人的交流为什么就会这么畅通无阻呢？

他似乎感到了，他是那很少的能与古今伟大人物交流的人之一。在他这里，古今是连通的，他随时都可以在时光隧道中与古人相约相交流。

他也感到了，有形的宫殿迟早会坍毁，有形的功勋迟早会褪色，只有从高贵心灵中产生的精神性的东西，才会打动一代又一代的人，从而不朽。①

不朽的是心灵，是精神。

这无异于给他指出了一条路。当他再次面对谢安他们的坟墓时，他的那种人生虚无感减轻了。他依然有悲伤，比如他依然在说"怅然悲谢安"。他悲的理由却很有意思："我的歌妓现在还貌美如花，你的

---

① 《金陵城西楼月下吟》："金陵夜寂凉风发，独上高楼望吴越。白云映水摇空城，白露垂珠滴秋月。月下沉吟久不归，古来相接眼中稀。解道澄江净如练，令人长忆谢玄晖。"

歌妓却早已埋在了黄土堆下。"他表面是说歌妓，其实不过在说：当年威名远扬的你早已死了，而我在今天还活着。面对已死去三百年的你，我是什么态度呢？我并不认为你已真正死去，依然要和你喝几杯，要"同所欢"。这是和他心目中的偶像"同所欢"，也是和历史"同所欢"。他已有了与历史沟通、与历史"同所欢"的能力和自信。

这时候，他不但要喝，喝大了，还要跳。他跳的是少数民族舞蹈。这多半是他在四川家乡时学的。从这里我们也知道了，他在家乡，不但学诗学剑修道，还学舞蹈，兴趣可真不是一般的广泛。他是那种干什么事都特别容易投入、容易忘我的人。最后，他越跳越兴奋，连头上的紫绮冠也给跳掉了。

这哪里还有什么悲伤不悲伤呢？这哪里还是一般人在坟墓前的行为呢？

反正，他最后的结论是：你威风也威风过了，潇洒也潇洒过了，现在看俺李太白的了。[①]

他似乎暂时走出了虚无的阴影。

---

① 《东山吟》："携妓东土山，怅然悲谢安。我妓今朝如花月，他妓古坟荒草寒。白鸡梦后三百岁，洒酒浇君同所欢。醉来自作青海舞，秋风吹落紫绮冠。彼亦一时，此亦一时，浩浩洪流之咏何必奇？"

第六章

行走于两极之间

中途的分岔

　　茫茫大海看了，巍巍名山看了，青青秀水看了，历史古迹也看了，江南美女也看了，该看的似乎都看了，李白开始从原路往回返。

　　主要是经济状况出了问题，不允许他再东游西荡下去了。他在扬州一年散金三十多万，再有钱，也禁不住他这样花啊。到最后，他安葬自己的朋友吴指南，竟然都是靠借钱完成的。在经济上，他已到了"山穷水尽"的地步。

　　同时身体也出了问题。他生了病，似乎还越来越严重。健康，这恐怕是他以前从来没有考虑过的问题。他啥时候不是精力充沛，活力四射？难道还会生病，还会躺倒？但现实是，他确实是浑身无力了，无法再像以前那样大步流星地四处乱跑了。他开始用"卧病"这样的词。这是生命对他的提醒：太白，该放慢你的脚步了。

　　这是他第一次受金钱短缺的折磨，也是第一次受疾病的打击，他的情绪从来没有这么低落过。

　　他以诗代信，向四川的老朋友，那个传授他纵横术，希望他能学有所用，成就一番大事业的赵蕤，诉说着他的心事。

他说他现在远离家乡，漂泊江南，和一朵浮云没有什么区别。而几年一晃而过，自己事业上毫无所成。现在又得了病，而且越来越严重，当年的那些宏伟志向、雄伟蓝图不得不放在一边了。

这样的话像是那个目空四海的李太白说的吗？只能说，在高兴得意时，他比一般人更高兴，更得意；在失望悲伤时，他也比一般人更失望，更悲伤。他是典型的情绪化的人。而且他的情绪往往是走极端的，不是南极，就是北极，让他不愠不火、中庸适度，那相当于对他变相的囚禁与折磨。

这时候，他用了一个比喻，说自己现在就像一把古琴，无人赏识，只能藏在匣子中了；又像一把宝剑，不能派上用场，只能白白地挂在墙壁上了。

在这种状况下，他思乡的情绪变得从来没有过的浓烈。在他刚离开四川时，思乡的情绪掩盖在那种昂然向上的精神下，似有若无。而现在，面对着经济的压力、病弱的身体，他有的只是对家乡的思念。他说，他到了哪儿都忘不了家乡。在病床上，他几乎是无时无刻不在想着家乡。①

多半是在病体痊愈或稍好后，他开始动身原路返回。也许是想到吴指南尸骨未寒，他再次跑到洞庭，将其尸骨带到武汉一带安葬。而到了武汉，他多半是想起司马相如在赋中把云梦泽夸得天花乱坠，不就近去看看，实在心痒痒。他可能是四处向人写信求助，钱一到手，

---

① 《淮南卧病书怀寄蜀中赵征君蕤》："吴会一浮云，飘如远行客。功业莫从就，岁光屡奔迫。良图俄弃捐，衰疾乃绵剧。古琴藏虚匣，长剑挂空壁。楚冠怀钟仪，越吟比庄舄。国门遥天外，乡路远山隔。朝忆相如台，夜梦子云宅。"

就立马动身跑云梦泽去了。①

刚刚在病中还悲叹着呢，想家乡，想朋友。病一好，一有钱，他立马就好了伤疤忘了疼，兴头十足地看美景去了。只能说，他就是这样的人，来性快，去性也快，一切看心情。

这一去，一下改变了他的命运。

游戏中的个性

看完了云梦泽，他跑到了附近的安陆，在一个叫寿山的小山隐居起来。有人说，他是因朋友元丹丘的邀请才来安陆的，这很有可能。他隐居寿山，无非一来继续求仙修道，圆他成仙的梦；二来提高声望，等待时机，圆他当官的梦。

他的一个姓孟的朋友，是个县尉，应该和他关系很好，仿历史上有名的《北山移文》，给他写了一封带有游戏、调侃性质的书信，给寿山安了四条"罪状"，一是"多奇"：奇山、奇水、奇石，这是罪名吗？怎么像是夸寿山呢？二是"特秀"：超出一般，不同一般的秀丽。这两条"罪名"怎么越看越像是"表彰""表扬"呢？是不是应该是"无奇""无秀"才对呢？要不然后面"寿山"为啥还拼了命地说自己多么"美"、多么"奇"呢？三是"无名""无德"，一般人不知道，和三山五岳差远了。孟县尉的潜台词是：你要隐居也找个有名的地方

---

① 《上安州裴长史书》："见乡人相如大夸云梦之事，云梦有七泽，遂来观焉。"

啊，咋跑到这种小地方来了。①

他不理解。

他不理解的还有，你李白是"国宝""国贤"，是国家级人才，干吗要隐居？这样隐下去，朝廷啥时候才能知道你，你何时才有出头之日？当然，他不直接说李白，他说那些山：你们呐，为啥把人才都隐藏起来了？害得朝廷到处找人才都找不到。这是他给寿山安的第四条罪名："隐匿人才罪"。

我们的大诗人一看朋友写来了这样的文字，他的幽默感也上来了，你调侃，我也调侃，而且我比你还会调侃。他不直接给朋友回信，而是以寿山的名义给朋友回了一封信，就是现在所看到的《代寿山答孟少府移文书》。这是李白写作史上的奇文，可与韩愈的游戏文章《毛颖传》相媲美。从这篇文章中，我们可以看到他个性的另一面：调皮，幽默，不服人，好与人不同，能言善辩。

他先代寿山自夸，说我寿山多么多么好，宇宙中该有的美，我都有；大自然中该有的奇异，我也都有。那意思就是，我这儿啥都不缺。以至于他最后下的结论是，寿山可以和神仙居住的昆仑神山相提并论，什么人间的巫山呀、庐山呀，在俺寿山面前还好意思提呀。②

这是寿山自抬身份，也是李白在给自己隐居的寿山争面子：孟少府，你还认为我隐居的这寿山"小"吗？

他还要接着驳，非要把朋友驳得哑口无言不可。

---

① 《代寿山答孟少府移文书》："责仆以多奇，叱仆以特秀，而盛谈三山五岳之美，谓仆小山无名、无德而称焉。"
② 《代寿山答孟少府移文书》："馨宇宙之美，殚造化之奇。方与昆仑抗行，阆风接境，何人间巫、庐、台、霍之足陈耶？"

什么叫无名？你难道没听说吗，"无名为天地之始，有名为万物之母"。看看，为了驳倒朋友，他开始引经据典了，而且搬出的还是道家的老祖宗老子。

假如哪天皇帝跑到寿山登山封禅，祭拜一番，你还能说它是小山吗？退一步说，就是登山封禅，也不过是劳民伤财，暴殄天物，又有什么值得肯定的呢？

最后，他又搬出了道家的另一位老祖宗庄子。你难道没听庄子说过：秋毫之末一点不比泰山小，泰山也一点不比秋毫之末大。你还执迷不悟，在我面前说什么大山小山呢！①

看看，他算不算是伶牙俐齿，能言善辩呢？

这还没完，他还要继续辩。

你说是这些山呀水呀把人才隐藏起来了，你这观点根本不对。你难道不知道，天不藏宝，地不藏珍，春天养育万物，春风也不会漏掉哪一个地方、哪一个人。只要你是人才，你难道还没有出头之日吗？

你看姜太公、傅说他们，当年不也是隐藏在民间嘛，最后君王做梦都梦见了他们，直接就去把他们找来了，还用到处搜访人才吗？

那意思还是说，只要你是个明君，只要你真心需要人才，就是做梦也能梦见人才，那人才还会远吗？那这些山山水水还能藏得住人才吗？

他最后的结论是：奇山异水是培养人才的地方，绝不是藏匿人才

---

① 《代寿山答孟少府移文书》："吾子岂不闻乎：无名为天地之始，有名为万物之母。假令登封禋祀，曷足以大道讯耶？然皆损人费物，庖杀致祭，暴殄草木，镌刻金石，使载图典，亦未足为贵乎？且达人庄生，常有余论，以为斥鷃不羡于鹏鸟，秋毫可并于泰山，由斯而谈，何小大之殊也。"

的地方。你说我寿山藏匿人才，这绝对是错误的。我不但无负于国家，还对国家有贡献。[1]

在他眼里，山水、林泉变成了为国家培养、输送人才的基地。看看，他多会说、多能说呀。

自我形象的想象与描绘

当然，前面说了一大堆，都不过是铺垫，他最终还是要说到自己。

结果，他借寿山的口，把自己夸了个天花乱坠。说它是奇文，不仅在于它的游戏性质，更在于它在游戏中透露出的李白的自我评价。

他是怎么说自己的呢？他首先给自己的定位是"逸人"：不一般之人，跳出世俗之人，求仙修道之人。反正不是凡人，更不是俗人。

这个"逸人"长什么样呢？"天为容，道为貌"，一副仙风道骨，简直就是人间的活神仙。这个评价，是李白一贯的自我想象。他也一贯是这么塑造自己的。塑造来塑造去，不但别人，连他自己都认为他就是这样的人，甚至他就是这样的"仙"了。

这个"逸人"的思想境界如何呢？"不屈己，不干人"，既不卑躬屈膝讨好人，也不到处拜见这个官那个宰的。这符合事实吗？他在四

---

[1] 《代寿山答孟少府移文书》："昔太公大贤，傅说明德，栖渭川之水，藏虞虢之岩，卒能形诸兆朕，感乎梦想，此则天道暗合，岂劳乎搜访哉？果投竿诣麾，舍筑作相，佐周文，赞武丁，总而论之，山亦何罪。乃知岩穴为养贤之域，林泉非秘宝之区，则仆之诸山，亦何负于国家矣。"

川半路上拜见许国公苏颋，在江陵拜见老道司马承祯，他那些给这个长史、那个刺史写的书信，又如何解释呢？他说这些话时，脸红了没有呢？

这个"逸人"得到的总结性评价是：这是自巢父、许由以来，唯一算得上高人逸士的一个人物。也就是说，论高洁，如果巢父、许由排前二，他最起码也是第三。他说这话，脸有没有红呢？

这还没完，他还说自己整天在山中，弹的是珍贵的古琴——绿绮琴，卧的是碧云，喝的是琼液，吃的是金丹。

据他说，还真见效了。"童颜益春，真气愈茂"：越来越年轻，越来越有仙风道骨了。

这让我们的大诗人本就十足的信心一下子暴涨，准备彻底做一个仙人，到天外去，到海外去，到辽阔的宇宙中去。

结果，戏剧性转变到来了。这是不得不有的转变。毕竟求仙是寄希望于未来。而这个未来什么时候到来，能不能实现，还不清楚呢？他还不能把自己的一生完全放在这个不清不楚的未来上。

他得做两手准备：既出世又入世，既入世又出世。反正，官也要，仙也要。官满足现实需要，仙满足精神需要。

于是，我们的大诗人"仰天长吁"了，说："我还不能就这么甩手而去。我在人间的历史使命还没完成呢，我还要兼济天下呢。我还不到做神仙的时候呢。"①

---

① 《代寿山答孟少府移文书》："乃蚪蟠龟息，遁乎此山。仆尝弄之以绿绮，卧之以碧云，漱之以琼液，饵之以金砂。既而童颜益春，真气愈茂。将欲倚剑天外，挂弓扶桑，浮四海，横八荒，出宇宙之寥廓，登云天之渺茫。俄而李公仰天长吁，谓其友人曰：吾未可去也。吾与尔，达则兼济天下，穷则独善一身，安能餐君紫霞，荫君青松，乘君鸾鹤，驾君虬龙，一朝飞腾，为方丈、蓬莱之人耳，此则未可也。"

那什么时候才是做神仙的时候呢？他告诉我们，等他帮助皇帝"使寰区大定，海县清一"——整个社会统一、安定、和谐、清明了，那么，他做神仙的时候也就到了。用他的话说，叫"浮五湖，戏沧州，不足为难"。看来，在他眼中，只要在政治上取得大成功，那么成仙上，似乎也就不在话下，小事一桩啦。

就这样，他把求仕与求仙又在心理上给统一、调和起来。得志了，他求仕；失意了，他求仙。"两不误"，甚至"两促进"——求得官了，成仙"不足为难"；成得"仙"了，求官也"不足为难"。他是在给别人解释，其实也是在为自己的行为辩解。他似乎早就看到了后人对他"矛盾"行为的困惑。

但仅就文章而言，他是真能辩，真能写。他的这篇文章，还有《大鹏赋》，还有他写的一些自荐信，比他的有些诗还好。尽管无一例外地吹得过分、过头，但试问，世间还有哪一个人能像他一样吹得慷慨激昂，不可一世呢？他吹出了个性，吹出了豪情，吹出了境界，吹出了一个独有的世界。

对这个世界，我们只能在赞叹中略生不满，在略生不满中赞叹。

不忍看到的另一面

就在他向人夸说自己"不屈己，不干人"的前后，他给我们留下了一封《上安州李长史书》，就好像现场打他嘴巴，让他尴尬，更让今天的众人尴尬。

仅仅是因为他喝大了酒，误把安州李长史误认作了他的朋友魏洽，冲撞了这位长史的车驾，被人家的手下拉了去，问明了情况，人家也没大怪罪，就把他给放回来了。他呢，为表示歉意，也为了拉近关系，给人家写了这么一封信。

这是一封让后人惊讶，甚至不愿意相信的信。

一开头，他依然在吹，他说他是"嵚崎历落可笑人"。他随手就从自己熟悉的六朝典故中给自己戴了三顶高帽子。一是"嵚崎"：杰出不群，与众不同。反正，他告诉我们，他和一般群众、庸庸大众不一样。二是"历落"：光明磊落，堂堂正正，不干那种见不得人的事。无非是说自己品行端正，绝对值得信任。三是"可笑人"。这里的"可笑"和今天我们所说的"可笑"意思大不一样，当时指"值得羡慕"的意思。他认为，他在别人眼里，是个受重视，到哪围绕的都是羡慕的眼光的主儿。只能说，他自我感觉还真不是一般的良好。

除了给自己戴了三顶笼统的高帽子外，他也没忘记了以事实、细节服人，说他"览千载，观百家"，博览群书，将有史以来的书都看了。这和他后来说自己"五岁诵六甲，十岁观百家"的口气是大致相仿的。

这是我们熟悉的，也是我们习惯的。他不吹他就不是李太白。因为吹时，他是昂着头，目中无人的；他是精气四射，像个天才的。而随后，他的身子忽然弓了下来，声气也低了许多。这神情，这声口，让人都不敢相信，这会是李太白。

他还说，他现在就像一把孤剑，不知依托谁；像一朵浮云，不知往哪里飘。整天四处漂泊、奔波，现在流落到远离家乡的安陆。天地这么大，不知道到哪儿去。

这里和给他的朋友兼老师赵蕤的信中一样，带上了凄凉之音，和作《代寿山答孟少府移文书》时是两种截然不同的心情。所以，我倾向于他给安州李长史的书信在《代寿山答孟少府移文书》之前。但为了行文方便，我还是把它放在后面叙述。

这里的凄凉之音并没什么。任何人都有他情绪的高峰低谷。尤其对他这种情绪特别容易变化的人来说，更是如此。

但在后面，他的表现，却是多么丢人现眼啊。

他说自己是"妄人"：无知妄为之人？狂妄自大之人？和一开头的定位"嵚崎历落可笑人"，怎么一下子变化得这么大呢？

他说自己"入门鞠躬，精魄飞散"：见到了个长史，就魂飞魄散了？你见到唐玄宗也没这样啊？难道仅仅是因为自己犯了点过错？

他说自己回到住处后，想起自己的过错，身体一会儿发冷，一会儿发热，手足无措，不知道干什么才好。白天羞惭不已，晚上不停羞惭；住也没心思住，睡也没心思睡，简直就是无地自容。

他"悔过"的情形是不是有点过呢？这是他当时的真实表现吗？难道写这些文字的时候，他真的已"精魄飞散"了？还是他好走极端、好夸大的毛病"发作"了，他提起笔，损自己像夸自己一样由不住自己呢？还是他表面的狂放后隐藏着极度的脆弱呢？那个面对着月夜时时感到人生孤独的李太白，是不是和这个内心脆弱的李太白有相通之处呢？还是因为内心脆弱，才有了那些怪诞狂放的行为呢？

不论如何，那个狂放不羁的李太白此时不在他身上。他身上附着的是另一颗灵魂。当然，他们都是李太白。

表达完悔过之情后，他就开始对李长史大夸特夸，说什么李长史比明月还要明亮。这是夸人家目光敏锐，会识人？说什么李长史像和风一样。这是夸人家脾气好，还是夸人家没架子，好接触？

接下来，他似乎夸人上了瘾，不夸到肉麻他不罢休，说什么李长史把文坛像扫灰尘一样打扫了个干干净净，充分发扬光大了我们的优秀文化。这李长史，即是他后来给安州裴长史的书信中所提到的李京之，一个在唐代历史中默默无闻、毫无作为的人，如果不是李白在文章中提到他，我们今天可能都不知道历史上有他这么一号人存在。但在李白的笔下，他却成了文坛领袖一样的大人物。

这还没完，他还要接着夸，夸得更离谱：就是太康时代的杰出人物陆机也无法与您相比；建安时代的大作家曹植，也只能给您当个陪衬。李长史啊，您都写过什么大作呢，怎么让我们的大诗人对你这么"五体投地"呢？

还是没完。他说天下的英雄俊杰们，都像随着风跑一样跟随着李长史。也就是说，天下的英雄才士们都非常景仰李长史，我李白也是其中的一分子。这是夸人家的落脚点。说来说去，还是要说到"我"上来。这才是这封书信的关键。

他还说要上门负荆请罪，如能得到人家宽恕，将来还要以死报答人家的恩情。现在我们明白了，说来说去，不就是想拜访一下这个李长史吗？他前面那么费尽心思地解释、恭维人家，自抽两个嘴巴，贬损自己，不就是为了哄人家高兴，进而见人家一面吗？

但"有意思"的是，在后面，他竟然又把他最近写的诗献了上去。这时候了，还想着得到人家的"提携"！他的自尊何在呢？难道虎落平阳、鱼困浅池了，就可以这样"厚颜"了吗？还是今天的我们，脱离了当时的具体情形，站着说话腰不疼，过于苛责了呢？

但我以为，之所以会出现这封书信，出现书信上所说的这些行为，还是与他的性格有关：他太情绪化，太容易激动，太容易走极端。夸自己、夸别人走极端；自责起来，也走极端。做什么事，想起来就做，但往往是三分钟热度。在这三分钟的热度中，他会激动得忘了一切，做出了什么样的行为都有可能不知道，等热度一过又后悔。

第一次婚姻

初到安陆，他身边没亲人，经济上没来源，政治上没地位，从误撞李长史车驾后他的过度反应来看，他内心充满了漂泊无依、朝不保夕的感觉。

而这样的处境一定促使他思考着自己的出路。可以说，摆在他面前的只有两条路，要么回家，要么重新开辟一个新天地，让自己尽快摆脱这种孤苦无依的状态。

一事无成、灰头土脸地回去，不到万不得已，他是不会选择这条路的。而开辟一个新天地又谈何容易。他该怎么做呢？该从哪里下手呢？

他起初在寿山隐居着，可他随即就对人明确表示，不会再隐居下去了，他要出山。在寿山的他，似乎已有了明确的目标或找好了出路。

其实，他是打起了婚姻的主意。我想，在他写《代寿山答孟少府移文书》时，多半他的婚姻大事已有了眉目或他已经成婚，他当时的心情是前所未有的好，否则，他不会把自己捧得那么高。

他的结婚对象是前宰相许圉师的孙女。

在当时李白眼中，这无疑是一个难得的翻身机会。

　　我想，他之所以最终能结成这门婚姻，多半与他自称是凉武昭王李暠的九世孙有关。唐代婚姻，特别注重门第，如果李白告诉人家，自己只是个和李唐那些权贵八竿子打不着的商人的儿子，可能许家打死也不会同意这样的婚姻的。他的这个"九世孙"的身份，再加上他的那些诗作，无疑会为他的婚姻之路大开方便之门。

　　不过，许家也有条件，那就是，男方必须倒插门。唐代社会，一般看不起招女婿。但权贵又爱招女婿，多半是怕女儿嫁过去受委屈。从这里也可以看出来，许家对他这个"九世孙"看重又不看重。看重，是有这么一块招牌，他们许家的女儿算是嫁给了"皇亲国戚"，不丢人；不看重，在于他们不太真信。毕竟无凭无据，人家皇室也不承认，所以这样的人，不能把女儿嫁过去，只能招女婿。

　　李白最终还是接受了这一点。他以后似乎也没太在乎这个倒插门女婿的身份，他给安州裴长史的书信中，毫不避讳地谈到了这一点，一点心理障碍也没有。[①] 其实，为了解决火烧眉毛的现实生存问题，或为了未来前途着想，他已顾不上什么身份不身份、名分不名分了。

　　今天看来，他之所以愿意给许家当倒插门女婿，多半还是看上了许家的权势。他这种投机心态一生都没有改变。他的第四个老婆，也是一位前宰相的孙女。对权势的看重与追求，在唐代文人中是普遍现象。但在李白这儿，显得更为突出与刺目。当然，这与他自身条件优异有关：很早就成名，惊人的天才，包括这个真假难辨的九世孙的身份，好结交的性格，都给了他这种想法得以实现的条件和机会。

---

① 《上安州裴长史书》："许相公家见招，妻以孙女，便憩迹于此，至移三霜焉。"

匪夷所思的恭维

只是，李白没想到，"前宰相"这个招牌并不好使，更何况还是"前宰相的孙女婿"，更加不好使。妄想着借助这个前宰相孙女婿的身份助力自己政治的梦想逐渐破灭了。

他在给安州裴长史的信中说"谤詈忽生，众口攒毁"：很明显，别人并不把他这个前宰相的孙女婿当回事，甚至从心底里看不起他。当然恐怕也与他狂放不羁的性格有关，以至于最后尽是说他坏话的。"李白是个好小伙"一旦变成了"李白不是个东西"，那么，他在安州还有什么发展前途可言呢？

他想离开安州，到长安去。

但他似乎并不甘心，他还想作最后一搏。于是他给当时安州的裴长史写了这封信。这封信，今天看来，他主要想达到三个目的。一是给裴长史递一份自己的简历，让裴长史了解自己，进而相信自己，甚至推荐自己；二是百般恭维裴长史，哄人家开心，希望裴长史能够继续接纳自己、信任自己；三是百般剖白解释，企图挽回声誉，好继续在裴长史心目中保留"李白是个好小伙"的印象。

但毫无疑问，他这三个目的都没达到。

他介绍自己，调子太高，什么"五岁诵六甲，十岁观百家"，什么"散金三十余万"，什么"刮骨葬友""养高忘机不屈"，这个官员怎么夸他，那个官员怎么夸他，一副大言不惭的游士口吻，哪个官员敢用他呀？

他恭维裴长史，同样调子太高，甚至到了离谱、不可思议的地步。

他说这位长史"**贵而且贤**"：贵，是说人家地位高；贤，是说人家人品好。这里既有对其身份的恭维，又有对其道德上的恭维，是全面地给人家戴高帽子。

他接着又来了一句，说人家"**鹰扬虎视**"：像鹰一样飞翔，像虎一样雄视，有威严。夸人家威武雄壮，这位裴长史出身行武，他这样夸倒是完全贴合裴长史身份的。

上面的恭维，不过是当时干谒文章中的套话，那么，接下来的话就让人匪夷所思了："**齿若编贝，肤如凝脂**"。这样烂俗的话，在唐代是可以拿来形容男性，尤其是可以拿来形容官员的话吗？

紧接着，他又说了一句："**昭昭乎若玉山上行，朗然映人也。**"这是顺着上面"齿如编贝，肤如凝脂"说的。不过，上面一是夸牙齿，二是夸皮肤。这回是夸相貌，夸气质：您真是光彩照人，就像走在玉山上，可以照出人的影子来。这依然是六朝时的话、六朝时的审美标准。难道此时的李白还沉浸在六朝的余风中不能自拔？

接下来，他几乎把所有的好话、好词全部献给了这位长史。

"**高义重诺，名飞天京**"：特别讲义气，重诺言，说话算话，整个长安城都知道您的大名。看样子当年这位裴长史在长安任过要职，是从京官转任到地方来的。

"**四方诸侯，闻风暗许**"：各地官员都仰慕您的风采，内心里把您暗暗赞叹。裴长史啊，你究竟是谁啊，名气这么大呢？是不是像李白二十岁左右在四川拜访的苏颋一样，是高官中的高官，被贬到安州来的呢？不然，"四方诸侯"会把您老当回事吗？再不然，我们的大诗人怎么后面会说您在安州做长史是委屈了您老呢？

"**倚剑慷慨，气干虹霓**"：这是一个和李白一样，喜欢拿剑的男子啊，从后面他说裴长史晚年改行，弃武从文的话来看（"晚节改操，栖情翰林"），多半这位裴长史当年还是个武官或将军之类，最起码也是个充满豪情，拿剑的"豪杰"吧？那李白更怎么能说人家"齿若编贝，肤如凝脂"呢？

"月费千金，日宴群客"：每月都要花去千金，每天都要大宴宾客。这是夸领导出手大方，好客，豪爽。

"出跃骏马，入罗红颜"：裴长史出去，骑的是骏马，进了屋，坐拥的是美女。

"所在之处，宾朋成市"：您所到的地方，朋友一群又一群，像集市一样。这是裴长史人缘好、人脉广、好客。他这是为下面提出拜访裴长史的请求打基础：我这么一说，你也就不好拒绝见我啦。

这还没完，他还引了首顺口溜"宾朋何喧喧，日夜裴公门。愿得裴公之一言，不须驱马将华轩"：裴公家，每天每夜客人很多，很热闹。不过，宁愿得到裴公一句话，比骑马到您家作客还要强。李白之所以引这首顺口溜，目的很明确，就是夸裴长史说话管用，希望能得到人家的引荐。

他还故意装糊涂，说我就不明白，您怎么就在天地间博得了这样好的声名？这是自问，自答跟着就来了。一是您这人"重诺"：言必信，行必果；二是您这人"好贤"：重视人才，爱护人才，把人才当个宝；三是您这人谦虚，不摆架子，不轻视没地位的人。说来说去，他还是拿好话一面哄人家高兴，一面给人家接见自己铺路。

这依然没完，他说人家由武转文，"天才超然，度越作者"：当年苏颋夸他是天才，现在他夸裴长史是"天才"，而且还是"超级天才"。看来，在唐代，这"天才"二字，像今天的"大师"一样，也太不值钱了，满天飞。这个他眼中的天才整天干什么呢：发现人才，推荐人才，特别是有写作才能的人。李白的意思很明确：俺就是这样的人，还请您老多多美言。

又说人家是"屈佐郧国，时惟清哉"：委屈您从京城来到了安陆，不过，对安陆是大好事一件，安陆从此要迎来清明的世界啦。这才是个长史，要人家是个更大的官，他该怎么夸呢？

但他还没夸够，他似乎夸人也上瘾。他又来了一句"棱威雄雄，下慑群物"：您威风凛凛，跟随的人都服您。

这位裴长史读到这样的信，肯定全身要起鸡皮疙瘩的。

他在信中最后说，如果裴长史不能接纳他，那么他就要西入长安，到"王公大人"那里去讨生活啦。

他这里用了冯谖弹剑的典故来说事。冯谖是战国孟尝君门下的一个普通食客。一次他弹剑作歌说："食无鱼。"孟尝君便让他从此享受吃鱼的待遇；他又弹剑作歌说："出无车。"孟尝君便让他享受出门坐车的待遇；谁想他还弹剑作歌说："无以为家。"孟尝君派人照顾他的母亲。后孟尝君被罢相，冯谖帮助他重新恢复了相位。李白那意思很明确：你不赏识我，我就到那赏识我的地方去。大有"此处不留爷，自有留爷处"的味道，这才是李太白嘛！

他把自己比作一去不返的"黄鹄"，而后来杜甫在给别人的"干谒"诗中，也把自己比作一去不返的"白鸥"，都有点吓唬人的味道。好像你不接纳我、推荐我，那你就失去了一个重大机会，以后想见我，可就难上加难啦。①

但起了一身鸡皮疙瘩的裴长史没理他，任由他去"王公大人"那里要鱼要车去。这样，他这只"黄鹄"已明显不适合再在安陆待下去了。

他只有按照既定计划，奔向当时的京都——长安。

---

① 《上安州裴长史书》："西入秦海，一观国风，永辞君侯，黄鹄举矣。何王公大人之门，不可以弹长剑乎？"

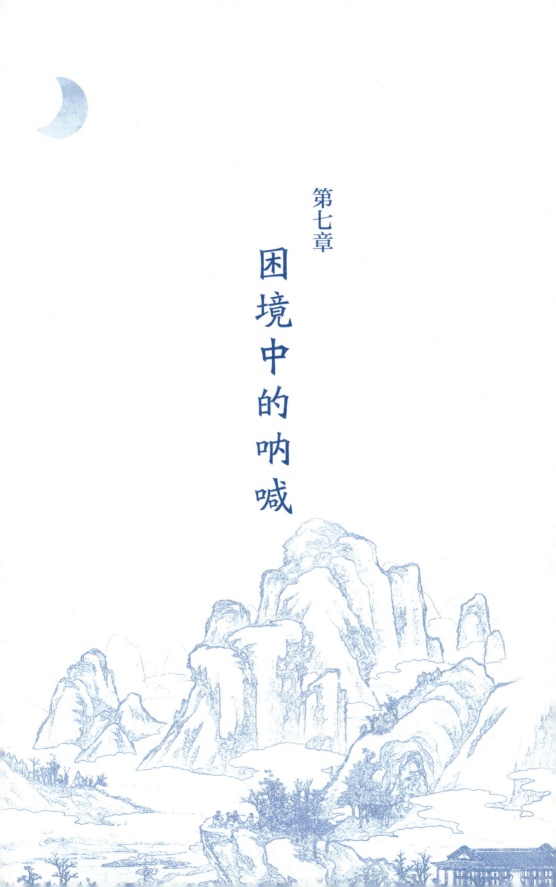

第七章

困境中的呐喊

终南山的苦雨，复仇的槟榔

这次去长安，他的目的很明确，就是为了跑官。

李白后来说他在长安"历抵卿相"（《与韩荆州书》）：拜访了许多卿相。依他的性格，这里肯定会有夸张。据后世许多学者推测，这儿的"卿相"多半指张说父子。李白当时的策略是普遍撒网，重点打捞。张说当时是左丞相，张说的儿子张垍娶了宁亲公主，是我们常说的驸马爷，当时正做着卫尉卿。他们父子可谓位高权重，多半会成为他重点"打捞"的对象。

但不巧的是，张说当时已病重，李白多半仅仅见到了张垍。但从后来李白待诏翰林院，被张垍使绊子，终被放还的结局来看，张垍多半对李白的才华是又羡慕又嫉妒，李白找他帮忙，简直是老母鸡找黄鼠狼帮忙。

值得庆幸的是，他并没有把自己的命运吊在张垍这棵歪脖树上，他还把唐玄宗的妹妹玉真公主同样作为重点"打捞"对象。

这个玉真公主，也爱赶时髦，和后来的李白一样，出家做了道士。当然，一般的道士，居住在深山老林里，而玉真公主却"大隐隐于朝"，在繁华的长安城，她盖了个道观，住在里面。当然，待遇还是公主待遇。

李白之所以走结交玉真公主这条路，一可能是因为她深受唐玄宗宠爱，能直接跟唐玄宗说上话；二可能是因为他们都是道教信徒，彼此信仰相同，容易惺惺相惜。

他发挥所长，给玉真公主写了一首诗，把玉真公主夸成了神仙，说她常常跑到太华峰上去练功，练起功来，能驾龙、闪电，来无影，去无踪。最后还说，像玉真公主这样的仙人，要是有时间的话，去趟少室山，肯定能够遇到王母娘娘。①

他是尽拣对方爱听的说。所谓逢人说人话，逢鬼说鬼话，他也会，而且比一般人说得还要夸张、离谱。

也许就是靠这样的鬼话，他被安排去玉真公主终南山的别馆。

谁知，他去的时候，赶上了绵绵秋雨。雨水就像井水倒灌一样到处漫流，整个山野都被水雾笼罩，连眼前的景物也迷迷蒙蒙，看不清楚。雨水先是汇成一条条小溪，最后又汇成山洪奔涌而下，冲毁了道路。他就是想走几步路，都像穿越山川一样艰难。

李白就这样被困在了终南山玉真公主的别馆中。令人惊奇的是，这个别馆，并不是我们想象的那样高级、舒适。据他在诗中说，那里实际是一个无人居住的荒园，大秋天的，园子里只有稀稀拉拉的几根蔬菜。厨房里也好久没有生火，砧板上、刀柄上都长满了绿毛，以至于他连吃饭都成了问题，最后还是从农家老妇人那儿找了点糊口的东

---

① 《玉真仙人词》："玉真之仙人，时往太华峰。清晨鸣天鼓，飙欻腾双龙。弄电不辍手，行云本无踪。几时入少室，王母应相逢。"

西，才算勉强填饱了肚子。

有人说，他是被张垍骗到这个荒无人烟的玉真别馆的。我看很有可能。多半张垍不想帮他，又不愿意明说，便"灵机一动"，把他安排在了这个荒无人烟的玉真别馆，让他干等着去。

但面对着漫漫的秋雨，他现在想走也走不了。他整天在屋中无事可干，只好靠修补旧书打发时间。最后实在憋不住了，便拿了衣服去山民那里换了酒来，一个人喝闷酒。

他称这样的日子为"苦雨"岁月。

其实，苦的不仅是雨的连绵不绝，更在于他的前途茫茫。

玉真公主那儿久无消息，他向姓张的小子求救，不用说，更是石沉大海。他说他这时心中是"沉沉忧恨"。忧，好理解，为前途担忧，为前途焦虑。恨呢？是恨姓张的把自己忽悠到这儿来呢，还是恨自己有眼无珠上了姓张的当呢？反正，他此时的心情是相当低落的。

他在给姓张的写的求助诗中，依然陈述着他的理想：他要成为管仲、乐毅那样的人。但问题是，在当世谁信任他、看重他呢？

他再一次用冯谖弹剑的故事，说自己得不到重视，受不到帮助，心中充满了悲哀。

之后，他多次引用这个典故，一方面可见他多么渴望得到别人理解、承认与提携；另一方面也可见从始至终他都认为自己是个少有的人才，相信自己迟早都会有一番大作为，即使现在被绵绵秋雨困住，即使现在没有一个人给他机会。

所以最后，我们的诗人用了一个很有意思的典故：南朝的刘穆之小时家中贫穷，却爱喝酒，常跑到妻子的哥哥家蹭酒喝，经常被羞辱，他也不在乎。一天，妻子的哥哥家举行宴会，提前打招呼，让他别来。可他还是偏要去。等吃好喝好了，他还不自觉，又问妻子的哥哥要槟榔吃。几个哥哥就戏要他说："槟榔是帮助消化的，你动不动就饿，哪需要这个！"等到后来刘穆之做了丹阳县令，请几个哥哥吃饭。酒足饭饱了，刘穆之让厨子拿金盘端了一盘槟榔上来，请哥哥们"品尝"，算是报了当年受辱之仇。

李白的意思其实很明显，三十年河东，三十年河西，你小心将来我请你吃"槟榔"。①

张垍收到这样的诗，会是什么样的感受？他后来之所以处心积虑地给李白使绊子，是不是与还记着这个"槟榔"有关呢？

而我们的诗人，多半是只图口舌之快，随便说说，说过就忘。在这些阴雨绵绵的日子里，他想的其实不是什么报仇不报仇，而是渴盼着晴天早日到来，更渴盼着自己政治上的晴天早些到来。但他没想到的是，这个晴天，要到十年之后才姗姗来到。

秋夜的长相思，期待清风的孤兰

玉真公主、张垍这儿走不通，其他"王公大人"那里呢？依然是碰壁。

他本来是兴冲冲而来，要向王公大人们弹剑要鱼要车要待遇哩，谁想却是无人理会，无人看重。难道他们不知道我李太白是人才、是

---

① 《玉真公主别馆苦雨赠卫尉张卿二首》："何时黄金盘，一斛荐槟榔。功成拂衣去，摇曳沧州傍。"

国士吗？难道他们就是这样对待人才和国士的吗？

他想不通。他痛苦。他感到他急欲想见到、想辅佐的人——唐玄宗离他那么远。他对唐玄宗，只能是一厢情愿地"单相思"。但这种"相思"却是长久的、绵绵不绝的。他借用了古代的乐府名，称它是"长相思"：

> 长相思，在长安。络纬秋啼金井阑，微霜凄凄簟色寒。孤灯不明思欲绝，卷帷望月空长叹。美人如花隔云端，上有青冥之高天，下有渌水之波澜。天长路远魂飞苦，梦魂不到关山难。长相思，摧心肝。

（《长相思》）

很明显，这是一首爱情诗，但又可以作另外的解读。因为自从屈原用"香草美人"来借喻君王后，那些美人就不再是纯粹的美人了，在她们姣好的面貌下，已经隐隐显出了君王、朋友等多样的面目。毕竟李白是那么熟悉屈原的作品，毕竟他也特别善于使用这种象征手法。只能说，从表面看，它是一首情诗，也完全可以作为纯粹的情诗来读，但李太白在写这首诗的时候，想到的一定会更多。

他多半会想到那个他千方百计想见到的人，那个可以帮助他实现政治梦想的人。而这个人就在长安，似乎隔着不远，又似乎远在天边。

这依然是秋天。终南山的绵绵秋雨换作了长安秋夜井栏上促织的一片啼叫，寒霜浸入，竹席也有了寒意。这时候，他的感受已与在终南山时不同。终南山的雨再"苦"，他的心依然是热的。而这里的寒，已不再仅仅属于竹席。

他说陪伴他的是孤灯，而且还是不明的孤灯。说灯的孤，其实也就是在说他的孤。他在安陆说他是孤剑，是浮云。而现在，这种孤独感似乎又纠缠上了他。

他说他"思欲绝"，其实是思不绝：东思西想没个断绝。只好卷起帘子望那轮明月，那首《静夜思》是不是就是产生于这样的夜晚呢？但低头所思的故乡也只能是思念而已，他能在这种一事无成的情况下回去吗？

退又不能退，进又无法进，他该怎么办呢？

在长安，他陷入了两难之中，只能一声又一声地长叹。

但长叹又有什么用呢？那个"美人"被云遮盖着，上有长空茫茫，下有碧波荡漾，即使魂魄出体去见他，这么高的天，这么远的路，又有那层层的关山阻挡着，怎么能够到达他的身旁呢？

长相思的结果，还是痛苦，而且是"摧心肝"般的痛苦。

在另外一首诗里，他把自己比作幽僻的园子里的"孤兰"。孤剑、孤灯、孤兰，这一个又一个的"孤"字，意味着什么呢？

而孤兰的命运似乎更加不堪，只能和杂草们混在一起。春天早已过去，秋天已经到来。这是说他人生的春天也已过去。而他，却依然一事无成。他害怕了。害怕哪一天，那严酷的"飞霜"来了，他的绿，他的艳，都将一去不返。那么，他作为兰，和杂草又有什么区别呢？他的人生价值又在哪里呢？

他难道会有这样的命运吗？他非常清楚自己的才华，可正因为清楚，这种无人理会，任其枯芜的局面才更让人心痛。也许，这才是真正的"摧心肝"。

他只能期盼着清风吹来，使自己的香气远播出去，让更多的人知道自己的价值：自己不是杂草，而是香气四溢的兰花。但是，那股清风又在哪里呢？①

没有人向他伸出援助之手。他看不到自己的出路。

一朵充满豪气的云

他有了暂时离开长安的念头：

徘徊六合无相知，飘若浮云且西去。（《赠裴十四》）

在形容自己当时的生活状态、精神状态时，他用的是"徘徊"这个词，就像当年鲁迅用"彷徨"一样。他说他是在整个世界、整个宇宙中徘徊。为什么？他说没有"相知"：没有真正理解自己，认识到自己才华、价值的人。

他又想到了浮云：我是一朵漂泊的云啊。十几年后，当杜甫用"江东日暮云"来形容他时，他会不会有一种怦然心动、被击中的感觉呢？

那么这朵云要飘往何方呢？他告诉我们，要向西去。

他暂时离开长安，到邠州（今陕西彬县）、坊州（今陕西黄陵县）一带游玩，寻求"知己"。

但他的漂泊感依然没有减轻，他依然说自己是朵云，而且还是朵

---

① 《古风》其三十八："孤兰生幽园，众草共芜没。虽照阳春晖，复悲高秋月。飞霜早淅沥，绿艳恐休歇。若无清风吹，香气为谁发？"

"无心云"：前些天还在东南呢，现在就已在长安，过些天又到西北了。①

而且这朵"无心云"还遭遇到了前所未有的困境：到了冬天，竟连御寒的衣服都没有，大冬天的，还穿着短袖衣服。寒风吹进衣袖里，冷飕飕的，两手也像拿着冰块一样。这时候，连老朋友也不帮他，更别说新认识的人了。他感觉自己就像一只陷入牢笼的老虎任人摧残，又像一只雄鹰被系上了绳索无法飞翔。②

这样，我们就看到了他人生中困窘的、并不飞扬鲜亮的一面。

如果不是他写出来，我们能想象得到，这样的场景会出现在我们一般人心目中整天大碗喝酒、大把花钱的李太白身上吗？但这却是事实。也许诗人光鲜、洒脱的背后，往往是不为人知的困窘与难堪。

看来他的"知己"依然没有找到。

但这朵浮云与一般的浮云的区别是：他不仅充满了漂泊感，他还充满了豪气。或者更准确地说，那股浓重的人生漂泊感并没有压倒他身上的那股豪气、英雄气。当那股孤独、失望、寂寞、漂泊的感觉似乎要压倒他的时候，他生命中的另一股不服输的、抗争的、睥睨一切的力量也随即涌了出来。他的生命中，几乎没有一味地悲伤或喜悦，它们是混杂着也斗争着的。当然，就像美国的好莱坞大片结局一定是正义战胜邪恶一样，我们的大诗人奉献给我们的诗篇，也往往是乐观战胜了悲观，希望战胜了失望，未来的光明战胜了现在的黑暗。我们

---

① 《酬坊州王司马与阎正字对雪见赠》："游子东南来，自宛适京国。飘然无心云，倏忽复西北。"
② 《赠新平少年》："而我竟何为，寒苦坐相仍。长风入短袂，两手如怀冰。故友不相恤，新交宁见矜。摧残槛中虎，羁绁韝上鹰。"

欣喜地看到，就是在最困苦不堪的时候，他还是把自己比作老虎，比作雄鹰。他骨子里的那股乐观，那股自信，即使是泰山压顶也磨灭不掉。

他说，假如给我一双翅膀，我就会腾空而起，如果时机许可，我还是要像姜太公那样，投竿而起，一展我的才华，实现我拯世济民的抱负。①

也许这仅仅是一种对自己的安慰。他是一个善于开导自己、安慰自己，也善于安慰别人的人。不论如何，到最后，他的心情会好许多，我们的心情也会好许多。毕竟，我们不愿意他成为屈原、成为陶渊明。我们还需要一个光辉灿烂的、不同于任何人的、以乐观向上精神来结束诗篇的李太白。

惊心动魄的一幕

到春暖花开的时候，他重新回到了长安。

这次，他的麻烦来了：他和那些斗鸡徒发生了冲突。

他对他们有着无法遏止的憎恶。在诗里，他把他们和那些飞扬跋扈的太监并列在一起。

他常常在长安的大街上看到太监们坐着"大车"横冲直撞，飞一般驶过，就是在大白天，街上飘起的灰尘也足以遮挡住太阳。

---

① 《酬坊州王司马与阎正字对雪见赠》："主人苍生望，假我青云翼。风水如见资，投竿佐皇极。"

他还看到他们不知哪来的那么多钱，一出手就是多少多少黄金。出手之阔绰、之随意，让他这个曾经一年散金三十余万的人也惊讶不已。

他还看到他们的宅子一片连着一片。这可是长安啊，"居住不易"的长安啊，他们哪来那么多钱置办这么多的房产呢？是朝廷的赏赐吗？那他们又为国家作出了什么重大贡献呢？

他不理解。

他更不理解的还有那些斗鸡徒。

为什么他们出门乘坐的是"高级车"呢？而且还一副趾高气扬、牛气哄哄的样子。路人都被他们吓得躲得远远的，生怕惹了这些小太岁。

最后他问自己，也问这个社会：难道这个世上就没有了是与非，没有了好与坏？怎么能让这些人耀武扬威呢？

他肯定想到了自己：论才华、能力，自己不知比他们高出多少倍，可为什么自己无人理睬，只能到处漂泊流浪呢？[①]

他不理解，不满，愤懑，却只能以诗来发泄、来批判。

但他没想到的是，也许就是这样的诗给他惹来了灾祸。

那些斗鸡徒多半是被他的诗激怒了，和一帮小流氓、小混混把他堵在了长安城的北门。

他当时和一个刚认识不久的叫陆调的年轻人在一起。这个陆调和他一样，喜欢剑术，也喜欢行侠仗义，武艺相当好。

---

① 《古风》其二十四："大车扬飞尘，亭午暗阡陌。中贵多黄金，连云开甲宅。路逢斗鸡者，冠盖何辉赫。鼻息干虹蜺，行人皆怵惕。世无洗耳翁，谁知尧与跖。"

而包围他们的是些什么人呢？他说组织者是一只"老虎"。这个"老虎"是什么人？李白没有明说，从后面这"老虎"能组织起这么多流氓、混混来看，多半是今天所说的黑社会老大之类。被这只"老虎"组织起来包围他的有两拨人。一拨是"斗鸡徒"，也就是他写诗批判的那些人。一拨是"五陵豪"。

五陵是汉代五个皇帝在长安附近的陵墓。所谓"五陵豪"，相当于我们所说的"长安恶少"。这些人，"或以擅长斗鸡取悦于贵戚，或以屡立军功获宠于朝廷，或供职羽林，或混迹游侠"①，路子野，势力大。李白在另外一首诗中对他们有过详细描写，说他们骑的是龙马，乘的是金鞍，拿的是玉剑，穿的是珠袍，坐的是好车，好习武，爱喝酒，杀人不眨眼，结交的是亡命之徒，干的是斗鸡玩狗之事，接触的却是朝廷的显贵。②

他当时把他们当作"英雄人物"，是带着欣赏的目光来写这些人的。可一旦他在现实中被这些"英雄"所包围，他才知道，这些"英雄"是会要他命的。

这些人仗着人多势众，把他俩包围起来，又是恐吓，又是辱骂，形势可以说是万分危急。这时候陆调高超的本领显了出来。他多半是舞着剑，骑着马冲了出去。按李白夸张的说法，他是不顾一切冲向了"万人丛"，对方被他不要命的势头吓住了，纷纷躲避。在李白笔下，陆调简直有点赵子龙大战长坂坡的味道。

---

① 安旗：《李白诗新笺》，中州书画社1983年版，第25页。
② 《白马篇》："龙马花雪毛，金鞍五陵豪。秋霜切玉剑，落日明珠袍。斗鸡事万乘，轩盖一何高。弓摧南山虎，手接太行猱。酒后竞风采，三杯弄宝刀。杀人如剪草，剧孟同游遨。"

他在陆调冲出去后，多半被抓住，囚禁了起来。按照常理，恐怕没少挨打。所以，他后来说，当时他被他们摧残得就像一枝蒿草一样，可以说是危在旦夕。

但庆幸的是，陆调终于搬来了救兵，救了他一命。不然，在那种"万人丛"中，他有可能就被打死了。

当他后来得知陆调在江阳做了县令后，不顾长途跋涉，专门跑去看望陆调，并写诗回忆起了当年他们的交往，特别是这惊心动魄的一幕。当然，当年的两个"生死之交"，或者说"战"友相逢，不喝酒是说不过去的。最后他们是"大笑同一醉，取乐平生年"。①

是啊，一切都成为历史了，即使当时多么凶险，即使当时他认为这是他人生的一大耻辱，但现在，一切都不重要了，重要的是他们还活着，还能大笑、大醉，还能重温那如酒一般暖人的友谊。

终南山的安慰

在长安期间，李白大多数时间都隐居于长安附近的终南山。

隐居，是当时当官的一条途径，甚至还是"捷径"。当时西都长安附近的终南山和东都洛阳附近的嵩山，都被这些求官的"隐士"当作隐居的首选。皇帝在长安时，他们隐在终南山；皇帝在洛阳时，他

---

① 见《叙旧赠江阳宰陆调》其二："风流少年时，京洛事游遨。骏骥红阳燕，玉带明珠袍。一诺许他人，千金双错刀。满堂青云士，望美期丹霄。我昔北门厄，摧如一枝蒿。有虎挟鸡徒，连延五陵豪。邀遮来组织，呵吓相煎熬。君披万人丛，脱我如狴牢。此耻竟未刷，且食绥山桃。"

们隐在嵩山，这些人被戏称为"随驾隐士"。这恐怕与此二山离京都近，隐居的声名容易传到皇帝耳朵有关。

终南山虽没给我们的大诗人带来官运，甚至在玉真别馆，还让他备尝苦雨的滋味、等待的煎熬，但在他春天回到终南山隐居旧地时，他的心中是泛着喜悦之情的。他和那些"随驾隐士"不一样的是：他隐在这里，并不仅仅是为了求官。他对这里，是有着真切的爱的。

他回来后对终南山的第一感觉是"事事不异昔"：每件事都和以前没什么不同。他这里不是在说对终南山的感觉，而是在说对"终南山的事情"的感受。什么是"终南山的事情"呢？多半就是他希冀着出去期间，那些王公大人能给他带来仕途上的好消息吧？这不过是他的一点奢望，一点幻想。当他知道还是老样子时，应该说，也在他的预料之中。因此，他对"事"的感受是平淡的，叙述起来也是相对平静的。

接下来，他的举动才真正恢复了"正常"：对山水的喜悦与爱。他又是沿着溪水漫步，又是攀上山崖去眺望。毕竟山水的清音任何时候都在他心中荡漾着，离开它们对他是一种痛苦和折磨。如果说，在城市中，他的心被朝廷、被仕途所吸引，处于一种求之不得的焦躁、不安之中；那么，只有在山水中，他的心情才会被平静、喜悦所充溢。

而在旧居中，他惊喜地看到蔷薇爬上了东边的窗子，女萝爬满了北边的墙壁。他惊讶着：这才离开几天呀，这些小家伙就长这么高了。这是对生命力的一种惊讶，也是对万物复苏、生机蓬勃的一种喜悦。春天来了。他不愿意就这么睡去，就这么让这美好的夜晚白白逝去。他要像陶渊明那样，一个人自在地饮着酒，慢慢送走这个草木静静生长，星月静静闪耀的春夜。[①]

而当他离开终南山时，他以拜访"山人"的形式，向终南山，也向他的终南山隐居生涯作了告别：

> 暮从碧山下，山月随人归。
>
> 却顾所来径，苍苍横翠微。
>
> 相携及田家，童稚开荆扉。
>
> 绿竹入幽径，青萝拂行衣。
>
> 欢言得所憩，美酒聊共挥。
>
> 长歌吟松风，曲尽河星稀。
>
> 我醉君复乐，陶然共忘机。
>
> （《下终南山过斛斯山人宿置酒》）

他拜访的这个姓斛斯的隐士，是一个真正的隐士，他的家就在终南山下。

他们两人披着夜色从终南山下来，明月一直伴随着他们。在他的眼里，明月永远都是有感情的、可以与人沟通的。而这里山中的月亮，更像是默默注视、陪伴、安慰着他的亲人。

耐人寻味的是，这时候的他特意写到了他对终南山的"回望"，是要再看一眼那断断续续住了近两年的终南山吗？是要让自己对终南山的印象再深刻些吗？在这一回头里，含有多少对终南山的不舍与留恋呢？他看到的是，月光下的终南山苍苍茫茫，一片青翠。这里，蕴

---

① 《春归终南山松龛旧隐》："我来南山阳，事事不异昔。却寻溪中水，还望岩下石。蔷薇缘东窗，女萝绕北壁。别来能几日，草木长数尺。且复命酒樽，独酌陶永夕。"

含着"青山依旧在"式的感慨吗？还是他沉浸在这月光下的平静安谧中，泛涌着一股与山、与月共融共存的生机与禅意呢？

他们互相搀扶着，一直走到了斛斯山人家中。山人的孩子打开了柴门。院子里，小路两旁长满了绿竹，人走在这条小路上，青萝不停地拂着衣服。这是他在屋外看到的景象。他告诉我们，他们是互相搀扶着来的，是关系相当好的朋友。门是柴门，不是高门、巨门：山人没什么钱，却也是心地无私天地宽。开门的是山人的儿女：他没有仆人，有的只是家人。院中长满了绿竹和青萝：他的精神追求是脱俗的、清雅的。李白似乎是在说院内景象，其实是在说这个"山人"的精神世界。

而这个人的精神世界与自己是多么契合，他似乎看到了另一个自己。也正因为此，他与这个人谈起话来是多么高兴、默契；喝起酒来又是多么痛快、自在。"美酒聊共挥"，多么简单的写法，又是多么洒脱的写法。这里透露出的，是只有李太白才有的神采与风韵。

当然，喝高兴了，就不只是说来说去了，还要唱，还要弹琴。说不定，他还要跳他那"青海舞"呢。只是限于字数，他没办法写啊。唐诗啊，你为什么限字数呢，你就不能让我们的诗人更自由、更痛快地挥洒过瘾吗？

结果，歌声飘向了松林，琴声流向了银河，最后，夜深了，连星星也熬不住了，一个一个休息去了。而我们的诗人呢，也醉了。每次喝酒，他似乎没有不醉的。醉，难道就是他喝酒的目的吗？

但对方呢，还在那儿乐呵个不停，是继续再唱呢，还是在琴弦上自由拨弄呢？

他曾经在山中与另一个隐士喝大了之后这样说：*我醉欲眠卿且*

去，明朝有意抱琴来。那意思就是明天接着喝，接着唱。而这次，他在与这位山人喝大了之后，主要的感受是"陶然共忘机"：忘了外部的世界，忘了一切的心机，有的只是陶然。那种忘我的高兴，达到了高度和谐满足的快乐。有意思的是，他在回到终南山旧居独酌时，得到的也是这么一种陶然的感觉。

这是一种多么美妙、多么难得的感觉。

可以说，终南山不仅给了他痛苦，也给了他欢乐。在王公大人、斗鸡徒那里受到的精神创伤，似乎暂时在普通的隐居者这儿得到了治疗。①

自我意识的恢复与高扬

但长安，最终给他的还是失望。他和后来的杜甫一样，在长安两年，到处拜这个、访那个，但最终还是连个皇帝的影子都没见到。他失望了，愤激了，牢骚满腹了：

> 大道如青天，我独不得出。羞逐长安社中儿，赤鸡白雉赌梨栗。弹剑作歌奏苦声，曳裾王门不称情。淮阴市井笑韩信，汉朝公卿忌贾生。君不见昔时燕家重郭隗，拥篲折节无嫌猜。剧辛乐毅感恩分，输肝剖胆效英才。昭王白骨萦蔓草，谁人更扫黄金台。行路难，归去来。
>
> （《行路难》其二）

---

① 《下终南山过斛斯山人宿置酒》一诗，有人认为作于李白二入长安时，也有人认为作于其他时期。但我还是倾向于它写于李白一入长安时。

他这是在出气。他要把这两年来在长安所受的窝囊气全部发泄出来。他也是在开火，向着长安的混混们，向着那些不识货的高官们，也向着昔日那个低眉俯首的自己。

他的自我意识在这种呐喊、呼号、批判、忏悔中重新萌生、高涨了起来。

他首先喊出的是"大道如青天，我独不得出"：大道如天空一样广阔，为什么就没有我的出路呢？他说这话的时候，一定想到了那些飞扬跋扈的太监，想到了那些耀武扬威的斗鸡徒，也想到了那些仗势欺人的五陵豪，他们的才能有哪一个比得上自己？可为什么人家备受器重，我却无人过问呢？人家的道路为什么越走越宽，我的道路却越走越窄了呢？甚至没有我的出路了呢？

但尽管如此，让我和他们这些混混、斗鸡徒混在一起，整天斗鸡玩狗赌博，我还真丢不起这个人。他用了一个"羞"字。他对他们是多么不屑，对他们这种生存方式是多么不屑。作为一个"天下之士"，他的底线永远不会突破。

但他的生存方式又是什么呢：拜访那些达官贵人，给他们赠诗、写信，希望能以自己的才华打动他们，可结果呢？不但什么也没有得到，自己反而像冯谖那样，弹出了乞怜、哀求之声。他的自尊哪里去了？那个"自我"又到哪里去了？

他在反思，也在忏悔。也许就是在这种反思中，他的自我意识才得以重新建立起来，他的自信也才得以重新恢复。

他把自己比作了韩信、贾谊。可韩信当年被那些市井无赖羞辱，几乎没人看得起他；贾谊被满朝的公卿们妒忌，最终也无法施展他的才能。难道，这就是他的命运？

他不甘心。他反问道，你们难道没看到当年燕昭王为了招揽人才，专门筑造了黄金台，亲自拿着扫帚，弯了腰扫着路，并用袖子遮挡着灰尘，来给郭隗引路，剧辛、乐毅这样的人才才纷纷跑到燕国来"输肝剖胆"，为燕王效力吗？可他面对着的现实却是：燕昭王早已成为历史，他的坟墓也已长满了荒草。

他的潜台词是，今天的燕昭王在哪里呢？我为什么看不到他呢？我又能为谁"输肝剖胆"呢？

既然这样，那么，我还死皮赖脸地待在这儿干什么呢？我还不如回去呢！

这是牢骚吗？是牢骚，可并不仅仅是牢骚。

他对长安失望了。

蜀道与长安，天才的激情

他决定离开长安，另谋出路。

也许正因为要离开，他那一直压抑着的感情一下子爆发了出来。那个低着头，苦苦向王公大人们求助，心里备受煎熬的李太白不见了，那个要冲决一切，跳跃着的、呼喊着的、奔腾着的李太白出现了。

也许就是在这个时候，他写出了《蜀道难》：

噫吁嚱，危乎高哉！蜀道之难，难于上青天！蚕丛及鱼凫，开国何茫然。尔来四万八千岁，不与秦塞通人烟。西当

太白有鸟道，可以横绝峨眉巅。地崩山摧壮士死，然后天梯
石栈相钩连。上有六龙回日之高标，下有冲波逆折之回川。
黄鹤之飞尚不得过，猿猱欲度愁攀援。青泥何盘盘，百步九
折萦岩峦。扪参历井仰胁息，以手抚膺坐长叹。

问君西游何时还，畏途巉岩不可攀。但见悲鸟号古木，
雄飞雌从绕林间。又闻子规啼夜月，愁空山。蜀道之难，难
于上青天！使人听此凋朱颜。连峰去天不盈尺，枯松倒挂倚
绝壁。飞湍瀑流争喧豗，砯崖转石万壑雷。其险也如此，嗟
尔远道之人胡为乎来哉！

剑阁峥嵘而崔嵬，一夫当关，万夫莫开。所守或匪亲，
化为狼与豺。朝避猛虎，夕避长蛇，磨牙吮血，杀人如麻。
锦城虽云乐，不如早还家。蜀道之难，难于上青天！侧身西
望长咨嗟。

据说这是为送他的一个朋友入蜀而作的。一般送别，总要说些安
慰的话、壮行的话，而在这里，我们的大诗人却一反常态，说开丧气
话了：这路多么多么难走，你还是别去的好。就是去了，也还是早点
回来的好。

这哪是送别诗，简直是阻行诗。

其实，他是在借题发挥。他要借朋友入蜀来大做文章，来一吐他
胸中的块垒和不平之气。在某种程度上，蜀道难也是行路难。

他一上来就感慨开了：哎呀呀，多么危险多么高呀，这蜀道，真
是太难走了，比上天还难。

上天在当时几乎是不可能的事。而他却说，走蜀道，比上天还

难。他仅仅是在夸张吗？他是不是在表达一种更为宽泛的人生感慨呢？

他写蜀道的时候，多半想到了长安，想到了他在长安的处处碰壁。长安的路也并不平坦，并不好走啊。可以说，在这时他的心中，蜀道有多难走，长安就有多难走，甚至更难走。这儿的"蜀道之难，难于上青天"和"大道如青天，我独不得出"存在着血亲关系，甚至可以说是同一种情绪的不同表达。

它们所要表达的，都是世事之艰难，实现理想之不易，才华的无法施展，对现实的抨击与忧虑。

他知道他不能光发空洞的感慨，他还得具体些，再具体些，说说这蜀道究竟有多么难，才能把朋友"吓"住，才能让他认同自己的观点：

"传说中蚕丛和鱼凫建立了蜀国，那都太遥远了，俺就不说了。反正大约有四万八千年，蜀秦两地从来没有来往过。只有西边太白山有个飞鸟才能过的小路，可以直达峨眉山巅。后来，地裂山崩，压死了蜀国五壮士，两地才有天梯栈道开始相连。"

这是在给朋友说陕西（朋友现在所在地）与四川（朋友将要前往的地方）两地的交往史，也是说蜀道产生史。这些"历史"基本上以神话、传说的面貌出现，神神奇奇，迷迷离离，恍恍惚惚，他这是想借"非凡"的"历史"来吓住朋友吗？

他也许觉得，仅凭这些，分量还不够，他必须得说现实，说这实实在在的蜀道，所以，他笔锋一转：

"你看那山峰，只有拉着太阳运转的六条龙才能够飞过。你再看那山下，到处是澎湃、冲荡、回旋的激流。就是那善飞的黄鹤也没法飞过，擅长爬山的猴子见了也要发愁。"

他意犹未尽，觉得还不够险，还不足以把朋友吓回去，便把那最有代表性的青泥岭单独拉出来说事：

"你看那青泥岭多么曲折，你就是走上一百步，也不知要绕着山峰转多少弯。你一旦站在它的上面，随便伸出手去，就可以摸到天上的星星。你说，你遇上这样的路，会不会吓得不敢呼吸呢？会不会坐在那儿叹息呢？你说你这一去啥时候才能回来？这些山道难道是你可以随便走的吗？"

这还没完，他又说起了山道上的孤独寂寞：

"走在蜀道上，你见不到人，只能看见飞鸟在古树间哀鸣，雌雄相随在林间绕来绕去。晚上，你所能听到的，就是月亮下，杜鹃悲惨的叫声在空荡荡的山谷中回响。你内心会是什么感受呢？是胆战心惊呢，还是发愁落泪呢？这时候，你是不是要感叹蜀道之难，难于上青天呢？"

一般人到这儿就结束了，但我们的大诗人没有结束。他描写的瘾、夸张的瘾还没过完，他还要写，甚至出现某些方面的重复他也在所不计：

"一座山峰连着一座山峰，离天还不到一尺，枯老的松树倒挂在绝壁之上，飞流直下的瀑布争相喧哗着，跌落在山谷底的岩石上，就像打雷一样。"

他还没完，还要说那著名的剑阁：

"你看那剑阁，多么高峻、巍峨，只要一人把守，千军万马也难攻克。一旦驻守的人不是皇帝近亲，就会变成野性难驯的豺狼，叛乱者要在这儿割据为王。你到了那儿，早上要提防猛虎，晚上要小心长蛇，它们整天在你身边磨牙吸血，你能安心待下去吗？成都虽然繁华，可终不是久待之地呀，还不如早早回家。"

他这已经不是在说蜀道难走了，他这是在说蜀乡非久居之地，保不准哪天就让你掉脑袋呢！四川可是他的家乡啊。他这是担心什么呢？担心那些军阀吗？现实的阴影最终还是落在了他的心上，再美丽险奇的景色也无法掩盖。

他的结论是：

"蜀道之难，难于上青天！侧身西望长咨嗟。"

他为什么要感慨长叹呢？仅仅是因为蜀道艰难吗？难道他没有进而想到长安艰难、世道艰难吗？他一遍又一遍描写着行走蜀道之难，呼唤着朋友回家来，有没有和屈原的《招魂》同样的意韵呢？成都不可以久留，那么长安就可以久留吗？那么什么地方才可以久留呢？

只是，他没想到的是，他为了描写蜀道之难，无形中却又把蜀道描写得多么神奇、多么壮丽、多么雄伟啊。他的本意是不让人家去蜀地，但读了他的文字，不知又会有多少人向往着蜀道，渴望着亲身去走上一趟呢。

后来贺知章读到《蜀道难》，惊叹李白为天上下凡的仙人。他一眼就看出来了，这里燃烧着一个天才的激情，足以覆盖一切，燃烧一切，超越一切。这种激情，在中国诗史上，我们几乎只在后来创作《女神》时期的郭沫若身上看到过，可惜在郭沫若身上，它消逝得又是那样迅速。

只能说，这是典型的李太白风格，李太白节奏。这样的诗，必须把它高声朗读出来，才能充分感受到其中跳跃变化的节奏与感情。

其实，他要表达的是什么并不重要，他为什么要写这样的诗也不重要。重要的是，这样的诗，能唤醒你麻木的神经，能燃烧你沉潜下去的激情，能让你产生一个新的"我"。或者更准确地说，能让你成为另一个自己。

心理的激烈交战，本质上的乐观主义者

李白离开安陆的时候，曾高调宣称，要到"王公大人"那里要官、要待遇去，谁想两年下来，啥也没混上，他没脸回去，便跑到开封、洛阳一带继续寻找机会。

他当时也许这样想：西都长安没机会，说不定东都洛阳会有机会。

结果他还是想错了。

一路上他心里进行着激烈的交战，可以说是充满了矛盾与烦恼。用他的话说叫"忧思多"。他牢骚满腹。一会儿说"世人见我轻鸿毛"：世上那些俗人门缝里看人，把俺看得连鸿毛也不如。一会儿说"白日不照吾精诚"：皇上咋就感受不到俺对他的一片诚心呢？他多半奢望着唐玄宗也能像周文王梦见姜太公一样，梦见他，自动找上门来吧？一会儿又说"持盐把酒但饮之，莫学夷齐事高洁"：尽管喝你的酒就行了，还装什么大瓣蒜，讲什么高洁不高洁。

他迷茫。一会儿说"长啸梁甫吟，何时见阳春"：为什么我天天吟唱的是悲哀的歌曲呢？啥时候我的春天才能来临呢？一会儿说"洪波浩荡迷旧国，路远西归安可得"：滔滔黄河隔断了我与长安的联系，我啥时候才能重回长安呢？一会儿说"欲渡黄河冰塞川，将登太行雪

满山"：想渡过黄河呢，冰封着哩；想翻过太行山呢，雪封着哩。俺的命咋就这么穷哩？

他故作达观，想借酒忘记痛苦，却偏偏借酒浇愁愁更愁。一会儿说"人生达命岂暇愁，且饮美酒登高楼"：人生还是要看开，在高楼上喝酒比什么都强，哪还有时间烦恼忧愁呢！一会儿说"停杯投箸不能食，拔剑四顾心茫然"：又停了杯子，扔了筷子，喝也没心情喝了，吃也没心情吃了，心中一片茫然。

就此认命吧，他又不服气。"狂客落魄尚如此，何况壮士当群雄"：连那些个没多少本事的"酒徒""狂客"都能做出惊天动地的大事业，何况俺是个抵得上"群雄"的"壮士"呢！

一会儿他又安慰自己说"东山高卧时起来，欲济苍生未应晚"：俺可不能自暴自弃，我要做谢安，迟早都要为拯救天下百姓"出山"大干一番的。

一会儿他又自信心倍增，豪迈无比了。"长风破浪会有时，直挂云帆济沧海"：相信总有那么一天，俺要挂起船帆，乘了长风，劈开万里波浪，到达我向往的地方。

只能说，他这一时期情绪极不稳定，见不到皇帝，当不上官，他失望、烦恼，却又不甘心，时不时地安慰自己说，还有机会。有时候又故作达观，破罐子破摔，管他什么官不官呢，吃好喝好，过好自己的小日子比什么都强。

不过，不可否认，他本质上是一个乐观主义者，再悲观，再黑暗，也遮不住他心底的那团亮色；也不可否认，他是一个善于寻找心理平衡的人，甚至可以说，他不仅是一个诗歌创作的大师，也是一个自我心理调适的大师。前一阵子他还哭天嚎地呢，过一会儿，经过他对自己这么一开导，一宽慰，就云开日出，满脸灿烂了。

他的诗歌，也往往是他自我调节的产物，前面几句，往往是悲叹调，感情往下跌，一直跌到最低谷。猛地，他从感情的泥淖里挣脱出来，一下子飞扬了上来，站在了人类感情的高峰上，那个独立的自我、高大的形象，异常强烈地凸显了出来，犹如一个苦难中升起的英雄。

他的长篇歌行，在某种程度上，相当于贝多芬的交响乐。

第八章

浪子的背后

洛阳的收获：美酒与友谊

李白是初夏离开长安的，经开封（今河南开封）、宋城（今河南商丘）、嵩山等地，暮秋时节到达洛阳，一直待到第二年秋天。

但在洛阳，政治依然与他无关，他收获的更多的是美酒和友谊。

他认识了一个叫董糟丘的人，从"糟丘"这个名字来看，他多半是一个酒店老板之类。他专门为李白建造了一个酒楼。[①]

这是非常奇特的一件事。这位董老板是诗歌爱好者，是李白的铁杆粉丝，为了和偶像在一起，豁出去了？这位董老板是道教爱好者，一见李白浑身"仙风道骨"，立马倾倒在他的脚下？再不然这位董老板是个把钱不当钱的大款，就爱附庸风雅，结交文艺界人士？还是这位董老板是个资深酒家，一见李白这样的酒仙，产生了酒逢知己千杯少的感觉，从而也就有了一座酒楼白送了的行为？

而李白呢，他整天，不，整月，和朋友们在这座酒楼上，又是喝酒，又是听歌，又是观舞，大把地扔钱，用他的话说，扔的是"黄金

---

① 《忆旧游寄谯郡元参军》："忆昔洛阳董糟丘，为余天津桥南造酒楼。"

白璧"。他在作于同期的《行路难》中也说"金樽清酒斗十千，玉盘珍馐直万钱"，又是金樽，又是玉盘，又是珍馐，他怎么一下子又这么有钱了呢？上一年在邠坊一带，他可是差点到了断炊挨冻的地步呀。我想境遇的改变，可能与这个董糟丘有关，也可能与后面将说到的元参军元演有关。

对于王侯，用他的话说叫"轻王侯"：什么王啊侯啊的，他们算个老几呀。当然，这也就是他喝大了说说，日后回忆起来，吹吹牛而已。清醒的时候，他多半不会这么说。[①]

他买的是"歌"与"笑"，卖歌卖笑的是什么人，我们也不难想象。可以说，他在洛阳酒没少喝，美女没少看，朋友也没少交。反正，李白走到哪，都不缺美女和朋友。其中的元演被他在回忆中称为"莫逆"。他是这样评价他们当年的友谊的：

> 海内贤豪青云客，
>
> 就中与君心莫逆。
>
> 回山转海不作难，
>
> 倾情倒意无所惜。

也就是说，当年在洛阳和他喝酒的，主要是两类人，一类是"贤豪"：英才豪杰；一类是"青云客"：达官显贵。

而元演当年多半属于第一类，即李白眼中的英才俊杰。不过，他接着说了，这么多人才，这么多贵人，我与你可谓是一见如故，最合得来，感情最深。怎么个深法呢？在我们面前，让山倾倒，让海回

---

① 《忆旧游寄谯郡元参军》："黄金白璧买歌笑，一醉累月轻王侯。"

返，都不是难事；就是拿出所有的感情、心力来维护我们的友谊也无所吝惜。

"回山转海不作难，倾情倒意无所惜"，这样深情的、充满激情的诗句，他十几年后献给了这位他在洛阳认识的朋友，可见这位朋友在他心目中的地位。而他这位朋友，也一点没辜负李白这样的诗句。

按李白诗中所写，他在李白回到安陆后，仍留在洛阳，却整天"愁梦思"，这三个字组在一块儿，信息量真是太大了。一是"愁"。为啥愁？俺的朋友李太白不在这儿了。二是"梦"。梦见谁？梦见俺的朋友李太白了。三是"思"，思念谁？思念俺的朋友李太白。四是"愁梦"。梦中也是忧愁的？五是"梦思"。梦中也在思念？六是"愁梦思"，整个儿加起来，又是愁，又是梦，又是思念，这让人如何受得了啊？

结果，元演作出了一个让他解除痛苦，也让李白感动不已的决定："不忍别，还相随。"也就是说，他受不了与李白分别的痛苦，随后就随李白也到了安陆。①

"酒肉朋友"，千里遥相忆

而随后他们两人一块儿到随州（今湖北随县一带）仙城山游玩。仙城山的景色因为有了友谊的映衬而分外迷人：整个仙城山似乎被无数曲曲折折的流水包围，而他们顺着一条小溪进入仙城山中，就像武

---

① 《忆旧游寄谯郡元参军》："我向淮南攀桂枝，君留洛北愁梦思。不忍别，还相随。"

陵人进入了桃花源一样：那儿简直是一个鲜花的世界，千万朵鲜花在阳光下显得分外明媚、艳丽，春风吹过，千岩万壑响起了阵阵松涛。而这样的松涛声十几年后，依然在李白的记忆中清晰出现。

他们又一块儿骑马到了随州。有意思的是，当地的头面人物几乎都出面了，他诗中提到了两位。一位是"汉东太守"，这位太守对于我们的大诗人是什么态度呢？亲自"来相迎"，相当于今天在飞机场或高速公路口迎接。可以说，给足了我们大诗人面子。另一位是"紫阳真人"，当地的宗教界人士、道家传人胡紫阳，他是李白的好朋友元丹丘的师傅。李白与他相识，多半是元丹丘穿针引线的结果。[①]

他们是怎么欢迎我们的大诗人的呢？和今天一样，设宴招待。不得不说，人家请李白吃饭是费了心思的。地方选在了带有道家气息的"餐霞楼"；也知道李白是音乐爱好者，乐器也早准备好了，是带有浓重道家色彩的"玉笙"。事事处处都满足着这位有着"仙风道骨"，一心想着得道成仙男子的虚荣心。

吃着喝着一高兴，我们的大诗人也确实没客气，当下拿起玉笙就给大家露了一手。这一吹可好，早在一旁候着的"音乐班子"也就一起动起来了，在喝大的李白耳中，简直就是"仙乐"，是"凤凰在鸣叫"，他多半以为自己来到仙境了吧？"歌舞人员"也动起来了，又是甩长袖，又是扭细腰，又是上蹿，又是下跳的，在我们大诗人朦胧的醉眼里，她们几乎要飞上天似的。只能说，他又喝大了。

喝大的不仅是他，还有那个"汉东太守"，他也跳起舞来了。看来他也是个性情中人，或者说是位歌舞爱好者。而我们的大诗人这时

---

① 见《汉东紫阳先生碑铭》。

候干啥呢？竟然睡起来了。看来在酒场上，他还不算特别能战斗的。比如这位太守，就比他能战斗得多，他不但跳、唱，还神志清醒，一看我们的大诗人喝趴下了，立马脱了自己的锦袍给他盖在身上。而我们的大诗人也不客气，直接拿这位太守的大腿当枕头睡着了。只能说，他喝大了，所有的人都喝大了。有意思的是，这里没提元演，他是什么表现？我们的大诗人啊，他总是以自我为中心，写着写着，就忘了别人，只知道说自己。

接下来，他告诉我们，当时他们喝得一个个都大英雄似的，个个意气风发，气冲霄汉。这当然也包括元演。只不过，快乐的时光总是过得太快，他们的相聚也就半天，随后，他们就各奔东西。李白回安陆，元演回洛阳。

他们的交往就这样结束了吗？没有。

他们后来又一块儿相约到了太原。在这一年的五月份，也就是说，在他们分别不到半年后，他们再次见面了。他们不知是在哪儿碰的头，然后两人一块儿走过了太行山。按他的说法，虽然他们所走的太行山的羊肠小道是那么危险，他们也不以为苦。应该说，他们当时在友谊的照耀下，一切困苦都不放在眼中，甚至有着别样的乐趣。

他们这次之所以到太原去，多半是元演的主动邀请，因为他的父亲当时正在太原做太守。元演多半要去太原探视自己的父亲，便邀请李白到太原作客。他们在太原待了很长时间，按李白的说法，叫"岁月深"。

但尽管时间长，李白的感觉却是"无归心"：不是故乡，胜似故乡。原因很简单，元演对他这个朋友的招待绝对上档次。喝酒用的是"琼杯"，即玉杯。吃饭吃的是"绮食"，相当于我们现在所说的"山珍海味"吧？用的托盘是"青玉案"，让我们的大诗人整天"醉饱"，以至于感叹不已，说"感君重义轻黄金"：你真是俺的好朋友，为了俺，为了俺们的交情，你可真是不惜钱哪。或者更准确地说，在友情面前，钱算个什么。这是元演的态度，也是李白倍加赞赏的态度。那种精打细算、抠抠搜搜的男人，李白多半看不上，也不愿与之来往的。他的朋友，首先得是"酒肉"朋友。在他的圈子里，没有酒肉，便没有朋友。

他们在太原，除了吃喝，还到处游玩，给他印象最深的是太原西边的晋祠。我们今天读李白笔下的晋祠，简直要惊讶，甚至要震惊，因为当时晋祠的流水是"如碧玉"般的，而且，这股流水竟然还能行船。我们的诗人和他的朋友竟然坐在船上，听着音乐，看着被微风吹起波纹的河水，任由碧绿的水草在水中轻轻荡漾。真是太舒服惬意了。

从他回忆描写这段生活的诗中来看，他们是把晋祠作为主要活动据点，经常去的。当然，去的不仅是一帮男人，还有一群歌妓。这几乎是李白生活中不可缺少的点缀。有意思的是，在这首诗里，我们的大诗人夸这些美女的篇幅，几乎超过了对晋祠的赞美。他一会儿说这些美女喝了酒在夕阳下特别漂亮；一会儿说深深的潭水照出了美女们的倩影；一会儿说，在月光下，这些美女同样特别漂亮；一会儿说，美女们歌也唱得好，舞也跳得好，清风将歌声吹到了天上，与白云共飞呢。

只能说，难怪他忘不了太原哪，难怪他说元演是个"重义轻黄金"的好哥们儿，也难怪他后来念念不忘，说这样的欢乐"难再遇"。

他们在太原分别后，李白被唐玄宗诏入长安，他以为会"一飞冲天"，谁知最后还是以"布衣"身份离开。不想又在谯郡（今安徽亳州）遇到旧日的老朋友元演，有点杜甫重逢李龟年的味道。一方面是"忆往昔峥嵘岁月稠"，一方面是看今朝"北阙青云不可期"，其情绪之复杂可想而知。

可惜他们这次相聚的日子并不多，以至于在分别时，李白心中充满了"别恨"。他用了一个比喻，说他的离恨别绪就像暮春时的纷纷落花一样。"问余别恨今多少，落花春暮争纷纷"，这样的感情表达方式，恐怕开了后世"问君能有几多愁？恰似一江春水向东流""试问闲愁都几许？一川烟草，满城风絮，梅子黄时雨"等作品的先河。

只是，我们的大诗人他才不管什么写法不写法呢？他要的只是真实、淋漓、畅快地表达出他的感情，他要的是那份随着年龄增大，越来越为之珍惜的友谊。他最后说"言亦不可尽，情亦不可及"，那意思就是，语言运用得再怎么好，都无法表达他的感情。或者说，他对元演的感情是无法用语言来表达的。

在他们分别后，他说他是"千里遥相忆"。恐怕元演收到这首诗后，也会经常地"千里遥相忆"。只可惜元演没有写出什么诗来，或者他的诗作水平一般，最终没能留下来，不然的话，他多半会像杜甫一样，在与李白的交集中发出璀璨光芒的。

被人忽视的家

他在洛阳待了一年左右，尽管有那么多朋友、美酒和美女，但最后，他还是想家了。

也许随着时间的推移，快乐过后，在深夜一个人的时候，脑海中泛起的却是妻子和女儿的面容。

从他《春夜洛城闻笛》的诗句中，我们得知，在一个普通的夜晚，他动了回家的念头。也许这样的念头早就有了，只是没有像这一晚这样强烈。

> 谁家玉笛暗飞声，
>
> 散入春风满洛城。
>
> 此夜曲中闻折柳，
>
> 何人不起故园情。

不知哪儿传来的笛子声，一下引起了他这个游子的注意。在这春风沉醉、寂静无边的夜晚，这样的笛声似乎充满了整个洛阳城。他细细一听，对方竟然吹的是《折杨柳》这种充满伤感的离别曲，让他一下子想起了自己的客居身份，想起了那个自己新建立的家。

毕竟，那儿有他的妻子，还有一个宝贝女儿（在他三十七八岁时，又有了一个儿子）。他给她起名叫平阳，还给她起了个小名，叫"明月奴"①，相当于"叫明月的小家伙"。

不知道他为什么给女儿起这么一个小名，是因为他是那么喜欢明月吗？他在诗句中屡屡提到明月，"床前明月光""明月出天山""举杯邀明月""我寄愁心与明月"等，当他写到这些诗句时，会不会想到自己的女儿呢？

而这时候，他多半会想到他的妻子和女儿。他到处漫游，已有

① "明月奴"是李白女儿的小名还是儿子的小名，目前学术界尚有争议。

整整两年没见到她们了。他内心泛起的，除了思念，恐怕还有歉疚之意。

该回去了，李太白。他多半对自己这样说。

他离开洛阳回到安陆。

在他长期离家的岁月中，他屡次在诗句中提到自己的儿女，思念、牵挂着他们，有时，他恨不得南风像吹树叶一样，把自己这颗思念亲人的心也一下子吹到他们跟前。①

他一次又一次想象着他们生活的情形：小儿子伯禽个子应该有姐姐的肩头那么高了吧？多半像自己小时候一样，骑着竹马、驾着白羊车到处玩了；而女儿平阳在他离家前所种的桃树下，折着桃花玩，玩着玩着，想起父亲不在身边，伤心地哭了。在许氏夫人去世后，他又担心着他们俩无人照顾。可以说，他常为没有尽到一个父亲的责任而内疚、自责着。②

在诗句的结尾，他常常是泪流满面，甚至"断肠""肝肠忧煎"。这里，无疑充满了思念、愧疚，也充满了良心的自责与折磨。③

可以说，他不是无家可归的浪子，而是有家不能回的游子（不管是什么原因）。而家和亲人，在他的潜意识里，一直是支持他到处奔波的坚强后盾。一旦他在现实中受挫，或心灵上受伤，他就会不由自

———————

① 《寄东鲁二稚子》："南风吹归心，飞堕酒楼前。"
② 《送萧三十一之鲁中兼问稚子伯禽》："君行既识伯禽子，应驾小车骑白羊。"《寄东鲁二稚子》："娇女字平阳，折花倚桃边。折花不见我，泪下如流泉。小儿名伯禽，与姊亦齐肩。双行桃树下，抚背复谁怜？"
③ 《送杨燕之东鲁》："二子鲁门东，别来已经年。因君此中去，不觉泪如泉。"《送萧三十一之鲁中兼问稚子伯禽》："我家寄在沙丘旁，三年不归空断肠。"《寄东鲁二稚子》："念此失次第，肝肠日忧煎。"

主地或思念亲人，或回归家园。亲情是他的牵挂，也是温暖他心灵的源泉。而这一点，往往被我们自觉或不自觉地忽略了。

其实，他这个在许多人眼中或笔下的浪子，内心深处充满着对人间真情的珍惜与呵护。忽视了李白的这一面，忽视了李白的那些泪水和思念，就无法理解他作为诗人最本真的一面：对生活，对家人，对国家，那种不竭的爱与深情。

这也许对一个诗人来说，是最最重要的。

另一个故乡：美酒

在他三十三岁左右，他回到了安陆，再度开始了他的安陆生活。他后来对他的安陆岁月评价并不高，甚至带上了无可奈何的痛惜之情。

他是这样说的："酒隐安陆，蹉跎十年。"

什么叫"酒隐"？无非是说"以喝酒的方式隐居人间"，相当于酒仙之类。

也就是说，在安陆，他开始沉溺于酒，或者说，他开始真正发现了酒，逃入了酒。

为什么这样？

原因也许很简单，他在现实生活中很不如意，很不舒心，甚至可以说，处处碰壁。从他二十七岁左右安家安陆到三十七岁左右离开的十年，正是他的青壮年时代，可以说是一个人的黄金岁月，可对他而言，却依然是一事无成，是"蹉跎"。他的凌云壮志，他的到处奔波，

换来的只不过是岁月的流逝、白发的出现、内心的剧烈挣扎与煎熬而已。

酒成了他的麻醉剂和避风港，成了他心灵休憩的又一个故乡。

他开始天天喝个大醉。他在一首《赠内》诗中这样说：

> 三百六十日，
>
> 日日醉如泥。
>
> 虽为李白妇，
>
> 何异太常妻。

这个"太常"是指东汉的周泽，他作为朝廷的太常，也就是管祭祀、礼仪的官，天天以办公室为家，搞"斋禁"。一天，老婆跑去看他，他大怒，认为老婆犯了他的斋戒，把老婆送到官府问罪。当时的人就编了个顺口溜，说："生世不谐，作太常妻。一岁三百六十日，三百五十九日斋，一日不斋醉如泥。"

这首诗里，有他的愧疚，也有他的怜惜。当然，也有他的幽默："看看，你嫁给我这样天天喝个烂醉的醉鬼，还不如不嫁。"看得出来，他们夫妻关系不错，不然，他是不会与妻子开这样的玩笑的。

但是，他内疚归内疚，却是"深刻检讨，坚决不改"。该喝照喝，一口也没少。酒似乎成了他的第二生命。

他还为自己的大喝特喝找到了理论依据：

老天要是不爱酒，天上也就没有酒星了；大地要是不爱酒，地上也就没有酒泉这个地方了。既然天地都爱酒，我爱喝点酒，也就上不愧于天，下不愧于地。

看看，他多会给自己找理由。

他还"得理"不饶人：难道你没听说过，酒在过去被称为圣人、贤人？那我圣人也喝了，贤人也喝了，何必到处乱跑求仙呢。照我说，喝上三杯就走上了光明大道，喝上一斗，就完全达到了自由的境地。

当然，他最后也承认：这些话呀，只有喝酒的人才懂，不喝酒的，整天"清醒"的，你和他说也白说。[①]

我猜这话多半是说给他老婆听的。属于家庭思想工作中的"解释说服"范畴。也许他老婆又问了，不喝就不行？我不喝不也好好的？

他便在《月下独酌》（其四）中写了这样的句子，作为答复：

> 穷愁千万端，
>
> 美酒三百杯。
>
> 愁多酒虽少，
>
> 酒倾愁不来。

我是没办法呀。我的忧愁太多了，是千万个愁在包围着我；而酒呢，每次最多也就喝上个三百杯。对于解愁而言，它是杯水车薪啊，可是尽管愁多酒少，可喝的那阵子，我就忘了忧愁，没了忧愁啊。

他清楚，愁永远是多于酒的。快乐是暂时的，痛苦却是长久的。可是，在这长久的痛苦中，他还是要追求间歇性的快乐。他是知其不可而为之，是黄连树下弹琴——苦中作乐，尽管这种乐换来的有可能是更多的痛苦。

[①]《月下独酌四首》其二："天若不爱酒，酒星不在天。地若不爱酒，地应无酒泉。天地既爱酒，爱酒不愧天。已闻清比圣，复道浊如贤。贤圣既已饮，何必求神仙？三杯通大道，一斗合自然。但得酒中趣，勿为醒者传。"

隐居生活，无情游

他说自己"酒隐安陆"，也不妨有另一种解释，那就是他在安陆主要做两件事。一是喝酒。前面说了，他已经迷上了酒，他给人的形象从此与酒不可分离，他赢得的"酒仙"声誉几乎不亚于"诗仙"。二是隐居。他回到安陆后，似乎并没在家待多久，便住到了安陆白兆山桃花岩，当起了"山人"。他在山上盖了石头房子，开了田（开田、种田的事多半由仆人代劳），反正，当起了陶渊明，过起了归园田居的生活。

陶渊明说他打小自在惯了，受不了束缚，又特别喜欢山林，所以索性回农村生活了。而李白告诉我们，他隐居的目的和陶渊明不一样，他是"好闲复爱仙"：一是喜欢悠闲的生活，二是喜欢修道求仙。能同时满足这两个条件的生活，只能是山中了。

他说三十多年来，虽然没见到过蓬莱仙岛，但求仙的心一直是"悠然"的，也就是说，从来没有中断过，一直对修道求仙有着不竭的热情。

他在山中都干些什么呢？种地吗？多半不是，他诗中提也没提拿锄头之类的事。他告诉我们，他主要干这些事：

一是自由自在地睡懒觉。二是经常登上山顶看风景。三是晚上看道家的书，这是求仙的必修课。四是早晨弹琴自娱。五是一个人自斟自饮。

这样的日子真是又清闲又自在，和"神仙过的日子"也差不多了。

但李白似乎并不满足，或者说，有一种新的情绪泛上来了，那就是孤独。他说他喝酒是"倾壶事幽酌，顾影还独尽"：一个人，一壶酒，对着自己的影子独自把它喝完。这里，又是"顾影"，又是"独尽"，是那么地寂寞、孤独。

也许《月下独酌》（其一）就是产生于这样的情境下吧？

> 花间一壶酒，独酌无相亲。
>
> 举杯邀明月，对影成三人。
>
> 月既不解饮，影徒随我身。
>
> 暂伴月将影，行乐须及春。
>
> 我歌月徘徊，我舞影零乱。
>
> 醒时同交欢，醉后各分散。
>
> 永结无情游，相期邈云汉。

这里又是一壶酒，又是独酌，怎么办？他开始把酒与明月结合了起来："举杯邀明月"。酒是他的一个朋友，月也是他的一个朋友。以前，它们各是各，但从此以后，他把它们拉在了一块儿。他要邀明月一块儿来喝几杯了。明月，我，加上影子，我们不就是三个人在喝酒了吗？和明月、和影子喝酒，亏他想得出来。但如果不是极度地孤独，他会这样想吗？

但现实的"残酷"在于：明月哪晓得畅饮的乐趣？影子也徒然跟随我的身体。也就是说，月亮、影子这些陪伴自己的"朋友"，并不能"积极地"帮助他来抵御这侵袭上来的寂寞。

怎么办？

他退而求其次，让它们"消极地"帮助自己：在这春天的美好夜晚，和月亮、和影子不能喝酒，难道就不能有其他的快乐方式了吗？

月亮可以听我唱歌呀，你看，它不是被我的歌声打动，徘徊不前了吗？影子可以随我舞蹈呀，你看，它不是在地上和我一样地蹦蹦跳跳吗？

但他很清楚，醒的时候，可以由着性子快乐；醉了以后，就要各自分散。一般情况下，他是醒时痛苦，醉后陶然。现在他这样说，也许只是因为，醉后，他无法再举杯邀明月，也无法再对影成三人了。

但是，他突发奇想：明月，你别忙着走，我要和你结个永久的约定——一块儿在银河边再见。值得注意的是，他说这是"无情游"。该怎么理解这儿的"无情"？是因为他深知，月亮和自己属于两个不同的世界，他们之间的交游从本质上说是无情的；还是他认识到，一旦付出了感情，这种感情迟早会消失，还不如从开始时便处于"无情"的状态，这样的交游才可以长久？

还值得注意的是，他要到银河里去。他不知多少次眺望过银河，多少次想象着那里的一切。他是多么熟悉银河，而银河又是多少次给了他遐想和安慰。在庐山瀑布面前，他跳出的第一个念头就是银河从天空中倾泻下来。而现在，在醉中，他要和月亮一块儿到银河中去。这是多么美好的梦，而这样的梦，只能在醉中得到。你说，他能离开酒吗？他能不愿醉吗？"但愿长醉不愿醒"，一点都不是假话。

这里，他不过是在花间饮酒，可是他的心永远不会仅仅停留于花间樽前，他的思绪飘得很远，远得我们一般人都想象不到。他可以形而下，但是他也并没忘记形而上：那个头顶的星空，那个茫茫未知的宇宙……

第九章

矛盾与冲突

复杂的气息

不知道他究竟在安陆白兆山待了多长时间。我们只知道，他的那颗心依然在躁动着，不管是在山中，还是家中。

他并不是一个甘于寂寞的人。让他在家安安静静地待着，别再折腾了，那不是他的性格。

他再次开始了"漫游"。我们今天已经没办法清楚地画出他的出行路线图，只能根据他的诗作大略地推测，他到过今天河南、山东、山西、安徽、湖北、江苏、浙江的一些地方。

不过，他是以安陆为圆心在转，不管他转的半径有多长，安陆都始终是中心点，是他心灵休整的港湾。

说是漫游，其实目的性依然很强，那就是他依然在为自己的前途奔波。正是在这种"奔波"中，产生了他有名的《与韩荆州书》。

韩荆州就是当时的荆州长史兼襄州刺史、山南东道采访使韩朝宗。据说韩朝宗很有识人之明，向朝廷推荐了好些人才。据说他也曾推荐过孟浩然，想和孟浩然一块儿上京城去，结果孟浩然正喝得高兴，没搭理他，以致错过了这一机会。

李白对这些传闻肯定不陌生。他可不愿放过任何机会，便给这位襄阳的官员写了这封信。

他一上来就把韩朝宗捧上了天，说，我来襄阳之前，就听天下的读书人纷纷议论，说是"生不用封万户侯，但愿一识韩荆州"，您咋会让人仰慕到这种地步哩？

他这是揣着明白装糊涂，或者说，是变着法子拍马屁。

然后他就"恍然大悟"了：难道不是因为您像周公一样，整天想着发现人才，从而使得天下的英雄豪杰们，纷纷奔走于您的门下。只要被您接见的，就像登了龙门一样，从此名声身价就大涨起来。所以，那些屈居下位的人，都要来找您，都想请您为他"收名定价"。也就是说，一个人有没有才华、能力，就看韩朝宗对他的态度。说你好，你就好，不好也好；说你不好，你就不好，好也不好。

他这样不竭余力地夸人家，目的很明显：

还请您不要因地位高而看不起俺，也不要因俺地位低而轻视俺，那么您众多的宾客中便会出现毛遂那样的人物。如果您给俺个显露才华的机会，您就会知道，俺就是那样的人。

他把韩朝宗表扬了一番，便开始了自我表扬。或者说，他拼命想让韩朝宗知道，他就是毛遂那样的人才。

他说，俺本是平头百姓一个，现在流落到湖北一带混日子。不过，你可别小瞧俺，俺十五岁就学剑术，开始到处拜访地方大员。三十岁的时候，文章已是炉火纯青，开始结交高官显贵。你别看俺长得矮，但俺人矮志不短，一般人还真没放在眼里。当年的那些"王公大人"，都夸我有气魄，讲义气。当然，这都是过去的事啦。但在您面前，俺咋还能有所保留呢？

只能说，他表扬起自己来，就像夸官员一样，从来都是不遗余力。

他表扬完了自己，又开始了对韩朝宗的全方位恭维：

一夸人家作品好：您的著作可以与神明相比。也就是赶上神仙写的，下笔如有神。二夸人家道德品质好：您的德行感天动地。三夸人家的文章好：您的文章得到了自然造化的神髓。四夸人家的学问好：您的学问钻研透了天道人事。

如果我们不知道他是在夸韩朝宗，也许会认为他是在夸什么古今罕见的大圣人。但就是孔孟再生，受到这样的表扬，恐怕也会脸红的。但我们的大诗人当时似乎只图自己写得高兴，并没考虑到这些。

奇怪的是，他接下来说：希望您"开张心颜"。直译过来就是，心要打开，不要把心门对我关上；脸要放松，不要紧绷着。也就是说，对俺和颜悦色些。他为什么会这么说呢？下面他说出了自己的顾虑：不要因为我长揖不拜而拒绝我。

到这里就明白了，他在写这封信之前，就已和韩朝宗有所"遭遇"，却采取了平等相见的礼节，只是对人家作了个长揖，没有像一般老百姓见长官那样跪拜。

而魏颢提供的版本更详细，但行文过于简洁，又给人设下了理解上的"陷阱"。比如他说，李白当时除"长揖韩荆州"外，还犯了一个错误，那就是在韩朝宗请大家喝酒的时候"误拜"。这个误拜该怎么理解？误拜了谁？韩朝宗责备他，他以"酒以成礼"这样的话来应对。

李白这是用典故来说事。《世说新语》这部"名士教科书"上说，当年钟毓、钟会兄弟趁父亲午休时，偷家里的药酒喝。父亲其实并没睡着，就装睡看他们怎么行事。钟毓是对酒拜了一拜，才开始喝酒；钟会呢，拜也不拜就开始喝。随后父亲就问钟毓为何要行礼，钟毓回答，酒是用来完成行礼的，所以不敢不拜。又问钟会为何不行礼，钟会说，偷本就是非礼的，所以，也就不用拜。

李白这里用"酒以成礼"这样的话来搪塞、遮掩他的过错。据魏颢说，韩朝宗听后"大悦"，这恐怕是魏颢的想当然，或者是李白向他的朋友胡吹牛。因为，李白在这封写给韩朝宗的信里，还担心人家因他长揖不拜而拒不见他呢。①

但他又要对方多包容。怎么个包容法呢？不但不拒绝让俺登门拜访，如果还肯用大酒大肉来招待俺，让俺由着性子清谈高论，那么您就是让俺一天写上一万字，俺也绝对是说写就写，不带喘气的。

他接着又给韩朝宗戴了两顶高帽子，一是"文章之司命"：决定文章命运的权威。二是"人物之权衡"：衡量人物高下的权威。他把这两大权威给了这个历史上并不起眼的角色，就像他把文坛领袖的帽子送给裴长史一样，他脸红不红呢？他之所以这么吹捧人家，只不过是想让人家见见他，给他说说好话，从而使他"扬眉吐气，激昂青云"：他是在底层压抑的时间太长了，遭受的屈辱太多了，所以，才这么急于要"扬眉吐气"，要"一飞冲天"吗？

他还怕人家不受用，还继续夸，说人家推荐了这个，推荐了那个，这些人都对他充满了感激之情，时刻想着要报答他对他们的恩情。他们之所以如此，都是因为他对他们推心置腹，赤诚相见。所以，李白主要就想说这个"所以"，这个"所以"才是正题：我才不

---

① 参见魏颢《李翰林集序》。

能投奔其他人，而愿意到您这儿来。

这里，他又不失时机地给姓韩的送了一顶高帽子——"国士"：国家杰出人才。俺投效的不是一般人，而是国家的杰出人才啊。所以，算是投对门了。

他还不罢休，他还要向人家表决心：您啥时候用得着俺，俺就是豁出命去也不在话下。

这样的言辞，我们不是似曾相识吗？他在安州不也是这样做的吗？他一生不知向多少"各级官员"表达过类似的心愿和决心？在这时候，他的灵魂一点儿也不自由，更不伟大，甚至低到了尘埃里，和当时一般的世俗读书人并没有什么两样。也许由于他的大胆、他的热血气质，可能比别人做得更过分。

当然，说来说去，他也没忘了想让人家看看他的作品。这恐怕是他的直接目的。当然，他也许还想着，人家看了他的作品，说不定对他"另眼相看"，接见他，褒扬他，推荐他呢。

不过，他还是"谦虚"了一下，说这样的作品，是"雕虫小技"，恐怕会污染您老人家的眼睛。当然，这是他的客套话。后面的话才真正暴露了他的"本性"：

您要是确实想看看俺的作品，请给俺点纸墨，再派个抄写员来，那我就打扫干净屋子，整整齐齐抄写好，给您呈上来。那么，我的杰出作品才会真正遇到伯乐。

韩朝宗收到这样的文章，心下恐怕充满了讶异：怎么这么肉麻，又这么狂妄啊？他不知道，这是李白的一个惯性思维：吹捧起人来，不把人家吹捧到肉麻他不甘心；吹捧起自己来，不把自己吹捧得万分陶醉，他也不甘心。他永远都是一个走极端的人。而这时候的韩朝宗，他多半把李白看作一个"狂人"，一个不靠谱的人。他的"脱颖而出"的梦，再一次破灭了。

结果就是，李白留下了一篇名文，其他的，像他所渴求的推荐、提拔之类，却连边都没沾上。

从这篇文章也可以看得出来，李白是个只图自己说得高兴、写得高兴，并不太顾忌别人感受的人，就是向人毛遂自荐，他都把自己说得跟个伟人、大英雄似的。这样的人，谁敢要？谁愿意推荐？他似乎忘了自己写这篇文章的目的，仅仅陶醉在写作的过程中。

不过，从文章的角度讲，这却是率性之作，尽管这率性里随处可看到他性格的瑕疵，但不论如何，他向我们呈现出了一个活脱脱的李太白，是任何人、任何时代也磨灭不了的。

有意思的是，他后来回忆起这一段历史时，说自己"高冠佩雄剑，长揖韩荆州"，给自己又打造了一个清高脱俗、气概非凡的形象，似乎他早已忘了他给姓韩的这封信中，怎么无底限地恭维人家。诗人啊，你为什么对别人夸你的话，念念不忘几十年，对阿谀别人、有损你形象的话，你总是忘个干干净净呢？你的选择性健忘或选择性记忆，是怎么形成的呢？这仅仅与个性有关吗？还是与人性有关，属于人类自身固有的劣根性呢？

酒中的矛盾

在他的东游西逛中，此时有一个人必须提到，那就是元丹丘。

元丹丘是个道士，不知李白与他初识于什么时候，不过，在他当年写给安陆裴长史的信中，他就提到了元丹丘，并称他为"故交"。①
可见当时他们已是好朋友、老朋友了。到这一时期，他们的交往更加
密切，李白多次与他相聚，喝酒作乐，并专门写过一首《元丹丘歌》，
起头就是"元丹丘，爱神仙"，并在另一首诗中说，"云台阁道连窈冥，
中有不死丹丘生"。元丹丘在他眼里，简直就和神仙差不多。

他是这个时期李白最重要的朋友。李白说他同元丹丘气质相近，
追求一致，都想成仙，虽然是不同的身体，心意却是相通的。并说他
们俩要"誓老云海"——一块儿修道求仙的决心，是谁也改变不了
的。②

可以说，他给了李白人生的安慰和快乐，也给了他写出杰出诗作
的机会——《将进酒》。元丹丘这个名字（即诗中的丹丘生）被李白
写入了这首诗中，也就同李白的这首诗一样，进入了不朽的行列。

先说《将进酒》。这是李白沿用乐府旧题目写的诗，意思就是：
"请喝酒。"

《乐府诗集》中《将进酒》古词是这样说的："将进酒，乘大白。"
翻译过来，就是"请喝酒，用大杯"。这是梁山好汉的喝法。当然，
李白也喜欢这种喝法，所以，这样的题目，这样的题材，他写来，简
直就是得心应手。

他是这样写的：

> 君不见黄河之水天上来，奔流到海不复回。君不见高堂

---

① 《上安州裴长史书》："此则故交元丹，亲接斯议。"
② 《冬夜于随州紫阳先生餐霞楼送烟子元演隐仙城山序》："吾与霞子元丹、烟子元
演，气激道合，结神仙交，殊身同心，誓老云海，不可夺也。"

明镜悲白发，朝如青丝暮成雪。

他本是写哥儿几个喝酒的，可他不直接写，他先给丹丘生他们几个讲起了人生大道理。他先拿黄河说事：奔流到海不复回；又拿头发说事：不知不觉，黑发变白发。说来说去，其实他就是想说，岁月易逝，人生易老啊。

对于这匆匆流逝的时光，该咋办呢？他给出了自己的答案：

人生得意须尽欢，莫使金樽空对月。

他说的也还是那句老话：及时行乐。但正常的人都知道，行乐是要有本钱的，不是你想喝美酒就喝得起。茅台谁都想喝，可你兜里的银子够吗？

李白就回答了：

天生我材必有用，千金散尽还复来。

这是多么豪气干云的一种回答，也是多么乐观、自信的一种回答。当然，这里的底气十足，既来自乐观的性格，也来自坚实的经济基础。说这话的时候，多半李白兜里不缺钱。

接下来，他才真正切入正题，写哥儿几个的吃吃喝喝了：

烹羊宰牛且为乐，会须一饮三百杯。岑夫子，丹丘生，将进酒，杯莫停。

又是杀羊，又是宰牛的，够能吃的。喝呢，更不让人，一下子来它三百杯。这是典型的李白式喝法，也是典型的李白式写法。不来个

"三百杯"，他就觉得不过瘾。他自己这样喝还不行，还招呼两个哥们儿喝：你们快点喝，不要停。

他们是在喝酒比赛吗？不是。那他们为什么要这样拼命地喝呢？下面李白给出了他的答案：

> 与君歌一曲，请君为我倾耳听。钟鼓馔玉不足贵，但愿长醉不愿醒。古来圣贤皆寂寞，唯有饮者留其名。陈王昔时宴平乐，斗酒十千恣欢谑。

他的答案是：什么荣华富贵，都一边去，只愿永远都醉着，再不要醒来。

这时的他依然是矛盾的。为什么要长醉呢？因为只有醉中，他才能忘了那些现实中的荣华富贵，也就是说，他清楚地知道，自己终会醒来，终将还要拼命去追求那些他醉中看不起的东西。在外部，有一个强大的现实在压迫着他。他想躲避，可是又知道，他躲不开。

他还以举例的形式来证明自己的观点。其实，这样的举例是站不住脚的，连他自己都说服不了：圣贤在世时都是寂寞的，这等于是在说自己的寂寞。因为在潜意识中，李白未尝不想做圣贤，又未尝不把自己比拟为圣贤。

他接下来说，历史上唯有酒徒留下了名气，这是自欺欺人的话。他所举的陈王曹植的例子，更是会让他泄气的。毕竟，曹植留下的声名，并不是靠喝酒。他这些话，既是说给别人听，也是自我安慰。

最后，他不再说大道理了，说来说去，最说服不了的还是他自己。于是，他什么也不想管，只想喝酒：

> 主人何为言少钱，径须沽取对君酌。五花马，千金裘，
> 呼儿将出换美酒，与尔同销万古愁。

他骂朋友，你这老元啊，快别说什么没钱的丧气话，赶紧把你的宝马、好衣服都拿出来，让娃娃们换了美酒来，咱哥儿几个喝个一醉方休。他最后的结论是：与尔同销万古愁。

他说得再明白不过了，喝酒不是为了高兴，而是为了消除痛苦、忧愁。或者说，之所以这样不要命地喝，是因为有着那万古愁在。

这"万古愁"也是典型的李太白的表达方式。他不说他个人的愁，不说这愁有多大多深，他说"万古"，从古到今的愁。谁能知道从古到今的愁有多少、有多重？耶稣、释迦牟尼他们，据说是担负了整个人类的苦难，而李白呢，他感觉他担负了人类从古到今的忧愁。在这里，我们看到的不是李白的乐观，而是痛苦，是他的安邦定国的梦想迟迟实现不了的痛苦，是个人的价值得不到肯定的痛苦。他越是说"天生我材必有用""千金散尽还复来"这样鼓励别人也鼓励自己的话，就越无法面对自己的现实。

如果我们从这首诗中，仅看到了他所谓的达观、豪气，而没有读到他的徘徊、矛盾与痛苦，那么，我们就没有读懂这首诗，也没有读懂李白。

无法挥去的幽愤，暂时的快乐

随着岁月的流逝，他那种"有志难伸"的"幽愤"越来越深重。

毕竟，他已向人生的四十大关迈进，而他所梦想的"功业"，依然是遥遥无期。

他无法不感慨，无法不苦闷。

他在送人的一篇序言中，一上来就唉声叹气（"吁咄哉"），和当时在长安感叹蜀道之难一样（"噫吁嚱"）。只能说，他有多少乐观，就有多少感慨和悲观。

他先说他"书室坐愁"。这是让人惊讶的说法。书室，也就是书斋，通常在李白眼中，是提也不愿提的。即使提起，也是作为负面形象、被批判对象出现。而现在，他这个整天奔波的剑客、访道修仙者，怎么也坐到书斋里来了？而且，还不是一天两天了，这不是非常奇怪的事吗？

他在书斋里干什么？读书吗？没那心思。按他的说法，是整天坐着发愁。看来他困在书斋中，也是被迫的。多半是他在外面的世界碰了壁，只好回到书斋来"养伤"。

在安静的书斋中，他对这一时期的生活进行了回顾总结，他说他常想着能到蓬莱仙岛上，过上神仙的生活。他想象的神仙生活是什么样子呢？他给出了三条。一是没事干了，远眺四面的大海。二是有时玩玩太阳。用他的话说，叫"手弄白日"，也就是说，太阳在他的想象中，变成了弹丸一样的，可以用手随便把玩的东西。三是头顶直接顶入了天空。神仙在他的想象中，是那么巨大无比，"顶天立地"。

需要注意的是，他告诉我们，他之所以求仙，是要"挥斥幽愤"：排解心中郁结的怨愤。也就是说，如果心中没有幽愤，他多半没有心思去求什么仙炼什么丹的。但是，结果却是"不可得"，多少年的求仙访道没有排解他心中的幽愤。这恐怕是令他最为感慨，也最为伤心的事。

他说现在面对的现实是：求仙没求成，身体却在慢慢衰老。面对这一现实，他怎能不"伤心"？怎能不"叹息"呢？他甚至连自己学书学剑，或者说走上了文人的道路，都有了悔意。他说自己是"误学"：误打误撞进了这个门，想退出也来不及了。而一旦进了这个门，就等于走上了独木桥，爬上了悬崖，只能往上攀爬，再没有其他的退路。

但是，那个最上层——天子所在之地，却和自己隔着十万八千里。他终于意识到自己是"有才无命"。这是对自身的一个基本的评价或判断。这个自我评价告诉我们，再困顿，他对自己的才华也是十分清楚的。"有才"，这个自我评价，他什么时候都没有改变过。这是支撑李白一生的一个基本信念。如果没有这个信念，那么，他不会说出那么多夸张的话，做出那么多夸张的事。他不是在作秀，他是真信他有无比的才华。他是最了解自己的人。他信得有道理。

但是，现实却让他一次又一次地碰壁，横溢的才华和现实遭遇的巨大反差，让他不得不归结于"无命"。这里的无命，是无入仕的命，无施展自己政治抱负的命。

这不过是一种无可奈何的牢骚。

他并不认命。他还要拼。其实，如果他对自己有了充分的了解，他应该承认，他的"命"在文学，在诗。他的追求在政治，而他的天才在文学。追求的方向与才能展露的方向出现了巨大的偏差，而他又恰恰没有意识到这一点。这才是他痛苦的根源。

当然，这种偏差，这种对偏差的认识不足，却也往往可以造就伟大的文学。如果李白一开始就认识到这一点，一开始就专注于所谓文

学，那么，他的文学也许会失去那种强烈的求而不得的感情力量。或者说，他将失去一大块文学的版图和心灵的版图。有时候，政治和文学就是这么不清不楚、黏黏糊糊、欲断还连。甚至可以说，在中国古代，没有政治就没有文学。对政治的追求，对李白这样的天才诗人而言，必将导向对诗的追求。

对于文学，他走的永远不会是直线。

有意思的是，在序言的后面，他又精神振作起来了，就像有些人哭了一顿，心中的烦闷一去，就又笑逐颜开了。

没办法，一遇到酒，他似乎就遇到了救命稻草一般，情绪立马好起来了。尽管他清楚，这是非常短暂的快乐，但再短暂，他也要紧紧抓住。

《红楼梦》中贾宝玉和林黛玉对人生聚散有不同的看法。贾宝玉是只愿聚，不愿散，聚时高兴，散时悲伤；林黛玉则说，与其散时悲伤，还不如不聚。而我们的大诗人做不到林黛玉的决绝，只能和贾宝玉一样，快乐一时算一时，悲伤来了，再说。

同居生活

李白在安陆断断续续待了十年后，把家搬到了山东任城（今山东济宁）。

他为什么搬家？有人说是为了学剑，当时山东有个剑术大家，叫裴旻，有可能李白就是跑去向他学剑的。这有李白的诗为证："顾余不及仕，学剑来山东。"唐代的裴敬也曾在李白的墓志中说，李白当年曾给他的曾叔祖裴旻写信，说愿意做裴旻的弟子。他是那种立说立行的人，多半接到裴旻的回信，立马就跑到山东去了。[1]

当侠客和做神仙，是他一生的追求与梦想。为了实现梦想，他是不会计较任何代价的。但也有人不同意，说这不过是李白的托词或文学上的修辞。他跑到山东，主要原因还是他的老婆——许宰相的孙女此时去世了。他本来就是个"招女婿"，是靠老婆的关系才住到许家的，老婆一死，他也就没理由死皮赖脸地住下去了。或者不妨这样设想，老婆一死，他在许家长期住下去已无可能。正好他又动了学剑的心思，便投书裴旻，将家搬到了山东。

他在山东见没见到裴旻，拜没拜裴旻为师，他只字未提。不过，他后来吹嘘他"一箭两虎穿""转背落双鸢"，就是挤掉其中的水分，恐怕他的武艺也不低。与裴旻有没有关系，还不得而知。

有一点倒是明确的，那就是我们的大诗人暂时成了单身父亲。但也仅是"暂时"而已，他会让自己长久"单"下去吗？不可能。很快，他就和一个姓刘的女人住到了一块儿。他的崇拜者魏颢对他们之间的这种关系，用了一个字来形容，叫"合"，以与"娶"相区别。用今天的话说，叫同居。

只不过，这次，他运气可没有上一次那么好。

许氏夫人拿他当个宝，由着他的性子来，想去哪儿去哪儿，想干什么干什么，从不干涉。但这个姓刘的女人就不一样了，看李白官没捞上半个，钱也动不动就花个精光，还整天不着家，到处乱跑，不是个居家过日子的料，便失望了，开始了与李白的家庭战争。

---

① 参见裴敬《翰林学士李公墓碑》。

据说，她不但在家里和李白斗法，还长了个"大嘴"，到处散布对李白的不利言论，以至于后来李白不得不写诗向朋友们解释，用他的话叫"雪谗"：消除谗言造成的不良后果。

而且，看李白诗中意思，这位姓刘的女子，不仅是嘴上说说李白坏话，而且也表现在行动上：外面还勾搭上了人。

李白一向注重自己的外部形象塑造，或者说，特别好面子，见这个女人这样，可就急了：你这不是成心毁我形象吗？这日子没法过了，散伙。

对方本就觉得上了李白的大当：原以为跟了个有前途的呢，谁想整天就知道和一些不三不四的喝酒、炼丹，这日子还有啥过头？散就散。

结果俩人一拍而散。[①]

李白心里那个气呀：你姓刘的也太门缝里看人了吧。俺李白迟早得做出番事业让你看看。

这口气一时咽不下去，他就写诗发泄，一会儿骂她"猖狂"，一会儿骂她"淫昏"。并劝"坦荡君子"们，千万别信她的胡说八道。还赌咒发誓：俺要说半句虚话，天打雷劈。看来我们的大诗人真有点急了。

后来，皇帝下诏请他进京，他依然不忘骂她一句。当然，这时候，他骂她是"愚妇"：真是愚蠢透顶，瞎了眼了，连俺李白是什么人都看不清！

看来，他一直为这件事憋着一口气。

我想，他之所以在这件事上这么生气，是因为刘氏竟不认为他李

---

① 参见魏颢《李翰林集序》。

太白是个人才，更别提是天才。这让自信心十足的李白特别受不了：有那么多人都认为我是天才，是天上的星宿下凡，你这个蠢货，竟然认为我不会有啥大出息！

刘氏对李白的不看好，让李白的自尊心受到了强烈伤害，所以，才让我们的大诗人如此大动肝火。

因此，某种程度上，李白的老婆，必须是无条件的李白的崇拜者。不然，这日子就没法过下去。

对腐儒的反击

这一时期，李白的肝火大，一方面，是因为后院起火，同居女友看不起他，闹分手；另一方面，也是山东这边的读书人也不大看得起他。特别是一个老家伙，逮住个机会就嘲笑他。他们嘲笑他什么呢？多半是嘲笑他正事不干，跑到堂堂诗书礼仪之乡学剑来了。多半还会苦口婆心给他上上课，讲讲做人应该如何做，求官应该如何求之类的。

这让李白心里特别不爽，决定反击。不反击，任由人奚落、嘲笑，那就不是李太白了。

首先他把山东嘲笑他的老家伙称为"下愚"：别看你们在孔子的故乡，可你们在我眼里，不是一般的愚蠢，而是特别愚蠢。他把自己定位为"壮士"。你们对我的轻蔑，是"下愚"对"壮士"的轻蔑。和你们谈什么人生、思想，简直就是对牛弹琴。我是什么人？我是鲁仲连那样的人，成就大功业，也不愿意受赏。让我和你们一样，简直就是对我的羞辱。你们再不要说了，我和你们本就是两路人。你们走你们的"阳关路"，我走我的独木桥。我就是做一棵随风而去的野草，也心甘情愿。①

这还不算完，这仅是对山东老儒嘲笑他的一种驳斥，立足点在"答"上，他心中的气还不消，他决定像他们对待他一样，也要嘲笑他们一番，他又"再接再厉"，写了一篇《嘲鲁儒》，译成今天的话就是，嘲笑、讽刺山东的读书人。这相当于一竿子打翻一船人，打击面够大吧？这样的事，也只有李白干得出来，稍有点机心的，都不会这样干。

当然，在诗中他主要是嘲骂山东的老儒：你们这些老家伙，整天谈五经，一辈子注五经，再不知道其他的，问你们点治国安邦之术吧，一脸茫然。平时穿得和个古人似的，鞋是古人的鞋，巾是古人的巾，我都不知道你们是哪个时代的人。走路迈着慢慢悠悠的八字步，长袍拖在地上，人还没动呢，灰尘倒先起来了。②言外之意就是，你们就这德性，还来嘲笑我？有啥资格！

从这也可以看得出来，李白是一个特别能"战斗"的诗人，嬉笑怒骂，皆成文章。他用他的诗，来反击一切不利于自己的言论，不论是他同居女友的，还是别人的。诗是他最有力的战斗武器。

他把这个武器运用到了极致，夸人把你夸到天上能行，骂人把你骂得狗血喷头也同样不差。

---

① 《五月东鲁行答汶上翁》："举鞭访前途，获笑汶上翁。下愚忽壮士，未足论穷通。我以一箭书，能取聊城功。终然不受赏，羞与时人同。西归去直道，落日昏阴虹。此去尔勿言，甘心为转蓬。"

② 《嘲鲁儒》："鲁叟谈五经，白发死章句。问以经济策，茫如坠烟雾。足著远游履，首戴方山巾。缓步从直道，未行先起尘。"

生命中的过客

当然，骂姓刘的妇人也好，骂山东的儒生也好，都不影响他干心情愉悦甚至甜蜜的事。比如，向邻居的一位姑娘表达爱慕之情。他写过一首《咏邻女东窗海石榴》，似乎透露出了一点消息。

他说，山东姑娘的东窗外，有一株世上罕见的海石榴。大海碧波中映现的珊瑚，也比不上它的光辉。

他这是在夸姑娘窗外的海石榴树，也是在夸这个姑娘。他在含蓄地告诉我们，这个姑娘多么漂亮，"浑身充满了光辉"。

他接着说，一阵风来，清香飘动。每逢日落，好鸟归来。以至于他动了要化作海石榴东南枝的念头，好轻轻拂拭这位姑娘的罗衣，就像陶渊明当年"愿在衣而为领""愿在裳而为带"一样。当然，这是诗人的说法。

只不过，他想轻拂人家的衣衫，人家姑娘却不一定愿意让他拂。他最后告诉我们说，他没有机会接近人家，只好整天伸长了脖子，眼巴巴地望着人家姑娘的窗户，是发呆呢，还是渴盼着人家的身影出现在窗前呢？反正有点单相思或者无由表相思的味道。①

李白最后拂没拂上人家姑娘的罗衣，他没说，我们也就无法知道这场相思的结局。不过，他的朋友魏颢告诉我们，他在和姓刘的女人分手后，又和山东的一个"妇人"同居了。这个妇人是不是李白笔下的"鲁女"很难说。不过，以李白外向、敢作敢为、热情冲动的性

---

① 《咏邻女东窗海石榴》："鲁女东窗下，海榴世所稀。珊瑚映绿水，未足比光辉。清香随风发，落日好鸟归。愿为东南枝，低举拂罗衣。无由共攀折，引领望金扉。"

格，他多半要试一试，也多半会成功的。

据说，他与这位山东女人还生了一个儿子，他给起名叫"颇黎"，也就是"玻璃"，在当时人们眼中，它被当作美玉一样的东西。在这个儿子身上，李白多半也寄寓了美好的希望。可惜，这块李白眼中的美玉，除了在魏颢这儿"昙花一现"外，我们再没在其他地方看到他的身影。①

这个山东的女人和她的这个儿子，就这样在李白的生命中被轻轻地翻过去了。他们的生命，并没有被李白那冲天的光焰照亮。李白常常感到他是宇宙中的过客，而这个女人，还有这个孩子，似乎也是李白生命中的过客。

无可奈何的苍凉

但他在山东混得依然不如意。政治上，受山东儒生的轻视、排挤；感情上，受姓刘的女人的叛变、抛弃，而他的年龄却在一天天大起来。这时候他已四十岁左右了，而他依然一事无成，他无法不感慨。他说"功业若梦里"：自己追求的功业就像遥远的一场梦一样。他能怎么办呢："抚琴发长嗟"：弹着琴，不时长长地叹息。他感到他这块美玉得不到世人的赏识，但作为"美玉"自身，却又无可奈何。"不是自己不争气，是别人没眼光啊。"他没办法改变别人，改变社会，只能忧愁、烦闷。他希冀着，海风吹过来，"吹愁落天涯"，可风

---

① 参见魏颢《李翰林集序》。

再大，愁吹得走吗？①

　　他怀疑自己来山东是否来对了。他说山东就是一小杯水，怎么容得下自己这只"横海鳞"——横行四海的大鱼呢？他给自己的一个定位，不是大鹏，就是大鱼。反正不是天上自由飞翔的，就是水里自由畅游的。而且还都是特别强大、特别宏伟、特别有气势，世上难见到的"大物""奇物"。杜甫动不动把自己比作马，比作鹰。对于李白而言，要比作马，也得是"天马"；要比作鹰，也得是"神鹰"。凡马凡鹰，他是不屑一顾的。②

　　而他这条"大鱼"，在山东，看不上山东，看不上山东出的圣人孔老夫子，更不要说其他寻常人了。这必然招来大家对他的"反击"，或者说"排斥"。他认为他是"白玉"，是"黄金"，是无价之宝，是天才，但当地人却把他当小米干柴之类家常的、到处可见的普通东西对待。他的自我期许和社会对他的认同度，差距是多么大啊。

　　他能怎么办呢？他告诉我们，他是"闭门"看着树叶一片片地掉下来，感到春天已去，秋天已来。或者说，人生的春天结束了，人生的秋天开始了。这和鲁迅寓居绍兴会馆，"坐在槐树下，从密叶缝里看那一点一点的青天，晚出的槐蚕又每每冰冷的落在头颈上"的感受相仿。他们都感到"生命暗暗消去"，都有一种无可奈何的苍凉感。

　　类似的感受同样表现在他写给山东金乡县县令的一首诗中，他说，他怀有世所稀有的美玉（他那世所罕见的才华），只是长期掩藏

---

① 《早秋赠裴十七仲堪》："远海动风色，吹愁落天涯。……荆人泣美玉，鲁叟悲匏瓜。功业若梦里，抚琴发长嗟。"
② 李白作有《天马歌》，在《独漉篇》中也曾写道："神鹰梦泽，不顾鸱鸢。为君一击，鹏抟九天。"

在污泥浊水之中（他长期沉沦于社会底层）。但世人不识珍宝，把它看得和普通石头一般。我想把它捡起来，献给君王，却苦于没有机会。在普遍没有"识货的人"的情形下，他只能像当年和氏璧的主人卞和一样抱着美玉哭泣了。当然，他是在"哭"自己那满腹的才华，也是在"哭"世上竟无一个识货之人。

他说他最后的感受是"索漠"：没人理，没人问，门前冷落鞍马稀。但却依然没有绝望。他最后的表情是"幽默"的："留舌示山妻"——张仪当年和楚国的丞相喝酒，不想人家的宝玉丢了，门人们都认为是张仪偷的，搞刑讯逼供，把张仪抽了几百鞭子。但张仪死活也不承认，没办法，最后还是把他放了。他老婆奚落他说："你不在家好好读书，到处乱跑着游说这个游说那个，咋能不受羞辱呢！"张仪却问自己的老婆："你看看我的舌头在不？"把他老婆惹笑了，说："在。"张仪说："那就行了。"那意思就是，只要三寸不烂之舌在，不愁没有翻身的机会。

这里，李白用了这个典故和他的"山妻"开玩笑：别看俺李白现在没人理，没人问，你看着，只要俺李白活着，就不愁没有翻身的机会。[①]

他依然对自己、对自己的前途有着相当的自信。只是不知道，他这个"山妻"是哪一个。

---

① 《赠范金乡二首》其一："我有结绿珍，久藏浊水泥。时人弃此物，乃与燕珉齐。抚拭欲赠之，申眉路无梯。……徒有献芹心，终流泣玉啼。只应自索漠，留舌示山妻。"

第十章

转折点

是谁改变了他的命运

他在山东的活动，我们今天还知道的，就是他和几个道教爱好者，一块儿跑到徂徕山隐居，整天修道炼丹，弹琴喝酒。

据说他们一共六个人，对外号称"竹溪六逸"。

而就是在这时，他的命运有了新的转机。

742年，在李白虚岁四十二岁的时候，唐玄宗下诏求贤，李白以著名隐士、修道者的身份，被推荐到朝廷。当然，这恐怕与他日益扩大的诗名有关。

据说，李白这次入京，与玉真公主的推荐有关。李白刚到长安时，就曾写诗给玉真公主。他没想到的是，过了十年，他当年种下的种子才发芽。这真是迟到的安慰。这是他朋友魏颢白纸黑字写下的说法，多半是李白亲口告诉他的，可能性应该比较大。但我们的诗人无论醉中还是清醒着，都爱吹牛，对这种说法，也不能过于相信。①

也有人说李白曾跑到绍兴，和道士吴筠隐居在剡中，这吴筠后来

① 参见魏颢《李翰林集序》。

156

受到了唐玄宗的接见，他乘机推荐了李白。①

也有人说，是李白与吴筠关系铁，吴筠被皇帝召到了长安，李白也跟了去，跑去拜见贺知章。贺知章非常赏识李白，从而向皇帝推荐了他。②

也有人说，是吴筠、贺知章、玉真公主等多人共同的推动，促成了李白进京这件事。③

由此可见，当个官，有多复杂，真像李白当年感叹的，"难于上青天"。

而李白后来回忆起这件事时，是这样说的：当年，自己像诸葛亮一样，不求"闻达于诸侯"，多少当官的来请他出山，他都不理。最后，因为隐居，名气越来越大，连皇上都听说了，才把他召到朝廷去的。④

无疑，前半段，他是胡吹牛。后半段，他只是说了桌面上的话。桌面下的活动，比如他向玉真公主跑官，他受哪些人推荐，他肯定不会写在文章里，留下书面证据的。

这些事，只能做，不能说，更不能写，李白再无机心，也还没到"很傻很天真"的地步。

---

① 参见《新唐书·李白传》："天宝初，客游会稽，与道士吴筠隐于剡中。筠征赴阙，荐之于朝。与筠俱待诏翰林。"
② 参见《新唐书·李白传》："天宝初，南入会稽，与吴筠善，筠被召，故白亦至长安。往见贺知章。知章见其文，叹曰'子，谪仙人也'。言于玄宗，召见金銮殿。"
③ 李白著，王琦注：《李太白全集》，中华书局2011年版，第1354页。
④ 参见《为宋中丞自荐表》："天宝初，五府交辟，不求闻达；亦由子真谷口，名动京师。上皇闻而悦之，召入禁掖。"

告别过去

得到诏书后，李白自然是大喜过望。他的儿女都还在南陵，他便先跑回南陵，和他们告别。

这个南陵究竟在哪里，现在还是争论不休。有人说在安徽，安徽现在还有个南陵县。也有人大不以为然，说这不过是李白在山东居住的一个村子的名字。也有人说，这个南陵就是徂徕山，所谓南陵实际上就是南山的另外一种说法。这同样也能说得过去。

反正李白回到家的时候，正是秋天，阳光正好，见到了儿女，心情更好，一想到自己的宏伟抱负马上就要实现，简直有心花怒放的感觉。他写了一首《南陵别儿童入京》，最能体现他这时候的心情与感受。

他是这样说的：我从山中回来的时候，白酒刚刚酿熟，家家户户门前飘着酒香，一群群黄鸡慢悠悠地啄着小米，一幅优哉游哉的景象。儿女见我回来，忙不迭地跑上来拉我的衣服，亲热个没完。我招呼着他们赶紧杀鸡斟酒，父子三人好好欢聚一下。喝着酒，我不由得又是放声歌唱，又是起身舞剑。时光真快啊，不知不觉，落日的余晖一丝一丝争相溜走。我知道，给君王出谋划策要趁早，我也做好了准备，马上就要踏上远行之路。当年朱买臣的老婆看不起朱买臣，和朱买臣闹离婚，我也有着类似的遭遇。现在我接到皇帝的诏书，召我到长安去，终于可以大展宏图了。离开家的时候，我不由得"仰天大笑"，这些家伙也不想想，我李太白会是一辈子当平头老百姓的人吗？①

"我辈岂是蓬蒿人"这话说得够自信，也够自负。这样的话，也只有李白这样的人说得出来。

这首诗里，有着一种"夙愿得偿""大仇得报"的畅快。它的潜台词里，不乏这样的意思：终于可以出口恶气了。他这是对以前不看好自己的姓刘的女人的一种"报复"，也是对那些不看好自己的山东儒生的一种"报复"。

他终于可以告别过去，告别那些"愚妇"，告别那些"下愚"之辈，告别那些"万古愁"，去拥抱自己的理想了。

他的得意是充斥在字里行间的。

相同的气味：贺知章

李白在长安的一年多，他一生的声名达到了顶峰。

先是有高官兼诗人贺知章的拜访与免费宣传。

贺知章比李白大四十多岁，当时已是八十三四，任秘书监、太子宾客。这属于闲职，但没有相当的资历与声望，你别想坐到这个位置上。

贺知章之所以拜访并极为赏识李白，恐怕与他们性情相近，惺惺相惜有关。他与李白有着极为相似的性情、爱好与习惯。他多半在李

---

① 《南陵别儿童入京》："白酒新熟山中归，黄鸡啄黍秋正肥。呼童烹鸡酌白酒，儿女嬉笑牵人衣，高歌取醉欲自慰，起舞落日争光辉。游说万乘苦不早，著鞭跨马涉远道。会稽愚妇轻买臣，余亦辞家入西秦。仰天大笑出门去，我辈岂是蓬蒿人！"

白身上看到了另一个自己，或者说更年轻、更有才华、更有发挥空间和发展潜力的自己。他是远远就闻到了李白身上与自己相似的气味。或者不妨这样说，他是一个比李白早降生几十年的"老李白"。

他也爱清谈。他的朋友陆象先说，一天不和贺知章交谈，就觉得自己庸俗了，粗鄙了。他和他的朋友身上都有六朝人的余韵和气息。

他也狂，动不动目中无人，把礼法规矩不放在眼里。他给自己起了号，叫"四明狂客"，那等于向外界宣布，别惹我，俺就是个狂人。这样的人，在别人眼里，充满了奇异的色彩，也往往成为别人谈论、关注的中心，甚至引起众人的"倾慕"。

他也爱草书隶书。李白虽在文章中没提到过他写的什么书体，但看他写怀素的《草书歌行》：

> 少年上人号怀素，草书天下称独步。墨池飞出北溟鱼，笔锋杀尽中山兔。八月九月天气凉，酒徒词客满高堂。笺麻素绢排数箱，宣州石砚墨色光。吾师醉后倚绳床，须臾扫尽数千张。飘风骤雨惊飒飒，落花飞雪何茫茫。起来向壁不停手，一行数字大如斗。恍恍如闻神鬼惊，时时只见龙蛇走。左盘右蹙如惊电，状同楚汉相攻战。湖南七郡凡几家，家家屏障书题遍。王逸少，张伯英，古来几许浪得名。张颠老死不足数，我师此义不师古。古来万事贵天生，何必要公孙大娘浑脱舞？

我们就不难想象，他挥洒起来，肯定也是草书，而且还是狂草。

我这里之所以要不嫌其烦地把这首诗全部引出来，就因为它写得太好了，就像一个活生生的李太白在那里挥毫泼墨一样。苏东坡、王琦他们竟然认为它是伪作，难道他们没有感受到其中的李太白气味吗？他是唯一的，不可模仿的。

贺知章也爱喝酒。杜甫把他写入了《饮中八仙歌》，说"知章骑马似乘船，眼花落井水底眠"。他能入选"饮中八仙"，在爱喝上、酒量上，应该和李白不相上下。

他也爱喝大后写诗，而且也是那种似乎根本不加思考的"笔不停缀"式的写作。这是才气在喷洒，也是性情在崭露。在酒的激发下，他们的思维似乎都被打通了，毫无阻碍了。他们有着和杜甫、孟郊他们的苦吟截然不同的思维方式。

我们看到他，就像看到另一个李白。当他听到有这么一个类似于自己的人来到了长安，而且听说比自己更有才、更狂，甚至更能喝，能不急着见一见吗？

永远的赞叹

他没有失望。

据说，他第一眼就被李白的神采折服，发出了由衷的赞叹："你不是世上该有的人，难道是太白金星下凡？"

须知，这时候的贺知章已经八十多岁，他见过多少人，经历过多少事，却像当年司马承祯一样，发出了这样的赞叹！而这样的赞叹竟然也流传了一千多年，都只是因为，无论是贺知章眼前的这个人，还是后人想象中的这个人，都是那么与众不同、超凡脱俗。

这是李白给贺知章的第一印象，几乎也是后世人对李白的第一

印象。

但让贺知章惊奇的还在后面。

诗人相见，自然免不了要谈诗论文。结果，李白着实不客气，把他手头带的作品拿了出来。

贺知章先看的是《蜀道难》，他是写诗方面的行家，一见这样气势磅礴的作品，不由得边看边赞叹。据说，诗还没看完呢，就啧啧赞叹了四遍，最后说出了他一生中最有名的恭维话，恐怕也是李白一生中最难忘的话。李白一生听到的恭维话多了，但像贺知章夸得这样舒服、到位的，恐怕还真不多。

贺知章是这样夸的：这样的诗，岂是凡夫俗子写得出来的？你简直就是"谪仙人"——被贬下天庭的仙人啊。这和前面他称李白是"太白金星下凡"应该是同一回事的不同版本。只不过，一个是夸李白相貌像仙人，一个是夸李白作品像天才之作，是从不同层面夸他不是凡人，是天才、仙才。

这可真说到李白的心坎去了。他本来就热衷于求仙访道，热衷于塑造天才、仙人形象，现在听大名鼎鼎的贺知章都这么说，那简直如吃了人参果一样，浑身没一个毛孔不透着舒服。可是，他没想到的是，这个"谪"字，简直就是一语成谶，跟了他后半辈子。

谁想贺知章那天太兴奋了，马屁拍一下不过瘾，还要接着拍。所以，他在又看了李白的《乌栖曲》后，继续拍了个不亦乐乎：这首诗，别说人了，就是鬼神看到，也非要把他们感动得哭个稀里哗啦不可。

贺知章夸《蜀道难》，好理解。可他夸《乌栖曲》，而且还夸得这么离谱，就让人难以理解。毕竟，《乌栖曲》在李白诗作中，并不属于太有特色的作品，它缺乏强有力的打动人心的力量，更别谈什么"泣鬼神"。也许，这仅仅属于哥们儿间没有原则的吹捧，与艺术无关。

后来杜甫寄诗于李白，说"昔年有狂客，号尔谪仙人。笔落惊风雨，诗成泣鬼神"，就是说的这档子事。这是李白当年倍感光荣的事，杜甫拿这来说事，也算是挠到了李白的痒痒肉上。

李白当时多半会微笑着接受，最多也就说说：过奖了。其实，心里多半是很舒服的。

贺知章不但嘴上拍，还拿出实际行动来拍，一看到了饭点，非要拉了李白喝酒去，好在酒桌上接着拍。

可谁想却没带银子。一般请客的，身上不带钱，肯定不是真心请。我猜想，那时贺知章多半是抱着随便看看的这种心态去见李白的，再不就是偶然碰见李白的，事前并没有什么准备。

反正，在见李白之前，他多半没动过要请李白喝酒的念头。不想，一见李白，一读他的诗，还真投缘，大嘴一张：啥也别说了，俺做东，小酌几杯。李白也是吃请吃惯了的，也不客气，走就走吧。谁想一去，却没带银子，或者说，带得不多。

贺知章是要面子的人。都说要请人家喝酒了，怎么办呢？总不能让李白掏钱吧，那恐怕李白一辈子都看不起他，更别说跟他做朋友了。一急，就做出了一件日后传为"文坛佳话"的事：一把把身上的装饰物——金龟扯了下来，扔给店家：给俺好酒好菜尽管上。结果这一顿下来，他俩喝了个一醉方休。

以后，贺知章一有机会，逢人就夸李白，哎呀，这李太白，可不得了，诗写得简直举世没有第二人比得上……贺知章在京城影响多大啊，他后来辞官回家的时候，皇帝亲下手诏，太子相送，左右相以下高级官员写诗相赠，这种地位、荣耀，有几个诗人享受得上？李白在诗坛的成名，与贺知章的推重、奖誉是分不开的。

在贺知章去世后，李白专门跑到会稽贺知章坟前凭吊，并写诗感怀他们的交往：

> 四明有狂客，风流贺季真。
>
> 长安一相见，呼我谪仙人。
>
> 昔好杯中物，翻为松下尘。
>
> 金龟换酒处，却忆泪沾巾。
>
> （《对酒忆贺监》）

有意思的是，李白在亲笔写下的诗序中告诉我们：一、他与贺知章相见是在"长安紫极宫"这种道教圣地，也就是说，在一个仙气缭绕的地方，两个仙气十足的人物相见了；而不是江湖传说的什么"逆旅"，那多没意思，多败兴。二、没提《蜀道难》，更没提什么《乌栖曲》，这些，要么是后来的事，要么就是后人根据杜甫诗"笔落惊风雨，诗成泣鬼神"演义出来的。三、这首诗是在李白孤独一人饮酒时写下的。也就是说，他更加感到了孤独：没了喝酒的好伙伴，更没了理解自己的知己。贺知章的死，也许他是最伤心的一个人。①

正因为此，面对贺知章的坟墓，他所念念不忘的主要还是这件事。可以说，贺知章是他人生中的最大伯乐。他是怀着感恩的心情去回忆他们的交往的。当然，回忆是在物是人非的境遇下展开的，充满了伤感。毕竟，在欢乐的交往背后，站立的是一团漆黑的孤寂。

---

① 《对酒忆贺监》序："太子宾客贺公，于长安紫极宫一见余，呼余为'谪仙人'，因解金龟，换酒为乐。殁后对酒，怅然有怀，而作是诗。"

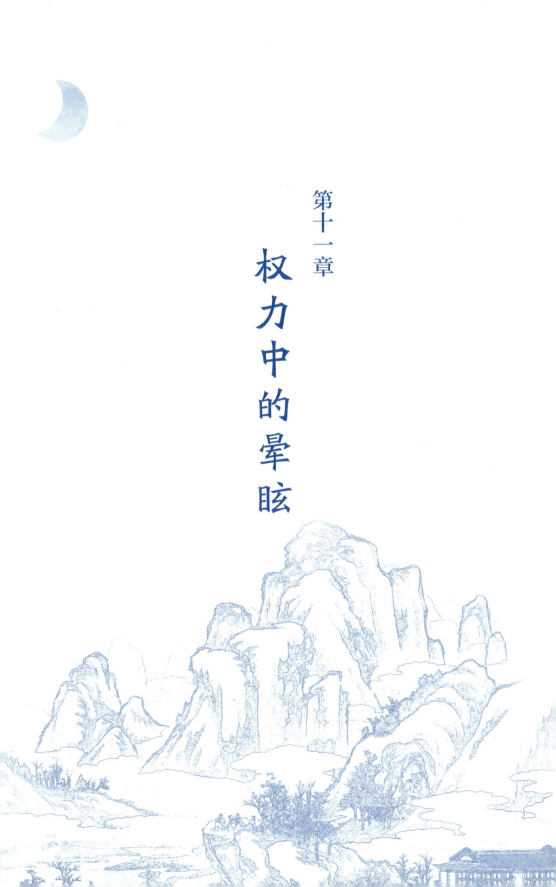

第十一章

权力中的晕眩

风光与隐患

唐玄宗对李白的接见，更使李白的声名到达了顶点。这也成为李白一生最为难忘的一幕。就像杜甫难忘他在集贤殿接受宰相等人考试一样。他们两人，都把与皇权最为接近的一刻视为毕生的荣耀，念叨了半辈子。

按最早为李白诗集写序的李阳冰的说法，这次接见不是一般的接见：

一是皇帝主动下诏召见李白，点名让李白到长安去，是"钦点"。

二是接见的规格不同一般。李白到了皇宫后，皇帝亲自走下台阶迎接，如同迎接汉代最有名的隐士、贤人"商山四皓"一样。而这样的待遇，别说一般人，就是那些高官显贵一生也很难享受到。

三是招待的规格更是非同一般。"以七宝床赐食"。什么是七宝床？按一般的说法，是用各种珍宝装饰的床，既可坐，也可卧，恐怕功能有点类似今天的长沙发。这样的床，平时恐怕也就皇帝和妃子坐卧，但现在，玄宗拿它来招待李白。不仅如此，皇帝还亲手给李白调羹汤。对于唐玄宗，也许是为了显示一下自己多么尊重人才，多多少少带有政治作秀的成分。但对于李白而言，这是天大的荣耀。毕竟这样的待遇，在任何时代都不是哪个人可以随便享受到的。

四是在接见中，唐玄宗对李白评价很高。他是怎么说的呢？他说，你本是普通老百姓，声名为我所知，都是因为你"素蓄道义"。这四个字值得揣摩。一方面，说明玄宗对李白是肯定的。这个"素蓄"，相当于今天所说的"一贯如此""长期如此"。也就是说，玄宗对他的一贯表现是满意的。另一方面，肯定的内容却耐人寻味，不是在文学写作上，而是在"道义"上。什么是道义？是今天所说的道德仁义吗？他不是道德完人，更不是圣人，这个方面还轮不上他。是道家的求仙之道吗？这有可能。李白自己说他是因为隐逸名气渐大才被玄宗召见的。李阳冰所写的序中也说，唐玄宗见李白如同见"商山四皓"这些大隐士。而他隐居起来干什么？主要还是求仙访道。有可能玉真公主、贺知章推荐李白时，重点说的就是他求仙访道方面的情况。当然，从后面玄宗让李白干的活计来看，玄宗对李白的文学才华是了解的。他多半是以隐逸者、修仙求道者和文学创作者的多重代表身份被召见的。只是，在接见的当时，玄宗似乎对求仙访道更感兴趣些。[①]

有意思的是，随着时代的推进，唐玄宗见李白这一历史本身，却也在不断地扩充、"丰富"着。可以说，是时间造就了李白一生的传奇性。它就像一只神奇的手，不断地往李白身上涂抹着油彩。

先是在李白去世近三十年后，幼时写诗受到李白赏识的刘全白说，李白曾写"和蕃书"（一说为"吓蕃书"或"答蕃书"），并把

---

① 参见李阳冰《草堂集序》。

早已准备好的"旧作"《宣唐鸿猷》献给了唐玄宗。这是全新的"爆料"。"和蕃书"是外交文书，和写诗是两码事。但李白依然能写，而且还写得相当不错，得到了玄宗的肯定；《宣唐鸿猷》，顾名思义，就是歌颂大唐伟大成就的。不用说，这是他在见唐玄宗之前精心准备的拍马作品。可惜，没有传下来，不知道我们的大诗人又说了哪些肉麻话。不过，按刘全白的说法，唐玄宗似乎挺欣赏他的这些肉麻话。①

到了比李白出生晚七十年左右的范传正（他的父亲曾和李白诗酒唱和过）那儿，"油"和"醋"又有所增添：李白在大殿上滔滔不绝地谈论着国家大事，分析着国内国际形势，并当场写下"和蕃书"。这是刘全白已告诉我们的，但范传正又告诉了我们大诗人写作"和蕃书"时的具体情形："笔不停缀"，一气呵成。看看，经过这么一番"改造"，李白的光辉形象是不是更加地"跃然纸上"了呢？②

到了中唐李肇那儿，又爆出了一个大猛料：有一次李白喝大了，让当时最有名的太监，也是唐玄宗最宠幸的，连太子都要尊称其为二兄，诸王公主均称之为阿翁的人——高力士给他脱靴。结果皇帝生气了，命小太监把他轰了出去。③

但到了晚唐段成式那儿，那一次并没成功的脱靴之举不但成功了，还将它的时间也提前到了皇帝初次接见李白时。可以说，爆出的料更加生猛了：唐玄宗一看李白还穿着靴子，便命人给李白换鞋子。

而李白的反应是，毫不客气地把他的大臭脚伸给了高力士，并对他说："脱靴。"高力士也是形势所逼，忍气吞声给李白脱了靴子。

---

① 参见刘全白《唐故翰林学士李君碣记》。
② 参见范传正《唐左拾遗翰林学士李公新墓碑并序》。
③ 参见李肇《唐国史补·李白脱靴事》。

就这样，真真假假，真假难辨的故事不断地"发生"在了李白身上。是他本人不同场合吹出来的不同版本呢，还是他的崇拜者们以讹传讹，造成了他人生经历的不断"变形"？我们没办法对这些"版本"做出十分的肯定，也没办法说它们绝对不可能。对于李白这样性格张扬、冲动、不计后果的人而言，它们都是有可能的。但有可能性并不意味着必然发生。

只能说，如果这些"历史"真实发生过的话，那么，不论是玄宗下台阶相迎，还是为其调羹，还是让其起草"和蕃书"，甚至脱靴换鞋，都多少带有了对其进行"考验""考察"的意思。

而在这次考察中，李白有的地方顺利过关了，有的地方却跌入了"陷阱"，没能过关。

据说，接见完李白后，唐玄宗指着李白的背影，对高力士说了一句李白恐怕永远都想不到的话：这个人，真是一身穷酸相啊。

唐玄宗之所以当着高力士的面这样评价李白，不乏安慰他极为宠幸却遭到"羞辱"的高力士之意，但更多可能在于：李白在展露了才气的同时，也把他这个人的"本性"暴露了。在"政治家"唐玄宗眼里，李白是一个"拿不住"、得志便轻狂的人。受点优待就飘飘然，就得意忘形、忘乎所以，这和那些久贫乍富的暴发户有啥区别呢？这哪有点政治家的素质呢？

在这一天，李白得到了他一生中最隆重的优待；也是在这一天，唐玄宗把他看轻了：他也就是个只能写写诗，作作文的穷酸文人而已。从此，他和那些他看不起的斗鸡徒一样，在唐玄宗的心目中，都是哄人高兴的帮闲罢了。

但不知就里的李白，却一直念念不忘这样的"殊宠"，他后来回忆起来，依然是充满了光荣与得意：他再一次把自己比作了老乡司马相如。他说，他进京就像司马相如进京一样受到了重视，唐玄宗见了他满脸都是笑容，就像整个天下都是温暖的春天一般。朝廷大臣们站立左右，高呼着万岁，齐声祝贺唐玄宗真是英明，把埋没在民间的优秀人才吸收到了身边。[1]

在那一时刻，他是不是在心里默默念叨着，司马老乡，你所能做到的，我也能做到，而且我还会比你做得更好？他的眼前多半出现了一系列的美好前景。

扑朔迷离的身份问题

唐玄宗让李白供职翰林院。

他似乎还拿不准。他还要再好好地观察、考察一下眼前这个具有仙风道骨，浑身散发着奇异色彩的人。

但李白在翰林院是什么身份，却成了后世争议不休的一大问题。这不怪后人，就是李白自己，也一会儿说他是"翰林供奉"，一会儿说他是"翰林院内供奉学士"，而与他同时的李华，以及中晚唐的刘全白、范传正、裴敬为他作墓志时，又全都称他为"翰林学士"。不过，耐人寻味的是，刘全白在墓志题目上称他为"翰林学士"，到了文中，却又说他是"翰林待诏"。

---

[1] 《赠从弟南平太守之遥二首》其一："汉家天子驰驷马，赤车蜀道迎相如。天门九重谒圣人，龙颜一解四海春。彤庭左右呼万岁，拜贺明主收沉沦。"

那么，翰林待诏、翰林供奉、翰林学士，这三个身份究竟有什么区别呢？

李白在世时，官场之外的人们对这三者的区别就有点搞不清，我们现在根据学者们的研究，也只能分个大概。而且，这样的区分，还不一定符合当时的实际。

在玄宗时代，有一技之能的，不论你是诗写得好、文章作得好，还是棋下得好、卦算得好、书法写得好，研究佛学有门道，修仙炼丹有成就，都有可能被朝廷诏入翰林院，成为一名"待诏之士"，随时听候皇帝传唤。人们就称呼他们为"翰林待诏"。

而这些人中，擅长文词的，也就是诗写得好的、文章作得好的，又特别受玄宗重视。他觉得把他们这些饱读诗书的文化人和那些下棋的、算卦的混在一起，都叫翰林待诏，有点不大尊重文化人，便设了"翰林供奉"一职，将他们与其他翰林待诏相区别。只不过，他们仍在翰林院共同办公。只是从此以后，称呼上有了区别。我相信，这也是一种政治待遇。从此，翰林供奉在人们眼里，要比翰林待诏高人一等甚至几等。

而在开元二十六年（738年），唐玄宗又设立了学士院，但学士院和翰林院虽然分设，实际上距离很近，甚至同处于一个院落。所谓学士，实际上就是原来的部分翰林供奉，不过是换了个名称而已。其目的，多半还是要与翰林待诏们相区别。

可以说，"翰林待诏、翰林供奉、学士，是三个不同的层级。翰林待诏是基本层级，人数多，门类广，功能多，但提供的是基本的服务，大多与政治无关。翰林供奉是较高层级，人数较少，功能单一，其职能是与集贤院学士分掌制诏书敕，已经具有明显的政治色彩。翰林学士是最高层级，人数更少，专掌内命，将翰林供奉和集贤学士的制诏职能基本垄断。学士已经完全政治化，地位也高高在上"。

"李白之所以自称翰林供奉，又自称翰林内供奉学士，而李华却称其为翰林学士，大概就是特定时期人们在这两个名称上的混淆所致。在开（元）、天（宝）乃至稍后一段时期的士人看来，翰林供奉与翰林学士其实并没有太大的差异，一定范围内或程度上，可以互相替代。而翰林学士、翰林供奉之于翰林待诏，地位要高出很多，名称是不能替代的。"因此，"李白在翰林院的实际身份是翰林供奉，也被笼统地称为翰林学士，但非真正居学士院的翰林学士。"[1]

无法考证的秘密工作者

但翰林供奉地位虽高，却和翰林待诏一样，都不是官职，说白了，李白自始至终，都没能进入当时的官僚系统，相当于朝廷临时工，有可能被解雇。李白后来的遭遇也证明了这一点。

但由临时工转为正式工，并不是不可能。应该说，可能性很大。从留存下来的史料来看，整个唐代，凡是戴上"翰林供奉"这顶帽子的，除了李白，其他人后来都做了高官。只能说，李白后来的遭遇是个大大的例外。[2]

那么，当时李白在翰林供奉这个位置上都干些什么呢？

---

[1][2]　引自胡旭《李白居翰林及赐金放还考辨》,《南开学报（哲学社会科学版）》2009年第3期。

先是李白的崇拜者魏颢告诉我们，李白醉中为玄宗草拟过《出师诏》。也就是说，他干过草拟诏书的事。他说这话，就相当于告诉我们，他是皇帝身边写作班子成员，其地位不是一般显赫，而是相当显赫。[①]

紧接着，李阳冰又告诉我们，玄宗经常向李白垂询国家大事。李白还"悄悄地"帮助皇帝起草一些重要的诏书。但他又告诉我们，这些工作，都是"秘密"进行，没有人知道。这相当于告诉了我们一个没有证人的"事实"。

到了中唐的范传正，他就说得更让我们无从求证啦。他说李白在当时是"专掌秘命"，也就是干的是秘密草诏工作，和李阳冰一个口吻。李阳冰说李白是"潜草"，范传正说他是"秘命"，反正干的都是秘密工作，似乎除了玄宗，谁也不知道。

而不论是魏颢，还是李阳冰的说法，都肯定来自李白。范传正的消息来源，要么是来自前两位的文章，加上了点自己的理解或私货；要么就是来自他的父亲。而他父亲的消息来源，多半也是李白。而李白本人在诗中也白纸黑字地写道：他是以布衣身份待从玄宗，秘密地给皇帝起草诏书之类。

范传正还说李白"将处司言之任，多陪侍从之游"。这个"司言之任"，多半是指魏颢所说的将让他出任主要代皇帝草拟诏诰的"中书舍人"这样的要职。从李白最终的遭遇看，这最多也只能算是帝王的一个口头许诺。只是当时玄宗给李白许没许过这样的甜头，真是只有天知道。

---

① 参见魏颢《李翰林集序》。

"多陪侍从之游"倒是一点不假。他做了许多《宫中行乐词》，还特意为杨贵妃写了三首《清平调》，还做了些应制诗。这都是典型的帮闲文学、拍马文学。他还曾陪侍唐玄宗到温泉宫，回来后还专门写了几首诗向别人夸耀这件事。

反正，据他自己和别人的说法，他与皇帝的关系是相当"亲密"，他是皇帝身边的重要侍从。

而中唐有名的宰相陆贽后来却说：学士这些人，主要工作也不过是"应和诗赋文章"，写诏书这样的重要工作，都由中书舍人来干。也就是说，学士都不能草拟诏诰，更何况是翰林供奉。照这样说，李白给皇帝秘密地草拟诏书，都是白日做梦，或者说，是喝大了信口开河？

可是，在给唐肃宗上的表这样的正式文书中，李白依然说自己"有时代皇帝起草诏书"。难道他对唐玄宗的儿子、对他应该有着相当了解的新皇帝也敢撒谎吗？还是说多了，最后连他也相信自己干过这样的事啦？

有没有这样一种可能，唐玄宗偶尔"个别"交办一些起草任务给他，其他人不知道，而李白却把这种"偶尔""个别"现象夸大为"经常"挂在嘴边？究竟是谁对谁错呢？

这样一本糊涂账，一千多年后，谁又能完全说得清呢？

那一段得意的日子

但不管怎么说，李白对自己的文学侍从的身份是相当满意甚至得意的，有时甚至到了"忘形"的地步。

这一时期，他的那些赠答、送别诗，不是送给这个将军，就是送给那个侍御、郎中之类。当年，这些他想接触都可能接触不上的"有头有脸"的人物，现在竟然和他成了"朋友"啦，他能不"快意""快乐"嘛，他恐怕睡着都会笑出声来。

他还说，他整天不是参加朝廷这个宴会，就是陪着皇帝出访游玩。当然，作为文学侍从，他也没少歌功颂德。用他的话说，叫"抽毫颂清风"：拿起俺的笔歌颂这海晏河清的时代，也叫"激赏摇天笔"：既然皇上对俺这么赏识，那我的如椽大笔就要挥动起来。说白了，就是要不遗余力地歌颂。

当然，皇帝也没亏待他，皇帝一高兴，当着那些"王公大人"的面，赐他"御衣"，作为嘉奖。

这真是非同小可的"恩典"，连后来他流放夜郎时，我们的另一位大诗人杜甫回忆起他的这位老大哥时，也没忘了皇上对他赐衣这一"恩典"。他们俩都把这视为莫大的荣耀。

令人惊讶的是，他还说，建功立业，早了总比晚了好。也就是说，成功要及早，晚了就没意思了。他当年做翰林供奉前，动不动就拿姜太公这种大器晚成的例子来鼓励自己。可现在不了，他已经羞于拿他相比了。那潜台词就是，他八十岁了才遇上周文王，差点把自己给埋没了。我可不能这样，我也绝不会这样。真是此一时彼一时呀。

更让人惊讶的是，在陪着玄宗从温泉宫回来的路上，他有一次碰见个老朋友，除了洋洋得意地把自己现在的"殊宠"夸了一遍外，还大言不惭地向这位老朋友许诺，要向皇帝推荐他，好一块儿"翻飞"。也就是说，他自认为已经飞起来了，要拉这位朋友一把。他真把自己当回事啊，也真不"成熟"啊，敢把这样的话大明大白地写出来。①

他还说，别人对他的态度也不一样了：当年看不起我，嫌我没权没势没地位的，现在都跑来拜访我，巴结我，想着法子讨好我。这个"当年"，多半是他一入长安时。他当年心灵上的创伤，现在终于有机会治愈了。②

不但当年看不起他的人跑来献殷勤，那些朝廷的官僚，也丝毫不示弱，"王公大人""实权派"们，也跑来和他套近乎，拉关系。③这让坐了几十年冷板凳的李白，真正体会到了权力的力量和滋味。

这种滋味真是好极了，让他余生都难以忘却。李白当时的自我感觉真是从没这么好过，用"春风得意""踌躇满志"这样的词形容也不为过。他那些日子即使不喝酒，在权力的支配下，恐怕也是轻飘飘、晕乎乎的。

朝廷里的单纯孩子

但李白这种轻飘飘的感觉并没持续多久，他就感到"人生的沉重"了，甚至对当时的他来说，是不可承受之重。一年多后，他就被"放逐"。

这与别人的妒忌、在玄宗面前屡屡说他坏话有关，但这也仅仅是外

---

① 《温泉侍从归逢故人》："汉帝长杨苑，夸胡羽猎归。子云叨侍从，献赋有光辉。激赏摇天笔，承恩赐御衣。逢君奏明主，他日共翻飞。"
② 《赠从弟南平太守之遥二首》其一："当时笑我微贱者，却来请谒为交欢。"
③ 《驾去温泉后赠杨山人》："王公大人借颜色，金璋紫绶来相趋。"

因，内因在于他自身。更为准确地说，主要与他性格的"缺陷"有关。

一是他目中无人，恃才傲物，不讲礼仪规矩，引发了翰林院同僚以及朝廷其他官员对他的反感、非议，整个朝廷"舆论"对他日益不利。他在安州，安州"舆论"界对他没好话；到了山东，山东读书人对他没好话；现在到了政治中心，他的同僚依然对他没好话。这可以说全是他的性格惹的祸。

按他的话说，对于赏识他的唐玄宗，他是感恩戴德，有责任歌功颂德；对于那些高官，他可就没那么客气了，一见面，就没大没小、没高没低地开玩笑，打趣他们，骨子里，多半是一种看不起他们的轻蔑心理。[①]

翰林供奉多由高官兼任，而李白从一个平头老百姓一下子跃登此位，可以说是"一步登天"，在别人的眼里这是什么？他的同僚会怎么看？

在这种情况下，如果李白真是有点心机的人，他就该低调低调再低调，见人三分笑，逢人只说三分话。可他不，他依然是由着自己的性子来，把人家不放在眼里，或者说，对人家缺乏起码的"尊重"。

这样一来，他的那些同僚、朝廷高官心里能好受吗？能说他的好话吗？

久而久之，在皇帝那儿，他就给留下了一个"非廊庙器"的评价。也就是说，他难当大任。这个评价，和那个"此子固穷相"的评价，对他的事业发展都是致命的。试想，哪一位帝王会重用这样的人呢？

---

① 《玉壶吟》："揄扬九重万乘主，谑浪赤墀青琐贤。"

二是他太无机心，太缺乏官场经验，处处显出为人处世的"幼稚"。

比如，当李白听到这些"负面意见"，他是怎么应对的呢？

他给集贤院的学士们公开写了一首诗，来为自己辩护，他说：白玉总是容易被苍蝇屎玷污，阳春白雪总是难以找到知音。我"本是疏散人"：不拘小节惯了，散漫惯了，没想到却得到了个"狭隘""偏激"的帽子。我的志向本就是在山林中自由自在地生活。等我功成名就了，我就彻底做个隐士去。①

看看，他把自己比作美玉，比作阳春白雪，而把他的翰林院的同僚比作苍蝇，比作下里巴人。这让那些看到这首诗的同僚怎么想？

值得注意的是，李白的这首诗不是写给什么私密朋友的，而是写给他的那些为皇帝服务的集贤院学士的，这相当于把心中的牢骚话公开发表。

毫无疑问，唐玄宗很快就会看到这首诗。不用别人说什么，皇帝自然而然就会对他有"看法"。最起码，他不会处理同事关系，不会搞团结，和同僚关系弄得很紧张。这样的印象一旦形成，对他是绝对不利的。

他还想功成名就后再去做隐士吗？他想得可真美。

三是他无机心、太天真，导致他说话常常不分场合，不看对象，特别是喝大后，更是信口开河。这不合为官之道，对他同样不利。

这样的性格，作为一个普通人，最多也就是吹吹牛，无伤大雅，

---

① 《翰林读书言怀呈集贤诸学士》："青蝇易相点，白雪难同调。本是疏散人，屡贻褊促诮。云天属清朗，林壑忆游眺。或时清风来，闲倚栏下啸。严光桐庐溪，谢客临海峤。功成谢人间，从此一投钓。"

但作为朝廷官员，这不合"为官之道"，对他同样是不利的，特别是皇帝身边的人，就面临着极大的风险。他常常为在皇帝身边工作而得意，却忘了"伴君如伴虎"，在皇帝身边工作更要"谨言慎行"，他管得住他那张大嘴吗？

范传正在他的墓志中说，玄宗正是担心他喝大了胡说八道，泄露朝廷机密，才把他"请"出翰林院的。可以说，某种程度上，是他的性格缺陷断送了他的政治仕途。

四是他嗜酒成瘾，爱借酒使性。比如，让高力士脱靴，对朝廷高官没礼貌，正犯了玄宗及朝廷用人大忌。他进入翰林院后，似乎在饮酒上并没有刻意收敛，依然和过去一个样，一有空，就和朋友们喝酒，一喝就是大醉。有许多次，唐玄宗找他，他都醉得不省人事，是被用水浇醒，抬到金銮殿上的。

一次两次，玄宗似乎还能忍耐。比如，范传正提到，一次玄宗在白莲池游玩，玩得高兴了，想召他来作篇序。谁想他在翰林院喝得大醉，玄宗便命高力士扶他上船。在范传正眼里，这是皇帝对李白的"优宠"——不同一般的宠幸。李白恐怕也是这样想的。

但他无疑是误会了玄宗对他的"优宠"。他似乎并没有意识到玄宗对过度饮酒有着深深的警惕甚至厌恶。据说，玄宗即位之初，因饮酒误杀一人，从此立下戒律，再不饮酒。他是这样说的，也是这样做的。他在位四十多年，一直再没喝过酒。可以说，他对酗酒之人，从内心并没好感。在他眼里，酗酒的人，也许就是意志力薄弱，不堪大任的人。

而且，这不仅仅是玄宗个人的态度，也是唐政府的制度规定。无论是《唐六典》，还是后人编修的史书《旧唐书》，都明白无误地告诉我们，饮酒过度，耍酒疯，是不能当官的，特别是不能当皇帝身边的侍奉官员。

李白一生都和酒有着不解之缘，酒激发了他创作的灵感，给他的诗作带来了飘逸如仙的感觉。但在现实世界中，这样的一个酒徒，这样的一种"工作作风"，却使他与自己的政治梦想渐行渐远。在某种程度上，李白是在自毁前程。真是成也酒（在文学上），败也酒（在政治上）。

唐玄宗对他的态度慢慢地发生着转变：从"优宠"到"疏远"。

第十二章

失意后的尖音

不同的形象：杜甫笔下的飞扬不羁与李白自身的沉重无奈

李白肯定也感到了玄宗对他有了"看法"。他又是怎么应对的呢？

他采取了近乎自暴自弃的做法，也就是说，他更加沉溺在酒中了。刚到翰林院时，他也许有过一定的克制，但现在，他恢复了酗酒的习惯，有空就喝。李阳冰说他"浪迹纵酒，以自昏秽"。这是值得琢磨的八个字。我们一般说"浪迹天涯"，可这里，李阳冰告诉我们，此时的李白是"浪迹纵酒"，是说他在酒中流浪吗？还是说他这个天涯的浪子饮酒无度呢？反正，此时的他沉溺在酒中已经难以自拔了。

但李阳冰随即告诉我们，李白之所以这样做，是要"以自昏秽"：以此来忘却自己的雄心壮志。也就是说，此时的喝酒，并不是为了高兴，而仅仅是为了麻醉自己，让自己暂时忘却那个梦想，那个要一飞冲天，要做帝王师的政治梦想，那个要如大鹏一般自由自在翱翔的人生梦想。

这几乎是一个小孩子的做法。王国维曾说："词人者，不失其赤子之心者也。"并说："主观之诗人不必多阅世。阅世愈浅，则性情愈真。"他当时举例子，说李后主就是这样的人。其实，李白同样是这样的人。在为人处世的经验上，他是相当"天真""幼稚"的。

据说，常和李白喝酒的，有诗人贺知章、书法家张旭等七个人，加上李白，被当时京城的人们称为"饮中八仙"。

他的小兄弟杜甫，后来根据传闻，写了著名的《饮中八仙歌》。其他七人，他是或两句，或三句，只有李白，他拿出了最多的篇幅，用了四句来描写。这四句，完全可以截出来，作为一首绝佳的绝句来看待，题目或许可以叫作"李白小像"：

> 李白斗酒诗百篇，
> 长安市上酒家眠。
> 天子呼来不上船，
> 自称臣是酒中仙。

看看，把李白写得多洒脱，多神采飞扬。真是只有大诗人写大诗人，才能活脱脱地写出大诗人的精神、气度来。

可对当时的李白来说，他会有这样的洒脱，这样仙人一般的感觉吗？

他内心也许更多的是痛苦与无奈。

面对这样的局面，他已经无能为力。他似乎已经预感到了自己的结局：

> 烈士击玉壶，壮心惜暮年。
> 三杯拂剑舞秋月，忽然高咏涕泗涟。

......

世人不识东方朔，大隐金门是谪仙。

西施宜笑复宜颦，丑女效之徒累身。

君王虽爱蛾眉好，无奈宫中妒杀人！

（《玉壶吟》）

他依然把自己比作"烈士"，也就是"壮士"，这是他一贯的自我评价。这个"壮士"，基本上就是和"儒生"相对的，是雄心壮志之士、雄才大略之士，也是雄壮威武之士，干的应该都是轰轰烈烈的大事。可现实是，他整天只能靠喝酒来麻木自己，打发时间。

他不由自主想到了那个东晋的王处仲，此人常常酒后吟唱曹操《步出夏门行》中的"老骥伏枥，志在千里。烈士暮年，壮心不已"的诗句，一边唱，一边拿如意敲打吐痰用的玉壶，结果壶口都被他敲了个缺口。

其实，他和王处仲一样啊，也是满腔的悲愤没处发泄。他也和写作《步出夏门行》的曹操一样：徒有一颗雄心和宏大的抱负，却无法实现，面对着渐渐流走的时光，他感到无奈而痛心。

他只能喝酒，只能在月光下舞剑，只能吟唱慷慨激昂的诗句，可一旦想起那个沉重的现实，他就忍不住要落泪了。"男儿有泪不轻弹，只因未到伤心处。"他现在真正到了伤心的时候了。入朝廷前，他尽可以做白日梦似的畅想，而现在置身于他梦寐以求的权力中心，却感到了皇帝对他的日渐疏远，这让他如何受得了呢？他的政治理想难道从此就成为泡影，无法实现了？这是他一生都不愿意面对的事实。

他多次把自己比作司马相如、扬雄这些汉代显赫一时的文学辞臣，也多次把自己比作那个汉代游戏官场的东方朔。比作司马相如、扬雄，这是他得志前的梦想，也是他"得志"后的自喻。比作东方朔，则是他的自我解嘲、自我安慰。

他说自己和东方朔一样，是天上的星宿下凡，隐居在朝廷之上，可是，这些世间的俗人没一个识货的，仅把他当作可有可无的"俳优"对待。也就是说，那些他身边的高官显贵，有眼无珠，不识人才。看看，什么时候，他都把自己的不得志归因于别人，从来没有想想自己哪点做得不对。

这是他的自信，也是他的自负之处。他又把自己比作西施，说西施不论是笑还是皱眉头，都是美的。那些丑女，也学着她去皱眉头，只能是更增其丑。这是《庄子》中很有名的一个故事，他这里拿来，无非是告诉我们，他是多么优秀，而他身边的那些人，是多么丑陋、龌龊。

怎么个龌龊呢？他现身说法，还拿美女打比方：虽然君王喜欢西施这样的大美女，可那些宫中的妒火、谗言，君王能抵挡得住吗？也就是说，他已经知道别人在皇帝面前给他使了绊子。他对这种行为是愤怒的，也是鄙视的，甚至在诗中还是抨击的。可又能顶什么用呢？那些谗言、坏话，已经发挥作用了。而他这些剖白、解释的话，似乎一点作用也没起。

他表面上似乎依然在为君王说好话：错不在君王，而在于宫中的那些人。可是，君王为什么要听那些人的话呢，是不是对他并不是那么百分百信任呢？

折断的兰花

他在《送裴十八图南归嵩山二首》（其一）中也同样表达了类似
的感情：

> 何处可为别，长安青绮门。
>
> 胡姬招素手，延客醉金樽。
>
> 临当上马时，我独与君言。
>
> 风吹芳兰折，日没鸟雀喧。
>
> 举手指飞鸿，此情难具论。
>
> 同归无早晚，颍水有清源。

这首诗的表达方式也是屈原式的，还是拿香草美人说事。只不
过，《玉壶吟》用美人说事；而这一首，则用香草说事。其实说来说
去，说的都是他自己。

他说他是在长安青绮门（即霸城门）送朋友到嵩山隐居去。当
然，按照送别的常规节目，在别前肯定是要喝上一场的。对饮酒的场
景，李白轻轻一带而过，只是说胡姬热情地招呼着客人们尽情饮酒。
这在李白的生活中，是再常见不过的场景。他后面写到的东西，却是
他诗中不常见的：

在客人就要上马离开的时候，他却要单独和裴图南说些悄悄话，
或心底的话。也就是说，这是相当私密的话。

他说了什么呢？

他告诉我们：一股大风把芳菲的兰花都吹折了，天色暗下来，鸟
雀们叽叽喳喳叫个不停。

他这是用屈原的方式在象征，在暗示。这里的"芳兰"，很明显地是指代他自己；而叽叽喳喳的鸟雀们，也不过是指那些在皇帝面前进谗言、捣是非的小人。他明确地告诉我们，他这朵兰花，已遭人陷害，拦腰折断了。

这是多么令他伤心的一件事。在他一入长安时，也曾以兰花自比。当时他把自己比作幽园中的孤兰，没人理，没人问，只能和杂草一块儿枯萎。而现在，他这株兰花进入了当权者，特别是皇帝的视野，却又出人意料地遭到了践踏，拦腰折断了。

对此，他是多么悲愤、感慨，却又"此情难具论"：不能说得太具体，太显露。总之，是一言难尽，一切皆在不言中。

他只能指指天上的飞鸿。这是一个既简单，又耐人寻味的动作。

为《李太白全集》作注的王琦告诉我们，他这是在用典，在用别人的事来表达自己的心事：晋代的郭瑀隐居山中，张天锡派使者去请他。郭瑀指着天上的飞鸿告诉使者说："这种鸟难道可以养在笼子里吗？"他逃进深山，彻底藏起来了。

他是说自己也要像郭瑀一样去隐居吗？还是告诉朋友，自己本身就是一只自由自在的飞鸿，即便是朝廷这样的笼子，他待在里面，也不会快乐？

他是不可以笼养的。他要离开了。

果然，他在后面说："你要去的嵩山是颍水的源头，那里流水清澈，正适合隐居，我迟早也要去的。"

可以说，随着唐玄宗对他的信任逐步减弱，他离开朝廷的心也开始泛动了。

诗与政治的交会

压在他身上的最后一根稻草，据说，与高力士、杨贵妃有关。

更准确地说，与李白的拍马作品《清平调》三首有关。

这三首诗是"奉旨写诗"，是应景作品。这样的作品，一般除了歌功颂德，还是歌功颂德，但鉴于被歌颂者是位女性，而且是皇帝特别宠幸的贵妃，李白便选择了历来男性对女性最为普遍的恭维之词，那就是一个劲儿地夸她漂亮。

只是让他始料不及的是，就是在这样的恭维中，他被人抓住了小辫子。

唐传奇作家们是这样加油添醋描写的：

大概是天宝年间，宫中刚刚试种牡丹，玄宗得到了红、紫、浅红、通白四种牡丹，将它们移栽在兴庆池东，沉香亭前。春天的一天，正赶上牡丹花盛开，唐玄宗和杨贵妃来了兴致，在沉香亭举行宴会，相当于一次"赏花会"吧。

这样的场合，自然少不了舞蹈家、歌唱家们的助兴表演。据说，当时最有名的歌唱家李龟年正准备开唱呢，却被唐玄宗叫住了：赏名花，对妃子，怎么还唱这些陈词滥调呢！当即命李龟年宣李白立马写三首《清平调》呈上来。

正好前一天晚上，李白喝得大醉，酒还未全醒呢。谁想李白一听是这事，不但不着急，反倒挺高兴。也许是觉得"表现"的机会来了。他说写就写，提笔就来，要三首就三首，都是七言绝句，在当时，相当于流行歌词。

说实话，这三首诗说来说去就是夸杨贵妃如何如何漂亮，是典型的"颂歌"，在李白作品中算不上特别优秀，但它们依然带有李白特有的那种洒脱劲、爽快劲。只能说，李白在这么一个庸俗的题材上依然写出了他独具的特色。

我们不妨看看他是咋夸这位历史上有名的大美女的：

> 云想衣裳花想容，
> 春风拂槛露华浓。
> 若非群玉山头见，
> 会向瑶台月下逢。

这里的"想"字，费人思量。是思念、向往之意吗？是说云想念衣裳，花朵想念容貌吗？如果是李贺，他多半会这样写，可李白，他会这样去想吗？他会绞这样的脑汁吗？有人说，"想"通"像"，这里李白无非是说，杨贵妃的衣裳像云一样飘逸，面容像花一样美丽。我认同这种说法。这符合李白的写作方式，也符合这首诗的主题：它就是夸眼前的这位女人的，他要让人家一听就明白，一听就心花怒放，他奇思妙想，曲里拐弯，只会得不偿失。

接着，他说得更清楚，更贴近当时的场景：露水下来了，也就是说，夜来了。李白告诉我们，这个赏花会是在傍晚开始的。春风轻轻吹过栏杆，也吹过杨贵妃的衣裳。他的衣裳如云的想法，多半是在春风的吹拂下得来的。这里，李白在给我们营造一个氛围，一个春风沉醉，美人如云般飘逸的氛围。

果然，下面两句，他进一步表达了他的这种感受：杨贵妃这样美丽的女子，若不是在仙山上见到，就只能在王母娘娘那儿看到了。也就是说，他在夸杨贵妃美丽得如同仙女，是一位具有超凡脱俗气质的

神仙妹妹。

看看，他多会恭维人，尤其是多会恭维女人。

但他夸人也是上瘾的，一旦夸开，他的那些美丽的恭维就会滔滔而来。以前，我们没少领教过他这方面的"习惯"。

> 一枝红艳露凝香，
>
> 云雨巫山枉断肠。
>
> 借问汉宫谁得似？
>
> 可怜飞燕倚新妆。

他依然在拿鲜花恭维杨贵妃，说杨贵妃如带露的牡丹花一样雍容动人，一样清香四溢，连巫山神女见了都要自惭形秽。前面他夸杨贵妃如神仙，现在，他更进一步，认为神仙也比不上眼前这位美貌的女人。

接下来，他不拿神仙比杨贵妃了，他拎出了汉代有名的大美女赵飞燕。说杨贵妃现在像汉代的赵飞燕刚刚收拾打扮出来。这是以古代的大美女比今天的大美女，是以人比人，比虚无缥缈的神仙更能让人有直接的感受。

反正，他还是变着法儿夸人家漂亮。

当然，他不依不饶，继续拍。

> 名花倾国两相欢，
>
> 长得君王带笑看。
>
> 解释春风无限恨，
>
> 沉香亭北倚阑干。

今天举世闻名的牡丹花和倾城倾国的大美人遇到了一块儿，真是人间的大喜事，使皇帝陛下满脸都是笑，怎么看都看不够。在如此美丽的景色和佳人前，在如此醉人的春风吹拂下，还有什么愁，什么恨呢？早消失得无影无踪了。最后，李白给了我们一个特写：唐玄宗和杨贵妃一块儿倚在栏杆前，看着那牡丹花静静地开放。这不仅是夸贵妃漂亮了，连带着夸玄宗有福了。

这说明我们的大诗人不是不知道自己该说什么，不该说什么。只是他有时候管不住自己，管不住他的那张嘴。性格决定命运，有时候就是这么无奈。

这三首诗都是典型的拍马屁作品，虽然用的是花呀草呀这些滥调，但到了李白笔下，却别有一股动人魅力。据说，当时杨贵妃听了，也是无比受用的。

还据说，当时李白填了词，李龟年也即兴作了演唱，甚至唐玄宗也放下身段，客串了一把笛子演奏。应该说，这次聚会，玄宗和杨贵妃都很高兴。按理说，达到了预期的目的。

但他万万没想到的是，第二首被别有用心、别具"慧眼"的人看出了"问题"。

"问题"出在他把杨贵妃比作了赵飞燕。

赵飞燕是汉代皇帝的妃子，后成为皇后，她的美丽是历史上有名的。后世有"环肥燕瘦"的说法，其中的"环"指杨玉环，也就是杨贵妃，她是丰腴型美女的代表；而"燕"，就是赵飞燕，她是清瘦型美女的代表。

但不幸的是，赵飞燕生在汉代衰亡的时代，成为天香国色的同时，也成了人们眼中"淫妇""祸水"的代表。写诗时的李白，他多半只是由杨贵妃的美丽自然联想到了与她身份相近的赵飞燕的美丽，并没有意识到赵飞燕政治上不太好的名声。

可是，聚会结束后，高力士却对杨贵妃说，这李白用心险恶，把贵妃比作赵飞燕，这分明是在诋毁侮辱您。

在李白的眼里，他诗中的赵飞燕仅是一个历史上的美女。但在高力士眼里，赵飞燕却是"红颜祸水"。李白并不是不知道赵飞燕的这一特殊历史身份，但写诗，尤其是即兴写诗，哪会考虑得面面俱到？

但别有用心的人不管这些，他只管从你的作品中发现能为他所用的东西。

他们果然找到了，也果然达到了目的。也许高力士永远都忘不了他给李白脱靴的耻辱。他一直在处心积虑地等待着报仇的时机。这次，机会终于来了。

据说，唐玄宗曾有意给李白一个不低的职位，但每次想任命的时候，都让杨贵妃给拦下来了。

他还想着功成名就了，官帽子一摔，隐居去，这不是白日做梦吗？

当然，这只能算小说家言，最多也就是合理的想象。而且，也只能是其中之一的合理想象。

据李白的朋友魏颢说，给李白使绊子的是张说的儿子，唐玄宗的女婿张垍。

他这个说法多半来自李白本人，但李白多半也是猜测。李白后来多次说过，自己被人谗毁，但他自始至终也没指名道姓说出一个人来，恐怕与他自己都不清楚谁给他使绊子有关。在他的意识中，使坏的，恐怕有张垍，有高力士，有杨贵妃，有他翰林院的那些同事，反正有可能说坏话的，他多半都想过了，但他也只能是猜测而已。他自始至终都没有什么确凿的证据。

其实，我前面说过，他离开朝廷，主要原因还是在他自己，别人的谗毁只是外因，只是在摇摇欲坠的大墙上多使了一把劲而已。

回到起跑线

他唯一的选择只有离开。

所以，李白在宫中待了一年多后，不但没像他所想象的那样，得到高官厚禄，反而越混越难受，越来越混不下去：玄宗不赏识，与同僚关系紧张，今天这个打他小报告，明天那个背地里给他使绊子，这让他如何受得了，久而久之，便萌生了离开的念头。

有意思的是，幼时写诗受到李白赏识的刘全白认为李白离开长安是"诏令还山"。也就是说，不是李白主动要离开，而是唐玄宗下诏让李白收拾铺盖卷走人的。

而和李白有"通家之好"的范传正则说，是李白主动上疏，要求离开长安的。也就是李白采取了主动，而唐玄宗抱着复杂心情准了这一请求。[①]

而作为李白族叔的李阳冰的想法则介于两者之间：皇上知道李白这样的人才朝廷留不住，便赏了他一些金钱，让他回家了。

其实，李阳冰和刘全白一样，都是倾向于李白是让人家赶出朝廷

---

① 参见范传正《唐左拾遗翰林学士李公新墓碑并序》。

的。只不过，刘全白说得直白，李阳冰说得委婉。而李阳冰之所以委婉，也无非是要给他这天才侄子留面子而已。

而范传正的李白主动请求回家说，多半还是给李白留面子。

其实，这样的做法和写法，既给了李白面子，也给了唐玄宗面子。毕竟，李白是唐玄宗当作全国杰出人才招来的。要人家走，得有个冠冕堂皇的理由和说辞，这样，双方的面子上才过得去。

李白当年接到诏书后，"仰天大笑出门去"时，会想到这个结局吗？他当时对未来不知充满了多少缤纷的想象与计划，而现在，在这无情的现实面前，这些想象、计划一下子被撞得粉碎。

辛辛苦苦一年多，是那样接近他日思夜想的权力中心，却又再度回到了当年的起跑线。这一年多，简直就像做了一场富贵梦。

这是他的南柯一梦。

他当年说"吾辈岂是蓬蒿人"时，如果知道一年多后他又会成为一个"蓬蒿人"，他还会这样说吗？

想象越美好，现实越残酷。

其实，李白这样性格的人，本就不适合从政。他即使被唐玄宗重用，时间也不会长久，原因很简单：他太透明，太性情用事，太孩子气，太拿不住。

在写诗上，他是大诗人；在政治上，他有政治理想和热情，也有一定的政治能力与才干；但从本质来说，他的性格并不适合从政。他的情绪太容易波动，他的喜怒哀乐随时带在脸上，他的信口开河，他的没大没小，他夸张的做事风格，他的永远也处不好的同僚关系，他的嗜酒如命，都决定了他与政治，特别是权力的最高层无缘。从某种意义上来讲，政治是合作的艺术、妥协的艺术，而这些艺术，李白并

没有像写诗一样完全掌握。

也许他心里一清二楚，但就是做不到。

每个人，包括李白这样的大诗人，也不是全才。他只能在适合自己的领域内成为大师。如果他把过多的时间、精力放在了力所不能的领域，对他自身、对整个社会来说，都是一种严重的资源浪费。

从这个角度来说，李白被赶出朝廷，未尝不是上天对我们大诗人的一种眷顾与厚爱。

得与失，尖音出现

有失必有得。

他失掉了他梦寐以求的政治前途，却得到了以前从来没有过的生命体验。

他的生命中出现了新的东西。而这些东西，只能是一个接近权力中心，却又被赶出权力中心的人才有的东西。

在某种程度上，他遭遇了当年屈原同样的命运。因为这样的命运，屈原写出了《离骚》。他呢？

他开始对现实社会睁开了眼睛。

在进入权力中心以前，他几乎就是一个天真的做梦人。而现在，现实无情的一棒，让他终于看到了以前不愿看到，也不愿面对的东西：现在整个社会，已经并不是他想象的那个"天生我材必有用"的世界了，那些小人像鸡群一样争食于朝堂，而那些有才能的人则像凤凰一样孤独地飞翔于山林。更让人惊讶的是，小小的蜥蜴一样的丑类也竟敢嘲笑龙一样伟大的人物，鱼眼珠子也被称为珍珠了，丑陋的女子们自以为美地穿着锦绣到处招摇，美丽的西施却只能在底层默默无闻靠打柴为生。

在他一入长安时，他看到太监和斗鸡徒们在大街上飞扬跋扈，也曾愤愤不平地感慨过、抨击过，但他那是仅仅在抨击一个群体、一种现象，并不影响他对整个上层社会依然抱着乐观的认识。可现在，走近一看，却发现整个朝廷都充斥着胸无大志之徒，这让他如何不震惊呢？

残酷的打击剥去了他想象中现实温情美好的面纱。从此以后，他的笔下，时不时地会出现现实的场景，是他不忍再把眼睛闭上做梦，还是现实太残酷，使得他无法删除那些痛苦的记忆，从而不得不把它书之于笔下？

他对人生诸世相有了更多的体味。

当他从一个平民成为翰林供奉时，他的感受是：当年看不起他，笑他地位低下，不愿意搭理他的人，都跑来和他交朋友，拉他又是喝酒又是唱歌的，亲近得不得了；连那些王公大人都放下了身份，堆起了笑脸，主动来拜访他。

而现在，他一旦离开朝廷，当年所谓的"知己"还有几个理自己呢？自己跑去拜访人家，刚一转身，人家就把门给关上了；今天才刚刚结交的"朋友"，第二天碰见就装作不认识了。那些"老朋友"也再不进他的门了，门前台阶上的秋草一天比一天多。也就是说，和他来往的人一天比一天少，是典型的"门前冷落鞍马稀"。

这样的滋味，如果他一直处于权力的中心，会体味到吗？他现在终于知道什么叫人走茶凉，什么叫世态炎凉了。他也终于知道，世上并不仅仅有友谊，有热情，也有背叛，有冷落。他后来屡次用温情的笔触写到底层人民，如酿酒的纪叟，如冶炼的工人，如五松山下的老妇人，会不会与这些他受到的冷遇、变脸有关呢？

他的诗歌情绪也日趋愤懑。

这无疑是现实挤压的结果。在遭到唐玄宗疏远冷落后，他选择了和屈原同样的道路。在他的叙述中，这是他的自我选择、自我放逐。尽管事实并不一定是这样。但从此以后，他的许多作品，在情绪上，都与屈原在一步步走近。

他开始这样表达他在皇帝身边的感受。他说，要是让巢父、许由这样的隐士、高洁之士整天戴官帽、坐大轿，无所事事，那又和让理政贤才夔、龙这样的人沉沦于草野有什么区别呢？

这是以前从来没有过的。

这里，他其实是在告诉我们，现在处于朝廷上的他，和以前那个沉沦于草野的他，都同样的不受重用，同样的浪费着生命。

这里，他否定了他的长安生活，认为这不是他追求的生活。这是他的自我反省，或者新的自我定位，但也是政治生活遭受挫折后的一种自我安慰、自我解脱。他一生都徘徊于隐与仕的矛盾心理中，得到了，他觉得不适合，厌倦，甚至厌恶；失去了，他又不甘心。

面对这样的现实，李白内心受到了强烈的震撼，以至于发出了与平日大为不同的声音，甚至可以说是"尖音"：我不能学什么申包胥哭于秦庭而救楚，也不能学鲁仲连谈笑以却秦兵。这两人都是沽名钓誉，不值得效法之辈。

这样的说法是让人惊讶的。鲁仲连可是他一贯崇拜的偶像啊。只能说，我们的诗人被现实击蒙了。他缺乏应对现实打击的能力，下意识中自然而然地采取了否定现实，走向隐居求仙这样的惯常道路。这是他政治生命失败后最常用的"自救法宝"。而一旦他祭起这一"法宝"，现实中的功业，取得世俗功业的人，又算得了什么呢？

他对现实、历史，对现实、历史中人物的评价，是根据他的心情而变的。如果你把李白一生中对某一个人、某一件事的看法集中起来，你会发现它们是多么不同，甚至大相径庭，相互矛盾、对立。这主要还是因为他是高度情绪化的人。他的每一句诗，几乎都是他情绪的产物。拿他的一两句诗来证明他的观点，有时候相当不靠谱。

所以，面对遭受疏远、放还这一现实时，他最直接的感受是：要抛弃了天地，忘却了肉身，做一个仙人，整天和白鸥往来、相亲相近。也就是说，这些庸人俗世，他是烦了、厌了，再也不想理，不想问了。[①]

对于他的"被离开"权力中心，一方面，他大谈这样正合己意，正是自己主动所求。这是为自己的不得志找台阶下。另一方面，又从另一个角度安慰自己：离开权力中心，未尝不是一种对自己的保护。

他说，看看历史上的那些大人物，有哪一个有好下场呢，还不尽是不得善终！伍子胥帮助吴王成就了霸业，最后还不是被吴王逼得自刎，尸首都扔在了吴江里；屈原一心一意为了楚国好，最后还不是投江自杀；陆机有这样的雄才大略也无法自保，李斯没有早早退步以至于落了个身首分离的下场。陆机想再听听华亭的鹤鸣声还可能吗？李斯想和儿子牵鹰出上蔡门去打猎还可能吗？还真不如学张翰早早离开

---

① 《鸣皋歌送岑征君》："若使巢由桎梏于轩冕兮，亦奚异于夔龙蝥蠸于风尘！哭何苦而救楚，笑何夸而却秦。吾诚不能学二子沽名矫节以耀世兮，固将弃天地而遗身！白鸥兮飞来，长与君兮相亲。"

权力是非窝，享受人生去。

他最后的结论是"且乐生前一杯酒，何须身后千载名"，这是他旧有思想的抬头。他自我安慰有两大"法宝"，一是寻仙，一是饮酒。他以前常常用它们来安慰自己。现在，他同时祭起了这两大"法宝"。什么功业不功业，名声不名声，都一边去。①

而这样的情绪，在他以后的人生中，随处可见，这成了他情绪上的"常态"。

被抛弃的鹦鹉

就要离开长安时，他给我们留下了一首咏鹦鹉的诗。这是他在向一个姓王的侍御史辞行，没遇见人家，却看到人家墙壁上挂着一只因羽毛脱落而被赶出金殿的鹦鹉，一时感慨写下的诗作。他一贯的风格，不论是说人说物，都是在说他自己。这首咏鹦鹉的诗，不用说，也是在说他自己。

他说，自己就像这只鹦鹉一样，羽毛掉落，"形象不佳"，被赶出了朝廷，孤独地悲鸣着。自己以擅长写作被召进了朝廷，但最终还是遭到了抛弃。据说，鹦鹉的故乡是陇西，而李白也一直认为自己"原籍"陇西，现在，他和失去羽毛的鹦鹉一样，都只能回故乡去了。也

---

① 《行路难》其三："有耳莫洗颍川水，有口莫食首阳蕨。含光混世贵无名，何用孤高比云月？吾观自古贤达人，功成不退皆殒身。子胥既弃吴江上，屈原终投湘水滨。陆机雄才岂自保？李斯税驾苦不早。华亭鹤唳讵可闻？上蔡苍鹰何足道？君不见吴中张翰称达生，秋风忽忆江东行。且乐生前一杯酒，何须身后千载名？"

就是说，从哪儿来，回哪儿去。不是衣锦还乡，而是没有了可利用的价值，被打发回去的。①

他一向以雄大之物、神奇之物来比自身，现在，他竟然拿一只小小的鹦鹉自比，不是失望到极点，他是绝不会这样做的。

其实，他在另一首诗里说得更明白。

他说，当秦水与陇山离别的时候，幽咽的声音充满了悲伤。胡马也依依不舍塞外的雪花，徘徊着仰首嘶鸣。此情此景，让他不由生出了归家之念。

在一般情况下，回家应该是高兴的、充满企盼的，可现在他的笔下却充满了悲伤。原因很简单，这不是他主动的归乡，而是被迫的归乡。不是"衣锦还乡"，而是"铩羽而归"，这让极好面子的他如何受得了？

他接着又说，他刚来长安时，正是秋天，蛾子四处乱飞；不知不觉一年多过去了，又迎来了新的春天，只见春蚕生长，桑叶摇摆，柳树郁郁葱葱，一派明媚春光。

按常理，在这样美好的季节里，心情应该是欢畅的，放松的，可现在的他，哪有心思欣赏这大好时光。他说，他的心如同喧哗的流水、摇摆的旗子，难有平静的一刻。

最后他向我们交了底："挥涕且复去，恻怆何时平。"

此时此刻，就要离开长安的他，落泪了。他是一个非常情绪化的人，高兴的时候，他往往是"仰天大笑"；悲伤的时候，他往往是

---

① 《初出金门寻王侍御不遇咏壁上鹦鹉》："落羽辞金殿，孤鸣托绣衣。能言终见弃，还向陇西飞。"

"泪如雨""泪如泉"。而此时，他是"挥涕"：涕泪交流。他告诉我们，他的心情是"恻怆"：凄恻悲怆。而且，他也不知道，这样的心情何时才能结束。[①]

这可以说不是一般的伤心、一时的伤心，而是永远的伤痛。以后的事实也证明，他被逐出长安的遭遇，成了他余生反复发作的"心病"。

这是他第二次离开长安，也是最后一次离开长安。这与他的小兄弟杜甫十几年后的遭遇极相像。杜甫离开长安时，也是心情悲伤之极，"驻马望千门"，既恋恋不舍，又不得不去。

他们都再也没有回去过。

矛盾的结合体，人生的多面性

对于他的"被离去"，李白认为自己和屈原一样，是遭了小人的谗言、暗算，所以，才会有这样的结局。但君王依然是圣明的，君王对自己这样，也仅是被小人蒙蔽而已。

在以后的岁月中，他总是时不时地回忆起这段"光辉岁月"，回忆起唐玄宗，心中企盼着玄宗能再次想起他，把他召回朝廷去。

比如，他在一首诗中说，朝廷之门、君王之门离自己越来越远，如同在梦中一样。自己的头发一天比一天白了，但依然是天天想念唐

---

① 《古风》其二十二："秦水别陇首，幽咽多悲声。胡马顾朔雪，躞蹀长嘶鸣。感物动我心，缅然含归情。昔视秋蛾飞，今见春蚕生。袅袅桑结叶，萋萋柳含荣。急节谢流水，羁心摇悬旌。挥涕且复去，恻怆何时平。"

玄宗。①

在另一首诗中又说，他离开长安后，依然经常遥望着长安。但让他伤心的是，他的这一痴心，"长安中的那个人"并不知晓。作为曾经的"近臣"，虽然头发白了，但自己的心是不会改变的。就像屈原被楚怀王放逐了，依然怀念楚怀王一样，他对唐玄宗依然忠心不改。②

多半他企盼着唐玄宗能看到他的这些诗，看到他的"忠心"。

他也总是不失时机地向那些高官表达着自己要求进步的愿望。

他在给一个姓崔的侍御史的诗中，希望人家能拉自己一把，使自己能够扶摇青云直上。他在给玄宗的女婿独孤明的诗中，把自己比作侯嬴，而把独孤明比作信陵君，希望人家能够重用自己。那潜在的意思也很明显，你重用俺，俺也会像侯嬴一样报答您的。

反正，即使他遭遇了被放逐的命运，他也并不甘心余生一直"蹉跎"于市井之间。他还是想抓住一切机会打个翻身仗的。

但他的心态却又是矛盾的。

比如，之前还向朝廷表忠心，表达要求进步的愿望，希望朝廷不要忘了他，让他继续施展才华呢！过了阵子，也许这些"忠心"、这些"希望"没有得到回应，或没有什么结果，他又"清高"起来了，说什么"作为凤凰，是只吃那些美玉，绝不会去吃什么粟米的，又怎

---

① 《鲁中送二从弟赴举之西京》："鲁客向西笑，君门若梦中。霜凋逐臣发，日忆明光宫。"
② 《单父东楼秋夜送族弟沈之秦时凝弟在席》："遥望长安日，不见长安人。长安宫阙九天上，此地曾经为近臣。一朝复一朝，发白心不改。屈原憔悴滞江潭，亭伯流离放辽海。"

么会和那些家鸡去抢食呢？"①

　　如果不是听他说过前面那些表示进步的话，只听他这些话，你会认为，他今后要远离世俗，远离那些"庸俗之辈"，远离那些"权贵"，去过自己认定的高尚生活呢。

　　实际上，他永远都不会。

　　他依然活在庸俗的世界中，只是时不时对这个庸俗的世界表达出不满、嘲讽，对自己的"美好未来"表达出向往之情罢了。

　　但对庸俗世界表达出的不满、嘲讽，对未来的向往，却又成为他人生中的闪光或者亮点，让人神往、羡慕。毕竟不论在哪个时代，大多数人都无法在整个人生中，像李白那样时不时地闪烁出光亮来，即使他闪烁出的是流星一般、并不长久的光亮。

　　但他毕竟照出了茫茫黑暗，照亮了世俗人生。

　　这也许就是后世无数人喜欢他的作品的一大原因。

---

① 《古风》其四十："凤饥不啄粟，所食唯琅玕。焉能与鸡群，刺蹙争一餐。"

第十三章

精神的出口

李杜相会：太阳与星星的相会

李白离开长安后，开始了他人生中第二次长达十年的漫游。

上一次漫游，他以安陆为中心。这一次，他以开封为中心。

在洛阳，他遇到了在中国诗歌史上与他齐名的杜甫。

"齐名"，这只能是后来的认定。当时杜甫三十三岁，只是一个默默无闻的河南读书人，没写出过什么能让李白眼睛一亮的诗；至于"名"，就更别提了。除河南当地的部分人外，在当时大多数读书人眼中，他叫杜甫还是叫无名氏，并没什么区别。

而李白，自从被唐玄宗召入长安后，声名达到了人生的顶峰。当时的读书人中，不知道杜甫是正常的，可不知道李白，那就是不正常的，是要让同僚、朋友看不起的："连李太白你都不知道，还敢在文人圈里混？"

当时的李白，相当于一轮正当中天的太阳，而杜甫，则不过是遥远天边的一个似有若无的星星。

他们相遇，并成为朋友，是一种奇迹。

此时李白四十四岁，杜甫三十三岁，年龄相差十一岁，就是今天看来，"代沟"已经不浅。他们地位悬殊，李白是声名赫赫的大名人，而杜甫，一个无名之辈，要官没官，要诗，当时也还没写出啥"大作"来，李白怎么就会看上他，和他成为好朋友了呢？

这也许要得益于他们的性格。他们都是那种爱交朋友的人，而且还都是那种容易目中无人的人。还有一个原因，那就是他们有着相同的爱好：爱写诗不用说了，那是他们一辈子混饭吃的工具；他们还爱喝酒，爱寻仙访道，爱炼仙丹之类的玩意儿，爱游山玩水。反正，他们玩能玩到一块儿，说也能说到一块儿。

当然，也许主要还得归功于杜甫当时对李白无条件的崇拜。在李白眼中，杜甫也就是个刚到江湖混的小兄弟，而杜甫，则把李白当作他为之顶礼膜拜的"带头大哥"。

诗中的友谊

在杜甫眼中，能遇到李白，是他一生的幸运。与他的友谊，是无可替代的。而在李白眼中，杜甫是他人生无数朋友中的一个，却也是分量相当重的朋友。他一生中写给杜甫的诗，保存下来的，就有四首。他有太多的热情、太多的激情要与生命中遇到的每个人共享。他不会沉湎在回忆中，而是要不断地向着新的世界迈进，从而有新的朋友、新的发现、新的惊奇。

而杜甫写给李白的诗，今天保存下来的也有十首左右，这些诗，是他们生活的见证，也是他们友谊的见证。

他们一生相交的关键节点有两处，一是梁（今开封）、宋（今商丘）。从杜甫的《赠李白》推测，他们似乎初逢于洛阳。此时杜甫已在洛阳待了两年，对洛阳社会中的那种虚伪应酬早已生厌，对寻仙访道也产生了兴趣；而李白从朝中被赶了出来，正从长安东下到山东去，路过洛阳。两人在精神上，都正处于人生的低谷。只不过，李白是从人生的高峰跌入低谷，他的政治理想从此破灭，悲愤难抑；而杜甫，却正处于为他的政治理想四处奔波、苦苦追寻却又找不到路的苦闷之中。他们相逢相交，有种"同是天涯沦落人，相逢何必曾相识"的味道。

多半是杜甫听说大名鼎鼎的李白来到了洛阳，便兴冲冲地跑去拜访，从此开启了他们的友谊之门。也许他们正是在洛阳谈得那样投机，便相约一块儿到开封、商丘游玩，乃至寻仙去。结果又碰见了那个写"莫愁前路无知己，天下谁人不识君"的高适。这时候的高适还没当上大官，也和李白、杜甫一样，"郁郁不得志"，三个人便天天在开封、商丘一带游山玩水，吃喝玩乐，写诗作赋，借此疏解怀抱，打发时光。

二是齐鲁，也就是今天的山东。而这样的路线，也正是李白回家的路线。此时，李白的儿女正寄居在山东。也就是说，最大的可能是，杜甫自从结识李白后，像当年元演从洛阳一路追随李白到安陆一样，他追随李白从洛阳到了开封、商丘，然后又到了山东。李白这颗太阳发出的光热不知不觉吸引着他们。

李白有一首诗，多半写的就是此时他们共同的生活：他们骑着"名驹"，挽着"雕弓"，带着"豪鹰"，穿过发白的野草，"驰逐"在田野上，追逐着"肥鲜"的"狐兔"，似乎整个田野的野兽都被他们"扫"了个干净。

最后，他们在秋高气爽的野地里，点起了火，烤着打来的野物，边吃着喝着，边欣赏着美人的歌舞，玩了整整一个通宵。①

据杜甫后来回忆说，他们整天"醉眠秋共被，携手日同行"。简直是形影不离，比亲兄弟还亲兄弟。

有意思的是，他们一块儿去拜访一个叫范十的隐士时，各写了一首诗，为他们共同经历的生活留下了一个小小的痕迹。更有意思的是，同一件事，在他们各自的眼中，呈现出了不同的面目。

李白说他在途中迷路，连人带马落入了一片苍耳丛中，翠云裘也沾满了苍耳，以至于进门时，范十开玩笑，拉着他的胳臂，问他，你是谁啊跑俺这儿来？而杜甫对路上的情形则一笔带过。他对老大哥的"迷路"当时也许仅是一笑了之，并没有给予太多的关注。

从他们的作品来看，到了范十隐居的地方后，他们当时兴致非常高，李白即兴吟诵了自作的《猛虎词》；而杜甫则朗诵了屈原的《橘颂》。当然，开怀畅饮自然是少不了的。只不过，李白是大写特写，而杜甫却是提也没提，他把笔墨重点放在了与李白的友谊以及范十的隐逸情怀上。从这里也可看得出来，李白总是以自我为中心，对发生在自己身上的事特别敏感；而杜甫在写自我的同时，也不忘了照应别人。

他们的友谊从洛阳起步，到梁、宋进一步深化，到齐鲁达到高潮。洒脱不羁、出口成章的老大哥李白为此还写了一篇打趣小兄弟杜甫的小品。这样的作品，也只有关系特别好、特别熟的人才会写。可

---

① 《秋猎孟诸夜归置酒单父东楼观妓》："骏发跨名驹，雕弓控鸣弦。鹰豪鲁草白，狐兔多肥鲜。邀遮相驰逐，遂出城东田。一扫四野空，喧呼鞍马前。归来献所获，炮炙宜霜天。出舞两美人，飘飘若云仙。留欢不知疲，清晓方来旋。"

以说，他们之间如果没有这篇作品，只有一本正经的送别、怀念的作品，那他们的友谊多半还不够深。

甚至可以说，这样的作品才是他们友谊更有力的见证：

> 饭颗山头逢杜甫，
>
> 顶戴笠子日卓午。
>
> 借问别来太瘦生，
>
> 总为从前作诗苦。
>
> （《戏赠杜甫》）

一天中午，老大哥李白在饭颗山头看见他的小兄弟杜甫，在大太阳底下，戴着个大斗笠，摇摇晃晃过来了。再一看，似乎比以前更瘦了。他的幽默感上来了，便问，你这小子，没想到一别之后，更瘦了，肯定是写诗写的吧？

而郭沫若对这一场景的再现更有想象力，更富幽默感和亲切感。他说，"别来太瘦生"是李白在问，而"总为从前作诗苦"是杜甫在答，也就是说，当时的场景有可能是这样的：

李白（笑问）：你小子一别之后更瘦了，古有"太学生"，今有"太瘦生"啊。

杜甫（笑答）：都是写诗害的。

只能说，这样的玩笑只能出现在诗人中，也只能出现在关系特别好，可以随便开玩笑的诗人中。

杜甫后来最难以忘怀他们在春风吹拂下、在河水流动声中的酒后狂歌乱舞的夜晚和岁月。那是多么美好的春天，又是多么激动人心的春天。

他们的相会，似乎是一个象征，是一个时代幸福顶端的缩影。但也预示着，时代的坠落、个人的不幸马上就要到来。

但当时他们所伤感的，只是因为彼此的离别。

> 醉别复几日，登临遍池台。
>
> 何时石门路，重有金樽开？
>
> 秋波落泗水，海色明徂徕。
>
> 飞蓬各自远，且尽手中杯。
>
> （《鲁郡东石门送杜二甫》）

也许正因为离别就要到来，所以他们才格外珍惜这不多的、越发珍贵的时日，一块儿喝酒赋诗，一块儿登山临水，还没离别，就企盼着啥时候重逢。想起彼此以后像那蓬草一样，不知将飞向何方，他们两人只能相互安慰着："管它呢，先喝了这杯再说。"

这里充满了依依惜别之情，谁又能想到这是出自一个所谓的"浪子"之手呢？

也许，浪子的背后是深情，是大爱。

他们分手后，不仅小兄弟思念着老大哥，老大哥也思念着小兄弟。

李白在当时他寄居的山东沙丘城，写了一首诗寄给杜甫：

> 我来竟何事，高卧沙丘城。
>
> 城边有古树，日夕连秋声。
>
> 鲁酒不可醉，齐歌空复情。

思君若汶水，浩荡寄南征。

（《沙丘城下寄杜甫》）

在李白看来，杜甫离去后，当时让他们喝个大醉的山东的酒也醉不了人了，山东的歌也听不进去了。其实，这不是酒的问题，也不是歌的问题，而是人的问题。李白在说，没有了杜甫这样的好朋友，再好的酒，再好的歌，喝来，听来，也没啥意思了。最后李白说，思君之情，就像这浩浩荡荡的汶水一样，随你向南而去。也就是说，你到了哪儿，我的思念就跟到哪儿。

这是多么深情的诗。这是多么深情的人。

杜甫收到这首诗，会是什么反应？也许在他心底，他已把李白看作"永远的朋友"。

但，他们所期盼的"何时石门路，重有金樽开""何时一杯酒，重与细论文"那样的美好愿望最终没有实现。

他们以后再也没机会见面。

也许在他们离别的时候，李白就预感到了这一点。

他用了"相失"这样的词，也用了"茫然"这样的词，他很清楚，他们再相见，已是很渺茫的事了。所以，他最后说的是，他对于杜甫这个小兄弟，只能是徒劳的、充满怅惘的思念。[1]

---

① 《秋日鲁郡尧祠亭上宴别杜补阙、范侍御》："相失各万里，茫然空尔思。"内容，主要依托郭沫若《李白与杜甫》相关判断、结论所作。请参阅该书《李白与杜甫在诗歌上的交往》一章。

第二次婚姻

这一时期，李白有两件"大事"值得一说。

一件是"人生大事"。

他离开长安后不久，又娶了一个老婆。他的第一任老婆前宰相许圉师的孙女去世后，据说，他与两位女性还有过婚姻关系，或者更准确地说，同居关系。其中一个把他抛弃了，另外一个，据说是山东姑娘，与他关系如何，也不清楚，只能"可疑"地存在于李白的历史中。

反正到了河南开封后，李白又娶了武则天时代的宰相宗楚客的孙女。

宗楚客曾三度为相，声名很差，在当时人的眼里，他就是个大贪官、政治投机家，毫无政治操守，只图个人私利，是个祸国殃民的"好手"，正是李白诗中所鄙夷的争食"群鸡"中的一员。

但我们的诗人一边在诗里鄙夷着人家，一边在现实中喜滋滋地娶人家的孙女，似乎一点心理障碍也没有。

这是他最后一任老婆。李白的老婆，以前宰相的孙女始，以前宰相的孙女终，在以娶权贵之后为荣上，我们的大诗人算是"善始善终"。

他们婚后，关系不错，李白曾写过多篇"赠内"之作，也多次写过"代内"之作，但他在宗氏身边的时间依然不长，似乎在他成婚不久后，他就又浪迹天涯去了。是他渴望流浪的心躁动着，使他在家待不住，还是有其他原因？

他以妻子的口吻写的代内诗中，说他们夫妻婚后相亲相爱，不知为何，他却只能"惊飞"。这真是一个谜。而他的妻子，也就只能独守空房。在他的想象中，他的妻子就像井底的桃花，即使盛开，谁又能看到呢（当然，他主要是说他看不到）？而他，就像天上的月亮，光芒一次也照不到井底的妻子身上。①

无疑，他的内心充满了内疚。他在另一首寄内诗中说，在他寄居的秋浦主人家中，他看到两只燕子在离开主人家时，在檐前不舍地唧唧叫着，不断地回头望着主人家。他说，这两只燕子，难道不留恋这美丽的家吗？但它们最终还是离开了，是因为季候的变化不得不如此吗？他由燕子想到了自己，他说，我还不如这两只燕子呢。他离开家很久很久了，想回却又不能回，只能通过写信来消解思家之情。在他寄家信的途中，他不停地感叹着，泪水不由自主地流下来，连信都无法封上了。②

他沉浸在思念家人的痛苦中，心理上备受煎熬。这又是一个李白，一个不再狂歌痛饮、愤世嫉俗的李白，而是一个以相思、泪水相伴的诗人。

精神上的出口

另一件是精神上的大事。

---

① 《自代内赠》："鸣凤始相得，雄惊雌各飞。""妾似井底桃，开花向谁笑？君如天上月，不肯一回照。"
② 《秋浦感主人归燕寄内》："胡燕别主人，双双语前檐。三飞四回顾，欲去复相瞻。岂不恋华屋，终然谢珠帘。我不及此鸟，远行岁已淹。寄书道中叹，泪下不能缄。"

他被排挤出了权力中心，想为国为民，朝廷却不要他，怎么办？

这无疑是他思想上最为痛苦的时期，"使寰区大定，海县清一"的理想，相当于儒家的治国平天下的那一套，明显已经用不上了，他该怎么办？

最终，他再一次选择了道家。这一次，他在济南正式受了道箓。这和当和尚"受戒"一样，是当道士必需的一个程序。

按郭沫若在《李白的道教迷信及其觉醒》一文中的说法，"受道的人要像受罪一样，把自己的两手背剪起来，一个七天七夜乃至两个七天七夜，鱼贯而行，环绕坛站，不断地口中念念有词，向神祇忏悔。用不用饮食呢？没有提到。既是'洁斋'，又'昼夜不息'，恐怕是不用饮食的吧。这样残酷的疲劳轰炸，身体衰弱的人等不到七天七夜就会搞垮。不能坚持到底的人，便成为落伍者，不能得'道'"。

而我们的诗人坚持下来了。他的体质真好，他向道的心也真够坚定。这个程序的完成，表明他在当时有了另外一个身份，那就是道士。以前，他的寻仙求道，和读书人读佛经一样，仅是一种时尚，一种爱好。但现在不同了，它由爱好变为了"职业"。他对人也开始宣称，他是道士、方士了。①

将这和他在另外的场合对别人同样问题的回答对照起来看，是很有意思的。他那时说，他是青莲居士（佛家信徒），是谪仙人（道家一脉），最终是金粟如来（成佛者）。而这时候，佛似乎已离他远了，谪仙人不再在酒馆中以酒徒面目隐藏自己的身份，开始光明正大地成

---

① 《草创大还赠柳官迪》："抑予是何者，身在方士格。"

为道士了。①

这是李白人生史、思想史上的大事，尽管从后来他的人生轨迹来看，这件事对他更多是形式上的或心理上的意义。他的生活和以前并没有什么实质的变化，该喝酒照喝酒，该写诗照写诗。他只是在道家信仰上更向前进了一步而已。

当时曾见到李白的独孤及说他的行头是：口袋里装满了仙药，行李箱里也全是道家书籍。而李白自己也说，他开始把身上的剑也装了起来，整天待在炼丹房里鼓捣丹药。身上戴的是"豁落图"，腰上挂的是"虎盘囊"，给人一种全心修道、全副"道"装的印象。

其实，他做道士，也是无奈的选择。这既可以做精神的麻醉剂或安慰剂，又可以拿它来消磨时光。这是他精神上的出口。对此，范传正曾说，李白饮酒，并非沉溺于酣乐，而只是因为饮酒可以使其昏醉，从而忘了世间的不痛快。这和李阳冰"浪迹纵酒，以自昏秽"的说法差不多。李白作诗，并不是喜欢雕琢格律，而是拿它来抒发情怀；李白好神仙，并不是羡慕神仙们可以长生不老，而是明知不可为而为之，是为了消耗壮志，打发时光而已。

那意思就是，他精力那么充沛，志向那么远大，现实又让他大碰其头，他精神上已经处于极度彷徨、苦闷的境地，他必须尽快找到一个出口，让他把这所有的郁闷、不快排泄、转移出去，不然，他会精神崩溃的。

可以说，他选择成为一名道士，继续寻仙采药，是自然而然的选

---

① 《答湖州迦叶司马问白是何人》："青莲居士谪仙人，酒肆藏名三十春。湖州司马何须问，金粟如来是后身。"

择，也是没办法的"办法"，就如他所说，"我本不弃世，世人自弃我"。也就是说，他实在是没办法了，才弃世。其实，以他热情开朗的性格，他再怎么弃世，也是弃不了的。

况且，求仙修道，也和当官作宰一样，在当时也是一种"立身之道"。你做你的官，我求我的仙。你束手束脚，低三下四；我无拘无束，自由自在。当不了官时，他便以这种生活方式来安慰自己。

况且，朝廷也大力支持这种行为，有多少人，都是因为"修道"修出了名而被皇上接见的。在当时，隐居修道也未尝不是一种间接的求官之道。在某种程度上，在唐朝求仙修道和当官作宰是可以相通的。求仙修道做得好了，可以当官作宰；当官作宰不如意了，可以求仙访道。它们相当于一条河的两岸，桥梁是相通的，两岸是可以互相来往的。

第十四章

新的远游

世人眼中的失败者

完成了婚姻大事，这等于有了稳固的"大后方"；解决了精神危机，这等于做好了"从头再来"的思想准备，两件大事一完成，他便开始了新的远游。

这一次，他以开封为中心，北边去过河北、北京、山西等地；西边去过陕西一些市县；南边去过江苏、浙江、安徽一带。安史之乱发生的时候，他就正在安徽的宣城。

他为什么要这样东奔西跑，就不能老婆孩子热炕头，在家待着过小日子吗？

他对此有过解释，说自己离开家是"惊飞"。这是一个让人疑窦重重的解释。是什么事惊着他了，以至于让他连家也不敢回了呢？

不知道。更可能的原因是，老婆孩子热炕头的生活，对于别人，是可以的，对于李白，是绝对不可以的。

因为，在家待着，就意味着一辈子做平民老百姓，就意味着自己人生理想的彻底结束。这是李白无论如何接受不了的。而且，这也与他热情、好动的生性不相符。

也许命运已经决定了，他要让历史上的两大诗人——李白与杜甫，不断地奔波，不断地体验生活，这样，他们才能写出辉煌的诗篇来。

当然，这样的奔波并不像我们今天许多人想象的那么浪漫。也许在诗篇中，它是浪漫的，但在现实生活中，它一点也不浪漫，可以说是艰难的，甚至是辛酸的。

唐朝大臣、散文家独孤及告诉我们，当时的"碌碌"之辈，也就是一般的世俗之人，已开始对李白指指点点，说三道四。世俗之人看人非常现实，一是看权，二是看钱。而李白此时，被赶出朝廷，远离了权力，在那些人眼里，李白应该永远与权力无缘了；钱呢，皇帝的那点"赐金"，在他的大手大脚下，早不知不觉没了踪影。这样，世俗之人就自然而然把李白归入了失败者的行列。

这是他极不愿意看到的"事实"。但这样一个事实，又从另一个方面告诉我们，此时他的经济问题很严重。他不但没了手挥千金的阔绰，而且，又再度陷入了困窘之中。不然，那些世俗之人又如何敢小瞧他呢？

他在一首诗中告诉我们，他和他的一个外甥相遇时，感受是"客中相见客中怜"：作客他乡的人见作客他乡的人，第一感受是可怜、怜悯、怜惜。想想当年的风光，怎能不让人伤感呢？想请外甥喝个酒吧，却已"倾家荡产"。他现在的状况，他用了"破产""贫"这样的字眼来形容。看来，他是到了山穷水尽的地步了。所以，他发牢骚说，还做什么读书人呢，真不如把读书人的标志——头上的儒巾一把火烧了呢。

他接着告诉我们，现在连小孩子家都看不起他。这和前面独孤及所说世俗之人的态度是一样的。其实，小孩子的态度也来自那些世俗的大人。只能说，他现在所处的整个社会都不是那么看得起他。这让心高气傲的诗人如何受得了呢？

但他告诉我们，这不能怪他，要怪只能怪时代。他开始说反话：现在是政治清明的时代，用不上我这样的"英豪"了。看看，就是到这种地步，他也没看轻自己，依然把自己放在英雄豪杰的行列内，只是没识货之人罢了。

只不过，在这种现实下，腰上挂着的剑还有什么用？还不如换了酒好好喝一顿呢。最后，他告诉我们，喝醉了以后，他是借宿在一个侠客家里。也就是说，此时，他没有家，也住不起旅馆，只能是哪里能吃上吃哪里，哪里能睡上睡哪里。①

这时候的他，已是五十左右的人，但在经济上，他却一点儿也没独立。他年轻时代仰仗父亲、兄弟的支持，过着衣食无忧的生活。但他们的支持不可能是无条件的，更不可能是源源不断的。他这时必须面对的事实是，他已是不折不扣的无业游民。对李白来说，经济问题，这时候远比思想问题更让他头疼。

他解决问题的法子，似乎和杜甫如出一辙，那就是到处奔走，寻求经济"支援"。这其实也是当时没有当上官的读书人最普遍的解决生存的法子之一。他的集子里，那么多赠诗，多半都是和当地官员交往的结果。

---

① 《醉后赠从甥高镇》："马上相逢揖马鞭，客中相见客中怜。欲邀击筑悲歌饮，正值倾家无酒钱。江东风光不借人，枉杀落花空自春。黄金逐手快意尽，昨日破产今朝贫。丈夫何事空啸傲，不如烧却头上巾。君为进士不得进，我被秋霜生旅鬓。时清不及英豪人，三尺儿童唾廉蔺。闱中盘剑装鲳鱼，闲在腰间未用渠。且将换酒与君醉，醉归托宿吴专诸。"

幽燕之行：再一次的努力

当然，他奔波并不仅仅是为了解决温饱问题。他依然不甘心就这么"平平淡淡"下去。那是陶渊明向往的生活。他李白不是这样的人。如果他听到什么"平平淡淡才是真"的话，他多半会觉得这纯粹是扯淡。"使寰区大定，海县清一"这样的理想实现不了，让他"平淡"去，那就是自我欺骗。

这次，他把目光瞄准了军队。他准备和高适、岑参他们走一样的道路。

他瞅上了当时的平卢、范阳、河东节度使安禄山。当时，安禄山有兵马二十多万，几乎相当于天下兵力的一半。当时许多人已看出来，安禄山迟早必反。但李白也许是对安禄山其人缺乏更多的了解，也许是急于要建功立业，于是，他给安禄山手下一位叫何昌浩的判官写了一首诗，这相当于一份自荐信，想通过他来进入安禄山的幕府。

在这封信里，他说，他有时不由得"惆怅"，一个人独坐，一坐就坐到夜半时分。天亮了仰天长啸，想着要做出一番像鲁仲连那样的事业，但却没人理，没人问。他还说，他羞于做一个做学问的书生，这样，老死于乡间，谁又能知道你的才华呢？所以，他才"拂衣而起"，想着到北方大漠去闯荡一番。

当然，他也没忘了恭维人家一番。这是当时自荐信的常规套路。他说这位何判官是当今的管仲、乐毅，才华横溢，三军无人能比。幸亏这只是一位判官，如果这是安禄山本人，我们的大诗人不知要留下怎样不堪入目的文字呢。当然，他的目标是要与他恭维的这位何判官成为同僚，成为安禄山幕府中的一员。一辈子做一个平民老百姓，他是说啥也不甘心的。①

他应该是得到了安禄山集团或这位判官的积极回应，所以，他就向幽州（今北京）出发了。这时他的感受却是孤身"探虎穴"。难道此时他已听到了什么，还是他对安禄山其人有了进一步的了解？不然，他为啥会有一种身入险地的感觉呢？那种悲壮的"风萧萧兮易水寒，壮士一去兮不复还"的歌子为什么又会在他耳边响起呢？反正，他向幽州而去时的心情是极为复杂的。②

但他最终还是失望了。只是为什么失望，他却给了我们两个不同的说法。一个是安史之乱前的说法，一个是安史之乱后的说法。

在安禄山谋反前，他在安徽宣城对当地官员说，他到幽州后，很是出了风头。拉弓专拣硬弓拉，而且一拉就是满月；闲来打猎，一箭能射翻两只老虎，一转身，还能射下两只飞鸟来（也不知道他是咋射的）。须知这时候，他已五十开外了。就连胡人见了他这般武艺，也连连自叹不如。不仅如此，他还说他"五兵"（戈、殳、戟、矛、弓矢）精熟，相当于说什么兵器也不在话下。结果让他想不到的是，那些将军不但不赏识、支持他，还千方百计掩盖他的光芒，以至于让他备感孤独。在军队中，他似乎同样遭遇了在朝廷中的情形。他再一次被人冷落。他的那些"壮志"，又一次落空了。他后来说他去幽州，

---

① 《赠何七判官昌浩》："有时忽惆怅，匡坐至夜分。平明空啸咤，思欲解世纷。心随长风去，吹散万里云。羞作济南生，九十诵古文。不然拂剑起，沙漠收奇勋。老死阡陌间，何因扬清芬？夫子今管乐，英才冠三军。终与同出处，岂将沮溺群。"
② 《留别于十一兄逖裴十三游塞垣》："且探虎穴向沙漠，鸣鞭走马凌黄河。耻作易水别，临歧泪滂沱。"

是白白浪费了时间，是"蹉跎"岁月。①

但在安禄山谋反后，他又是另一种说法。

他说他十月到幽州后，看到的景象让他产生了一种不祥之感。

他看到安禄山的军队人数之多，如同天上群星闪烁，他这个在朝廷中待过近两年，有着一定政治嗅觉的人能不心生疑惑，乃至担心吗？

更让他担心的是，他看到朝廷对东北、河北地区基本上失去了控制能力，整个地区任由安禄山横行无忌，犹如长鲸在大海上自由穿行，想干什么就干什么。在李白看来，依安禄山当时的气焰，就是燕然山似乎都可以被他踏破。

他肯定感受到了，安禄山这样下去，迟早得造反哪。

他说，他想弯弓射天狼（当然不是刺杀安禄山，而是向朝廷报告），拿着弓却不敢张开（最终还是没报告）。他知道，他向朝廷说了也白说。

这倒不是李白胆小怕事，推卸责任。当时玄宗为了安抚安禄山，表示对安禄山百分之百的信任，下了命令，谁告安禄山谋反，一律绑了送安禄山处置。在这种情况下，谁还会向朝廷报告安禄山的真实情况？以至于后来安禄山谋反六天后，当时的朝廷才收到确切消息。可以说，安史之乱是唐玄宗纵容造成的。玄宗是自食苦果。

在这种情况下，李白怎么办？

---

① 《赠宣城宇文太守兼呈崔侍御》："怀恩欲报主，投佩向北燕。弯弓绿弦开，满月不惮坚。闲骑骏马猎，一射两虎穿。回旋若流光，转背落双鸢。胡虏三叹息，兼知五兵权。枪枪突云将，却掩我之妍。多逢剿绝儿，先著祖生鞭。据鞍空矍铄，壮志竟谁宣？蹉跎复来归，忧恨复相煎。"

他说他跑到当年燕昭王招揽英才的黄金台放声痛哭：燕昭王啊，你在哪里啊，怎么没有人识用人才呢？怎么没有人把骏马当回事，让千里马们白白奔波呢？

他说，在这种形势下，他所能做的，便只有独善一身了。

他离开幽州，再次到了南方，继续寻仙采药去了。

这两种说法，究竟哪一种更符合实际呢？在安禄山谋反前，他对他看到的一些真实情况，确实有难言之隐。但在安史之乱后，他会不会刻意突出自己"忠君报国"的一面，而隐瞒当时自己急于建功立业却又不受人家安禄山集团待见的一面呢？

飘忽的人生，矛盾的诗

值得注意的是，这一时期，他对时光是那样的敏感，似乎对于他而言，时间的车轮加速了。也许这与他已步入"知天命"的年龄，却还"一事无成"有关。

他的愤懑、焦虑、不屈、鄙夷、故作达观等矛盾心理，都出现在了诗中。他这一时期的诗中，那种由于矛盾心理而造成的艺术上的张力，是任何一个时期也无法相比的，也是唐代其他诗人作品中难以见到的。这种心理上的矛盾、纠结，对于人生方向上的徘徊，似乎只有屈原的《离骚》可与之相比。有时候，人生的矛盾，造就好的诗。

他在答朋友的诗《答王十二寒夜独酌有怀》中，写下了让人心动的这些话：

人生飘忽百年内，且须酣畅万古情。

既然人生飘忽，时光易逝，那还不如抓紧现在，酣畅淋漓地大醉一场的好。这儿的"万古情"，其实背后还是隐藏着一个万古愁的。或者说欢乐是建立在"愁肠"的底子上的。没有万古愁，就不会有万古情。

君不能狸膏金距学斗鸡，坐令鼻息吹虹霓；君不能学哥舒，横行青海夜带刀，西屠石堡取紫袍。

他看不起那些趾高气扬的斗鸡徒，这是他一贯的态度。原因很简单，他们不靠自己的才华、真本事吃饭，而靠讨好上级官员吃饭；他也看不起赫赫有名的哥舒翰，他为了迎承皇帝心意，竟然牺牲了数万人的性命，取下了一个几百人把守的石堡城，除了为他加官晋爵，还有什么正面的意义呢？

在这里，他列举了两种人，一种是所谓小人物，一种是所谓大人物，但他们具有共同的特点，那就是为了讨好上级官员不惜采用一切手段，就是损害国家百姓利益也不管不顾。他怎么看得起这种人呢，又怎么会认同这种人呢？

当时哥舒翰正受宠于玄宗，在诗里直接说"君不能学哥舒，横行青海夜带刀，西屠石堡取紫袍"，是需要相当的勇气的。这种指名道姓的批评、贬斥，必然会引起哥舒翰等人的不舒服，乃至嫉恨。但他不管这些，他只管说出自己的心里话。就像范传正所说，他写诗不是为了雕琢文句，而是为了抒发感情，如果在诗里还藏藏掖掖，吞吞吐吐，那他宁肯去干别的。这些从内心自然而然流出的话，即使他明知

会给自己惹来麻烦，也依然想咋写就咋写。这就是李白，他不会为了哪个人来委屈自己的内心。

> 吟诗作赋北窗里，
> 万言不直一杯水。
> 世人闻此皆掉头，
> 有如东风射马耳。

他不让人家学这个，学那个，那他要人家学谁去？要学司马相如、扬雄他们吗？而现实是，你辛辛苦苦写出的诗赋，在大多数人眼里，还不值一杯水呢。他们一听见诗啊赋啊，就赶紧掉过头去，听见了，就像风从马耳穿过一样。看来，就是在唐代，诗赋在大众眼里，也并不是像我们想象的那么受欢迎。

他这是在说别人，其实也是在说他自己。他写了那么多光芒四射的诗，世俗大众又把他当回事了吗？他们只认权力和金钱啊。那么，他人生的价值又何在呢？

> 鱼目亦笑我，谓与明月同。骅骝拳踢不能食，蹇驴得志鸣春风。《折杨》《黄华》合流俗，晋君听琴枉《清角》。《巴人》谁肯和《阳春》，楚地由来贱奇璞。黄金散尽交不成，白首为儒身被轻。一谈一笑失颜色，苍蝇贝锦喧谤声。曾参岂是杀人者？谗言三及慈母惊。

果然，他接着说到了自己。

那些鱼眼珠子并不认为自己就是个鱼眼珠子，他们把自己看作明月珠呢，逮住机会就嘲笑他。也就是说，庸才们从来也不愿承认自己是庸才。不但如此，他们还一有机会就嘲笑人才们的穷困坎坷呢。

还有，千里马们被关在狭窄的马棚里弓身屈背，吃不饱，喝不足，才能没机会展现出来；那些瘸腿驴却得意扬扬地在春风中逞着能，撒着欢，一副小人得志、不可一世的样子。

也就是说，鱼眼珠子们、瘸腿驴们在社会上混得一个比一个好，珍珠们、千里马们却一个个沉沦在底层，穷困潦倒，不但不受人尊重，还时不时地遭人嘲笑、讥讽。

这就是他所看到的活生生的现实。其实，也是他一生反复抒写的一大主题：人才的不受重用，庸才的得志猖狂，是与非颠倒，贤与愚错位。

这是一个混乱的世界。

他不解，他愤慨，他抨击，他伤心，他痛苦。因为他自始至终都认为自己是一个世间难得的奇才。而这样的奇才，在这样的世界中，沉沦于下层，被人贱视，受尽嘲讽，慢慢地老去，才华枯竭，一事无成，似乎是唯一的命运。

为什么会这样？他给出了他的答案：

庸俗大众也就只能听听那些浅薄、通俗的东西，听惯下里巴人的，他能接受阳春白雪？这是他对社会大众的评价与批判：他们是没水平的，不识货的，人云亦云的。

而高高在上的君主们呢？却也往往是平庸的睁眼瞎子罢了。你就是把高雅的、高贵的、价值连城的东西放在他面前，他能懂得了？他能识货？当年楚王们又是如何对待和氏璧的，还不是把它当作一块普通的石头！这是他对上层社会的评价与批判：他们同样是平庸的，没眼光的，不懂装懂的。

他表面是在说大众和君主的审美趣味、鉴赏能力，其实，是在说他们的识人能力。人才放在他们面前，他们不识也不用啊。

而根源在哪里？他批判的侧重点在哪里？还是在君主：你们用人的导向、识人的能力影响着整个社会啊。

这还是他当年所想象的那个盛世吗？那个高高在上的君主，还是他以前所认为的英明、正确吗？而这样一个社会，难道还是正常的吗？

他再一次把批判的矛头对准了社会普遍崇拜的金钱和权力：

你有钱，人家一窝蜂地跑来和你交朋友；你没钱了，连一个人影都不见了。友谊在哪里呢？感情在哪里呢？

你混到头发白了，还没混上一官半职，还是一个无职无权无钱的穷书生，谁会把你当回事呢？谁又会给予你丝毫的尊重呢？连"三尺儿童"也不会给你好脸色看的。他又不是没尝过这其中的滋味。

如果仅仅是不把你当回事，不尊重你也就罢了，但他们对于有才华的人不会这么"冷漠"的：只要你稍稍有点才能，你的一言一行他们都会密切关注着，稍有不慎，他们就会像苍蝇一样扑上来，诽谤你，抹黑你。想当年，曾参这样的圣人难道会杀人？可连着三拨人跑到他母亲那儿，说他儿子杀人了，最后还不是连他母亲都信以为真了？

流言蜚语多么可怕。它能让白变成黑，是变成非，也能让贤变成愚，才华横溢变成一无是处，它就像一张无形的网一样笼罩着这个社会。或者说，这是一种有才华的人怎么躲也躲不开的暗箭。

在这种氛围下，作为一个自认为一肚子才华却又无处施展的人才，你会怎么办？

不屈还是妥协？

与君论心握君手，荣辱于余亦何有？

孔圣犹闻伤凤麟，董龙更是何鸡狗！

他选择了不低头、不屈服，最起码在诗中他是这样选择的。这恐怕也是他内心最渴望的一种选择。

他对远方的朋友说，我这是在和你"论心""交心"：毫无保留地把我的心捧出来，让你看看，这究竟是怎样的一颗灵魂。现在，对于我而言，荣辱得失都已无关紧要。那么，重要的是什么？他没有明说。其实，在字里行间都已说得很清楚，那就是要保持人格的独立和尊严。

他再次提到了孔子。他一生多次提到过这位儒家的大圣人，或尊敬有加，或故作不屑，但是有一点他与孔子是有着共鸣的，那就是他们两人一生都不得志，都有着生不逢时的感觉。他说，连孔子那样的大圣人都生不逢时，无法施展才华，何况我？

他的潜台词就是，不得志就不得志。在这样的社会中，我宁可不得志，也绝不会像前秦的董龙那样靠讨好皇帝而上位。这些无耻之徒，在我眼里，又算什么东西呢！

说这样的话同样是需要勇气的。前面他指名道姓批评哥舒翰，得罪的只是哥舒翰集团。这里，他用典大骂董龙，明眼人一看就知道，这是骂当时和董龙一样的玩意儿，不知又会有多少人对号入座，对他恨得牙痒痒呢。前面他说，说他坏话的像苍蝇一样喧嚣，如此看来，多半不是他的想当然或夸张。

一生傲岸苦不谐，恩疏媒劳志多乖。

严陵高揖汉天子，何必长剑拄颐事玉阶。

他对自己的性格很清楚，天生就不是低三下四、低眉俯首的主，弄得官僚不待见，别人推荐也白推荐。自己的政治志向实现不了，也是必然的。但他后悔了吗？没有。他说，严子陵长揖不拜汉家天子，我又何必长剑拄着下巴去把皇帝侍候！

这是一种人生选择，一种人生态度。如果让他委曲求全，放弃尊严，那他宁可不要什么官。这里也可看出来，他向往的是一种天子把他作为老师或兄弟的平等相处之道。不然的话，他那颗自尊的心是受不了的。而在现实面前，他的这种想法，只能是一种幻想。

最后，他的结论是：

达亦不足贵，穷亦不足悲。

这里的"达"，当然是指当官；这里的"穷"，当然是指当不了官。他说，当上官也没什么可值得夸耀的，当不上官也没有什么可值得悲伤的。这和前面"荣辱于余亦何有"的说法是一致的。这是他探索的结论，也是他人生观的重申。

韩信羞将绛灌比，祢衡耻逐屠沽儿。君不见李北海，英风豪气今何在？君不见裴尚书，土坟三尺蒿棘居。

他这里自比韩信、祢衡。韩信不愿意与周勃、灌婴同列，祢衡不愿意与杀猪的、卖酒的交往，他们是自作清高，自恃身份，而李白在这里，表示的是他对那些"鱼眼珠子""瘸腿驴""苍蝇"的蔑视。

同时，他又拿出了两个现实典型来作"反面教材"，来证明在官场上，并不一定有好下场。或者来反证，他不在官场，正可以避祸全身。一个是北海太守李邕，一个是刑部尚书裴敦复。这两人在当时的人眼里，都是高官、大官，属于让人羡慕嫉妒恨的那类人，但李白说的意思是，你看看他们的下场，还不是都让李林甫给杀了，他们的英风豪气在哪里呢？我所看到的，只是他们的坟头长满了荆棘、杂草。

说这样的话同样更需要勇气。说李北海"英风豪气"，岂不是说李邕不该杀，李林甫杀错了人吗？君不见李林甫还高高在上乎？你就不怕人家的黑手伸向你吗？

我们的诗人在这一刻真的是豁出去了，不管不顾了。

他敢于这样"放肆"地在诗中批评哥舒翰，抨击"董龙"们，甚至抨击当朝宰相李林甫，与他对官场绝望，下决心不再染指官场有关吗？

少年早欲五湖去，见此弥将钟鼎疏。

他告诉我们，年轻时候他就想着过那洒脱日子去，现在见了这种情形，他还能留恋官场吗？

只能说，他对现在的官场越来越疏远了。但他真能做到万事不关心地去漫游江湖，寻仙访道吗？

越来越浓重的"烦忧"

这一时期，弥漫在他心中的那股"万古愁"似乎更浓重了。

他不是一个政治家，但伟大的诗人往往是预言家，他似乎已经感

到一股隐隐约约的阴云向他，向整个国家压过来。

这也许与他北上幽州一带，见识过了安禄山那些人的嚣张气焰有关。他已预感到安禄山迟早要反叛，但却没人听他的。而南下沿途的游山玩水，虽也给了他不少快乐，但依然无法驱除他内心的烦忧。这是家国之忧，再明丽的风光也是无济于事的。

> 弃我去者，昨日之日不可留。乱我心者，今日之日多
> 烦忧。

他说得很清楚，过去的时光已将他抛弃，一去不复返了，这就够让人心烦的。但真正让他"烦忧"，让他"心乱"的，还是现在，还是现在的处境、现在的时局。但没人听他的，他又能有什么办法呢？

> 长风万里送秋雁，对此可以酣高楼。蓬莱文章建安骨，
> 中间小谢又清发。俱怀逸兴壮思飞，欲上青天揽明月。

面对着这么多愁、这么多忧，怎么办？在高楼上畅饮美酒。这几乎是他打发愁闷最主要的方式。借着酒兴，他似乎忘却了人生的烦愁，高兴起来了。这远方吹来的秋风，这万里的长空，这一行行南去的大雁，似乎让他的心情好起来。他谈诗论文，一会儿建安风骨，一会儿大谢小谢的。当然，他主要是谈他喜欢的文人、喜欢的诗。他一生欢乐少，忧愁苦闷多。但在谈论诗文时，他的快乐却随时可以像流水一样咕咕地冒出来。写诗，是他抒发情怀的方式。谈诗，却是他人生的一大享受。他可以是剑客，可以是隐士，可以是道人，可以是雄心勃勃、不切实际的从政者，但他最本质的属性，却是天真的诗人。这是永远也离不开他，从他身体上、性格上无法抹去的。在饮酒中，

在谈诗论文中，那轮常常不由自主吸引他的月亮，不知何时已升起在碧空中。他们兴致勃发，各种奇思妙想长上了翅膀，想着要飞上长空去，和月亮也喝上几杯。

他一生多少次写过月亮啊。他望月，问月，邀月，甚至要揽月，要与月亮一块儿到银河结伴而游，可以说，很少有一个诗人像他这样对月亮给予了如此多的关注和爱。月亮成了他的朋友和倾诉者。之所以如此，也许仅仅因为他在这个世界上太孤独了，太寂寞了，他只能向另一世界去眺望，去寻求。

抽刀断水水更流，举杯消愁愁更愁。人生在世不称意，明朝散发弄扁舟。

（《宣州谢脁楼饯别校书叔云》）

但无论谈诗，还是饮酒，给予他的欢快永远都是暂时的。欢乐过后，必将是烦忧。这些打发烦忧的办法，相当于抽刀断水，断得了吗？愁还是越过欢乐来了，也许更多，更重，更不可阻遏。他不得不承认自己的"不称意"，也就是说不快乐。理想实现不了，英雄无用武之地，这是自身的不称意；还有整个社会的不称意，或者可以说，他从他自身的遭遇，感受着整个社会的变化。历史的车轮正在可怕地向下行驶。这也许才是他最为担心的。

咋办呢？他似乎只能寻仙修道了。可寻仙访道就能忘记忧愁吗？

他很清楚，这是自我安慰，自欺欺人。

他的那个可怕的预感并不会因酒、因诗而消失。

他的人生将因时代的巨变揭开新的一页。而此时，他的内心，是多么地烦乱不安啊。

忘年交

他开始托人编订自己的诗文集。这一年是754年，离安史之乱还有一年。

他所托的这个人叫魏万，也就是后来为他编订了第一部诗集（未留传下来），并为之写序的魏颢。

当时李白五十四岁，魏万称之为"伯"，他应该年纪不大，最多也就二三十岁，他说他一直像司马相如崇拜蔺相如一样，崇拜着李白，一直想着要去见李白。在753年秋天，他自所在地河南王屋山出发，去追寻他心目中的大诗人。

他先追到李白再婚的开封，没见到；又追到李白儿女所在地山东，还是没见着；又继续追到了江南，直到第二年春天（李白说是五月），两人才在今天的扬州见上面。历时大半年，行程数千里，就为了见见自己的偶像。他可以说是唐代的追星族。

李白说魏万喜欢写诗作文，喜欢古代的东西，喜欢寻仙访道；而魏万也自称，他这人相当自负，一般人看不到眼里。当然，在一般人眼里，他就是个狂人。可以说，在某种程度上，他和李白在气质上有相近之处。所以，他们两个相见，相当对脾气，以至于忘了年龄差别，交往起来无拘无束就像兄弟一般。①

他们是惺惺相惜，互相欣赏。

李白给魏万的第一印象是眼睛大而亮，炯炯有神，让他一下子想起饿虎的眼睛；相当有气质，有内涵，洒脱不羁。

---

① 参见魏万《金陵酬翰林谪仙子》。

而魏万给李白的第一印象是穿衣很特别，是件日本布衣，一问，才知道是日本留学生晁衡送给魏万的。整个人气宇轩昂，像个得道之人。交谈之下，发现其思路敏捷，是个麻利人、爽快人。

再一接触，发现魏万好修道求仙，这和自己一样；好舞文弄墨，十二三岁就开始创作，文笔还相当优美，也和自己一样；好辩论，口才相当好，还是和自己一样；特别崇拜鲁仲连，想做鲁仲连这样的人，竟然连偶像都和自己一样。他简直看到了年轻时的自己。

他们相逢后的感受是"乐无限"——是于千里外突然遇到知己，就像贾宝玉遇到甄宝玉一样，那种心灵的震动、惊喜、契合，是无与伦比的。他们所要做的，就是天天在一起，让山水包围着他们，也让山水见证着他们的快乐。

只能用"一见如故"来形容他们两人的交往。他们在扬州见面后，兴致不减，又一块儿到南京游玩。这让我自然而然想起了当年他与元演、与杜甫他们的交往。在友谊上，他是一块磁石，什么时候，都能吸引着不同年龄的朋友来到他的身边。

后来两人在南京相别，并各自写诗相赠。李白用了一百二十句、六百字的篇幅，想象着魏万从王屋山一路迢迢而来的情形，就像自己又再度回到了梁宋、吴越那些山水间，这哪是魏万在登山临水，分明是另一个自己再度沉浸于山水清音中，沉浸在旧日的快乐时光中。与其说他是在写魏万，还不如说他是在写自己。

魏万用了四十八句、二百四十字叙述他对李白的倾慕、追随、相遇、相游的情形，并劝李白早早回河南开封家中，说这次相别不是远别、久别，秋天的时候，我们俩在王屋山相见，一块儿寻仙采药去。这不过是年轻人的想当然、一厢情愿。

而李白也同样是要魏万早早回王屋山去，只是他并没有魏万那么乐观，以为不久的将来就会相见。他用了一个"惜"字、一个"苦"字，也就是说，他舍不得与魏万相别，又不得不与魏万相别，他的内心是痛苦的、悲伤的。这里，他又用了"茫然"。记得在山东他与杜甫相别，他就用了"茫然"这样的词。什么是茫然呢？那应该是一种心中空落落，如失去了什么，却又说不出来，是一种说不清、道不明的感觉。他心里很清楚，他与魏万相别，多半是永别了。他多么珍惜这从天而降的友谊啊，他说他对魏万的思念，就像黄河之水，永无断绝之时。他说得越执着，越决绝，朋友离开后他自身的孤独就越浓重。

李白与魏万之所以这样快地成为忘年交，也与魏万对李白的推崇与理解有关。

李白此时内心最受挫折、最受羞辱的就是被小人所谗离开朝廷，多少人从此对他白眼相看，就连小孩子都开始朝他吐唾沫。这对他是何等的刺激与羞辱。魏万安慰他说，那些官职只适合普通人，你是横行大海的鲲鱼，高飞云天的大鹏，哪是朝廷这样的池子、笼子盛得下的？又怎能以在这样的池子、笼子中生活为荣呢？并说他的才那么高，庸俗的世界怎么能容得下？他的理想实现不了，只能说是命运的捉弄；并把他与谢安、张良相提并论。

李白也曾多次以鲲鹏自喻过，以谢安、张良自比过，但那毕竟是自我的期许，而现在，魏万把他的自我期许用在了解释李白的被赐金放还上。这是多么有见识的话。可以说，这是对李白最深切的理解与赞誉。李白听到这样的话，多半是要激动得落泪的。想想他的小兄弟杜甫把他比作什么鲍照、庾信、阴铿，真是没说到点子上。

他之所以把编订文集这样的"大事"托付给魏万，与魏万对他的理解是分不开的。同时，他对魏万也相当看重，认为将来魏万一定会成名于天下，并把自己的儿女托付给魏万，希望他将来能给予照顾。

　　这里，他又是托付魏万编订自己的文集，又是托付魏万照料自己的儿女，怎么看都有"交代后事"的味道。

　　他似乎已感到他的时日不多。那段时光的阴影、时事的阴影已经笼罩了他。

　　年轻的魏万在编好李白文集时说，李白现在尚在人世，还在继续创作，将来我还要再编他的文集。他多半是打算要给李白编一个全集的。可惜的是，这都成了美好的愿望。

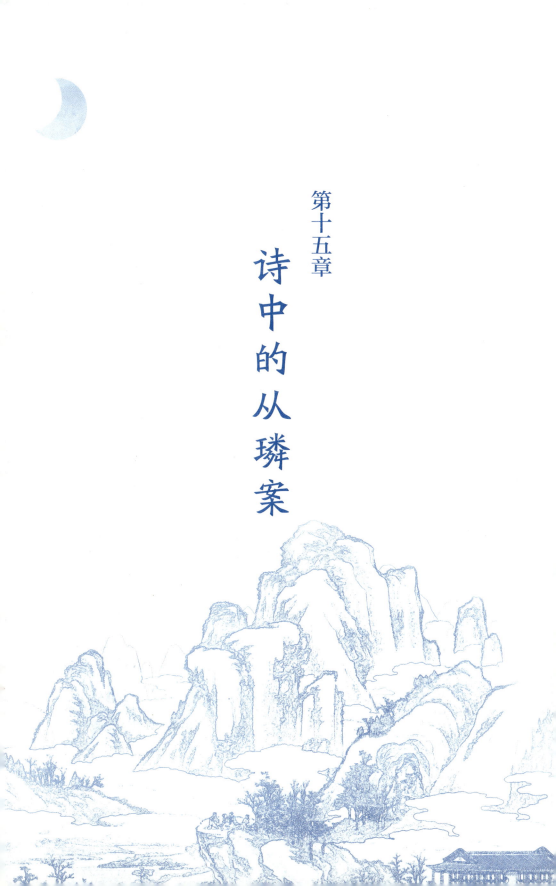

第十五章

诗中的从璘案

逃亡岁月

755年，那个影响唐代乃至中国以后历史走向的大事件——安史之乱爆发了。这一年李白虚岁五十五岁。他当时正在安徽宣城，安禄山反叛后，他的"奔亡"岁月也就开始了。

他托一个叫武谔的门人去接自己在山东的两个孩子。据李白说，这个武谔，特讲义气，平时不怎么说话，为人沉着、冷静、勇猛，他羡慕那些古代的侠客，行走于江湖之间，对世间俗事并不怎么放在心上。看这样子，多半也是个侠客。

李白本人则向河南进发，接上老婆宗氏后，他开始再度向南逃亡。他说他乔装打扮，将汉服脱了，换上了胡服；他说他整天发愁，没几天，鬓毛全发白了；他说他这一走，从此家乡将隔着重重关塞，什么时候才能回去呢？他路上听到的，都是子规鸟"不如归去"的叫声。他不知道，从此以后，他再也没有机会回到北方。无论是他曾寄居的河南梁宋，还是山东东鲁。也许他在奔亡途中，就已预感到了这一点。所以，他这时候竟然想起了那个被迫投降匈奴，一生再没有回到汉地的李陵。他似乎在说，李陵回不到故乡了，他也回不去了。

他此时极度悲伤。

在逃亡的路上，他是不是整天这样悲悲凄凄呢？

也不是。在他远离了安禄山大军，从北方逃到比较安全的南方后，他的情绪立马好转了。而且，他当时对安史之乱的认识相当混乱，他竟然把安禄山的叛乱，看作了如同楚汉当年争天下一般。唐玄宗他们看到这样糊涂的诗，不知该怎样发火呢？

所以，乱世一来，他一方面感慨这乱，批判这乱。如洛阳失陷后，他说，洛阳城人心惶惶，充满哀怨之气，天津桥下流水都被鲜血染红，白骨一个挨一个就像乱麻一般。又说，洛阳城到处都是安禄山的胡兵，野草上涂满了鲜血，那些杀人的刽子手，开始人模狗样地论功行赏，升官加爵。还说，洛阳被攻陷后，中原人恐怕有一半都成了安禄山的俘虏。并说，像安禄山这样的反叛，如果不被迅速消灭，就会像海上的大鱼出行一般，会搅动整个大海。海上的其他生物，只能纷纷逃窜，啥时候才能得到安宁呢？

另一方面，他似乎又觉得大展才能的机会来了。他又开始自比韩信、张良，觉得收拾安禄山，帮助唐玄宗重振山河的重任非他莫属。他说，现在朝廷不用他，他也就只能像韩信、张良当年没被重用的时候一样，先逃到南方来等待时机。反正给人的感觉是，朝廷不用他则罢，用了他，一切都将改变。啥安禄山不安禄山的，都不是个事。只能说，他啥时候都是这么自信。

这一自信可好，他又开始了过去的那种"豪放"生活：边听美女唱歌，看美女跳舞，边大吃大喝，当然，又是少不了喝大。喝到尽兴处，手舞足蹈，把帽子都扔到天上去了。这像是国难当头的场景吗？

当然，还有赌博。这也是他喜欢的一种生活。见到著名书法家张旭后,他们又是掷骰子,又是杀猪宰牛,又是敲锣打鼓,闹个没完。用他的话说,这叫"快壮心""且为乐"。也就是说,快乐一时算一时,其他的先都靠边站。这也像是国难当头吗?

最后,他和夫人跑到江西庐山隐居下来。用他的话说:我不是你们眼中能够担当大任的人,只好跑到庐山屏风叠来做做隐士好了。

当然,他这是反话。他是在骂唐玄宗他们,放着他这样的人才不用,看看,最终招来了什么。现在,他一个草民,想救民于水火,也没那个影响力啊。

但局势的发展,却偏偏不让他安心做他的隐士去。

截然相反的"下山"

这时候就不得不说到当时的局势。这是影响当时每一个人,上至皇帝,下至普通老百姓的大事。而李白,更是被历史的洪流所裹挟,想逃避都不可能。而实际上,他本人也没打算逃避。

他当时面对的形势是:

756年正月:安禄山攻下洛阳并称帝。

756年六月:安禄山攻破长安的屏障——潼关。赫赫有名的哥舒翰被俘投降。唐玄宗仓皇出逃四川。长安随即沦陷。

756年七月十五日:在出逃的路上,唐玄宗下旨,任命太子李亨为天下兵马元帅,并兼领朔方、河东、河北、平卢四路节度使,负责收复黄河流域;任命他的十六子永王李璘为江陵府都督,兼任山南东道、岭南、黔中、江南西道节度使,随后又任命他为江淮兵马都督、扬州节度大使，经营长江流域。历史称这是"分镇"。

这是非常有效的一招。唐玄宗这里相当于给安禄山布下了两把尖刀。一个自然是太子李亨，一个就是他的十六子李璘。这对于鼓舞当时前线士气和全国人心所起的作用是不可估量的。

他当时的"如意算盘"有两个：一是从积极方面考虑，一面由太子李亨开辟正面战场，抵抗安禄山的大部队；一面由李璘从扬州经海路至三会海口（今天津），直捣安禄山老巢北京。这是一步险棋，可也是一步釜底抽薪的棋。一旦成功，那么安禄山大军将不攻自溃。二是从消极方面考虑，一旦黄河流域收复不了，还有长江流域，那就和安禄山他们划江而治，建立南唐、东唐之类。据说，安禄山见到分镇诏书后，抚胸长叹：我这辈子得不到天下了。

可唐玄宗不知道，他下这道诏书的前三天，也就是七月十二日，太子李亨就在宁夏灵武擅自称帝了（史称唐肃宗），他已经是"太上皇"了。而李亨向唐玄宗通报这一情况的使者，直到八月十二日才到达成都。

唐玄宗对这一既成事实采取了"积极面对"的态度，那就是承认李亨的做法，甘心做太上皇。只不过，限于当时交通不便的情形，玄宗在令肃宗李亨即位诏书中与其约定，凡是离成都路近，离肃宗路远，奏报不便的地方，仍由玄宗根据情况处置，并报肃宗。而当时这种地方主要就是南方地区，也即李璘管辖区域。

这样一来，当时政坛上出现了两个皇帝：一个老皇帝，即玄宗，对外称太上皇，但并非彻底退休，仍行使部分权力；一个新皇帝，即肃宗，"主持全面工作"，但南方军国大事，实际上由玄宗主管，奏报其同意即可。

李白此时正隐居江西庐山，正好是李璘的管辖范围。而李璘正按照唐玄宗旨意，招兵买马，收罗人才，并从江陵出发，开始东巡，到九江时，听说大名人李白就在庐山，便派人三次到庐山，去请李白。

对于永王李璘的邀请，李白的态度在前后的叙述中是截然不同的。

在李璘被宣布为"叛逆"前，他对于李璘的邀请是兴高采烈的。当时上庐山邀请他出山的是李璘集团的核心人物韦子春。他像刘备三顾茅庐请诸葛亮一样，对李白也是"三请"。可以说，对李白给予的礼遇是相当高的。

这无疑满足了李白对自己的定位，他无数次把自己想象成谢安、诸葛亮这种挽狂澜于既倒的人物，也无数次感叹刘备诸人对诸葛亮的求贤若渴、平等相待之心。现在，他终于等来了这样的机会、这样的人。

他刚跑到庐山时，说自己不是可以挽救时代危亡的人，还是独善其身，做个隐士好。当然，这是牢骚话。他是待时而动。现在，面对韦子春，他的真实思想一下子"暴露"了。他说，要是没有一颗挽救时代危亡的灵魂，那么，做个隐士，独善其身又有什么意义呢？

他那功成身退的人生蓝图这会儿又是那样不可遏止地泛上来了。这时候，他的激动应该不在当年接到唐玄宗诏书宣他进京之下。他又开始想象自己的美好未来了。又是大展宏图，安定社稷；又是大功告成，引身而退。他是那种善于由一个鸡蛋而想到鸡群，由鸡群而想到养殖场，由养殖场而想到全国五百强，由全国五百强想到世界首富的人。他绝不会想到有可能鸡飞蛋打，一无所有。在机会面前，他永远是乐观的。①

在永王招待幕府班子人员的宴会上，他把永王李璘比作筑了黄金台招才纳贤的燕昭王。当年他在幽州燕昭王墓前放声痛哭，觉得这个时代已经没有燕昭王这样重视人才、重用人才的君王了，他这样的人才也许要永远埋没了。但现在，他感到他终于碰上了这样的人。因此，他对永王李璘怀有强烈的"知遇"之情。他说，他见到李璘，就像见到了紫色霞光中的仙人一样。这是他在歌功颂德吗？不，这里，他更多表达的是他的激动。

他不能不激动。从他十五观奇书，好剑术，游神仙开始，到现在已经四十年过去。而这四十年他得到了什么？他还是一个平民老百姓，一个一事无成的人，一个别人眼中的失败者。这又如何能够让他甘心呢？你们可知道，俺这个布衣，腰间佩戴着龙泉宝剑？那些安史叛军，不过像浮云一样，将被我的宝剑冲荡个干净。

他还说，只要平定了安史之乱，他就学鲁仲连，功成身退。在年轻时代，他就立志要学鲁仲连，学他的谈笑间成就功业，学他的对功名利禄的不屑。现在，终于有机会了。②

在另一场酒宴上，他又说，听着这咚咚的军鼓声，他不由得诗兴大发，也忍不住要舞剑，要唱歌，酒兴也不知不觉大增。他的心情真不是一般的好。

看看，在李璘的幕府中，他是多么意气风发，踌躇满志，就像安

---

① 《赠韦秘书子春》："苟无济代心，独善亦何益。""终与安社稷，功成去五湖。"
② 《在水军宴赠幕府诸侍御》："如登黄金台，遥谒紫霞仙。卷身编蓬下，冥机四十年。宁知草间人，腰下有龙泉。浮云在一决，誓欲清幽燕。""所冀旄头灭，功成追鲁连。"

史之乱谈笑间就可平息似的。

而在李璘被宣布为"叛逆"，他也被视为"从逆"前后，他的叙述也在悄悄地发生"变化"。

他先是在给别人的书信中，暗示说他去永王幕府任职并非情愿。他说他之所以去，主要是出于四个方面的考虑：一是当时永王作为玄宗的十六子，管辖长江流域，位置高，声望重，不能不给人家面子。二是永王对他尊崇有加，先后三次派人去请他，给足了他面子，他从情理上无法拒绝。三是永王他们催得很急，很紧，而且还给出了他就任的最后期限，他无法拒绝。这里，他已经在暗示，他是被形势所逼，迫不得已。四是他在没办法的情况下，抱着勉强去看看情况的心理去的，他并没真心想参与永王事务。他用了"观进退"这样的词。也就是说，他此时依然可以进，也可以退。他这话说得很活。这为他后面说他半路逃离李璘集团埋下了伏笔。①

他还说，他在李璘幕府中，和灰尘差不多，没人理，没人问，结果，啥事也没干成。也就是说，他在暗示，他虽参与了永王幕府，但啥"坏事"也没干。要追究责任，最多也就是个认识不清，误入"歧途"罢了。从信中流露的情绪来看，此时李白的心情是相当失落的。这和他刚到幕府时的那种意气风发大不一样。我估计，这封信多半写于李璘将败未败之时。

而在他从寻阳狱中出来，代宋若思起草的给唐肃宗李亨的表中，他开始明确地说，自己是在李璘他们的威胁之下，没办法才上了"贼

---

① 《与贾少公书》："王命崇重，大总元戎。辟书三至，人轻礼重。严期迫切，难以固辞。扶力一行，前观进退。"

船"的。而且，他一发现这是"贼船"，就在半路上瞅机会逃跑了。也就是说，他之"从逆"，并非主动，乃不得已，情有可原。而且，面对误上"贼船"这一失误，他是主动改正，积极脱离，态度相当端正。

而在流放夜郎遇赦后，他说都是空名误人，李璘看上了他的名气，派人威胁，他被迫之下上了"贼船"。这和上面基本上是一个说法。后面他又交代了新材料：李璘为了"利诱"他，送给了他"五百金"。但我们的诗人告诉我们，他拒绝了，他说他拒绝它们就像拒绝云烟一样。让他想不通的是，他拒绝了李璘给他的官，拒绝了李璘给他的钱，不但没受到奖励，反而被流放到夜郎这样的偏远地带，怎么能这样不讲情理呢？也就是说，这时候，他认为自己不但无罪，而且还多少有点功。[①]

这一系列的解释，是他对这一事件真相的还原呢，还是他在为自己的"罪行"找理由开脱呢？

无可救药的乐观，想象中的人生大业

按照《旧唐书》的说法，李璘给李白的职务是江淮兵马都督从事。这个"从事"，相当于幕府参谋一类的职务。这是李白一生中当过的唯一一个"实职"官（以前的翰林待诏、翰林供奉并非职务，他

---

① 《经乱离后天恩流夜郎忆旧游书怀赠江夏韦太守良宰》："空名适自误，迫胁上楼船。徒赐五百金，弃之若浮烟。辞官不受赏，翻谪夜郎天。"

死后唐代宗任命的左拾遗更不能算），但后世几乎没人提起过。一是因为任职时间太短，也就一个月左右。二是因为他投靠的李璘被贴上了"叛逆"的标签，他也沾上了"从逆"的罪名，他就任的相当于"伪职"，说起来不光彩。三是因为他们没成功，这是最主要的。如果他们成功了，他这一段经历，多半也会像肃宗的"参谋"李泌一样，被人们像传奇一样津津乐道地提起。

有意思的是，《旧唐书·李白传》还向我们抖出了另一个"包袱"：是李白主动谒见李璘，才被任命为从事的。从李白留下来的文字来看，这恐怕是史书撰写者的想当然。

因为，李白不仅在给别人的书信中告诉我们，那些人三次登门拜访，向他发出聘请书、任命书；而且，在写给夫人的离别诗中，也说永王请了他三次，他才下山的。他没必要在自己的老婆面前撒谎，撒也撒不过去。

但在当时，他的夫人宗氏似乎对他的出山并不支持。这恐怕也是李白最终在"三请"后才最终决定出山的一大原因。在当时，他不仅要顾及自己的身份、面子，还要赢得妻子的支持。

据他说，他离开时，他的妻子非常伤心，拉住了他的衣服，问他啥时候回来。他的回答极具李白特色。他不正面回答妻子的问题，而是和妻子开玩笑说，等我当了宰相回来的时候，你可别学苏秦的老婆，理也不理我。[①]

苏秦当年离家去游说秦王，结果没人听他的。回到家后，正在纺

---

① 《别内赴征三首》其二："出门妻子强牵衣，问我西行几日归。归时倘佩黄金印，莫学苏秦不下机。"

织的老婆连织布机都不下，照纺她的，就当没看见他这个人；他嫂子也不做饭，父母也不和他说话，他受到了整个家庭的冷遇。李白这里反用这个故事，拿来打趣老婆。看得出来，他们平时关系非常好；也看得出来，他此时的心情也非常好。这样的场景，有一丝一毫受胁迫的味道吗？如果这是胁迫，那也是历史上最为兴高采烈的胁迫。

他这个回答其实大有玄机。一是他对李璘的前景非常看好。二是他对自己的前景也非常看好。他不会成为那个游说秦王无功而返的苏秦，他一定会成功。三是他的目标是宰相。这是他一贯的追求，也是封建时代文人们最常做的梦。四是可能暗藏着这样的话：这次成不了大事，当不了宰相，就不回家见你。

他被光明的前景鼓舞着。他是怀着不下山则已，要下山，就必须平定天下，当上宰相的决心去的。

从他下山到他第二次政治上的大失败这短短一月左右的时间里，他不仅在下山时给我们留下了要带"黄金印"回家的豪言壮语，也在接受宴请时给我们留下了他可爱的意气风发，他还给我们留下了内蕴十分复杂的十一首《永王东巡歌》。

这组诗既有"歌功颂德"的性质：他自觉担当了永王集团的鼓手，为永王集团执行跨海平胡任务高呼呐喊，更有对未来美好景象的憧憬，最重要的，那里跳跃着一个信心百倍的、盲目乐观的、豪情万丈的李太白。和在《蜀道难》《行路难》等诗中一样，他是活生生的，独一无二的。他总是在吹别人、吹自己所在集团的同时，也不忘吹自己。而且，数吹他自己的最有艺术光芒。因为其他人想像李白这样吹，他吹不出来。只有李白，似乎是信口而出，却是神采飞扬，一个英姿勃发的形象不知不觉就出现在他的诗中了。这是他独有的本事。

这些诗，从政治上来看，是他的"罪证"；但从艺术上来看，它们其中的好几首就是到现在也是光芒四射的。

我们不妨先看看他吹自己的部分：

> 三川北虏乱如麻，
> 四海南奔似永嘉。
> 但用东山谢安石，
> 为君谈笑净胡沙。
>
> （其二）

他说，安禄山在北边叛乱，大家纷纷都往南边跑，这和永嘉年间南渡的情形差不多。这样的说法，和唐玄宗的看法倒相似。只不过，唐玄宗出于对时局的忧虑，做最坏的打算，想来个南北朝对峙。而在李白这里，只有最好，没有最坏。什么南北朝，什么偏安一隅，这根本不可能。为什么呢？因为有俺老李在，俺就是东晋谢安一类的人物。"谈笑间，樯橹灰飞烟灭"，还有什么统一大业完成不了的呢？

这里充满了他一贯的乐观、自负，在他眼里，收拾安禄山他们，和写诗一样，都是"不带忙气"，随便。

还有一首，也是一样，充满不可救药的乐观：

> 试借君王玉马鞭，
> 指挥戎虏坐琼筵。
> 南风一扫胡尘静，
> 西入长安到日边。
>
> （其十一）

他这是在想象胜利的情形了：殿下，您的玉马鞭借俺先用下，在庆功宴上，俺要用它来指挥献俘仪式。我们不但要收复河南，还要彻底消灭安禄山，重新回到长安去。

多大的事，在李白眼里，只要他参与了，指挥了，似乎都不是个事。"您放心，有俺老李在，一切都没问题。"

他的乐观来自他对自己才华的自信、自负，也来自他对敌人的轻视、蔑视。他如果知道平定安史之乱用了八年，也许就不会这样写了。

被掩盖的真相，以诗作无罪辩护

我们再来看看他鼓吹永王李璘及其所在集团的部分。这一部分，虽没吹他自己的精彩，却是他为永王李璘和他自己写下的最好的申诉材料、清白证明和无罪辩护词。

> 永王正月东出师，
> 天子遥分龙虎旗。
> 楼船一举风波静，
> 江汉翻为雁鹜池。
>
> （其一）

他说，永王根据天子（此时唐朝有两个天子。一个玄宗，一个肃宗。这里是指哪一个？按照玄宗册立肃宗的诏书约定，南方军政事务由其暂时代理，并报肃宗认可。那么，这里的天子，应同时指玄宗和肃宗）的命令率兵东下，整个长江流域一下子就安定下来了，充满火药味的江汉这时候也变成了大雁、野鸭们戏耍的场所。

这是李白的想象，或者说，他被他想象中的美好前景激励着，眼中除了胜利还是胜利。

不过，这里，李白明确告诉我们，李璘东下到扬州去，不是他擅作主张，而是得到了皇帝的授权。按皇帝的旨意去办事，最后却落个叛逆的罪名，你这不是诬陷吗？

> 雷鼓嘈嘈喧武昌，
>
> 云旗猎猎过寻阳。
>
> 秋毫不犯三吴悦，
>
> 春日遥看五色光。
>
> （其三）

他说，他们的战舰从江陵（今湖北荆州）沿长江出发，一路上，军鼓阵阵，军旗猎猎，声势极为浩大地通过了武昌，又来到了寻阳（今江西九江）。在另一首诗里，李白告诉我们，他们是半夜到达的，整个寻阳江面被各种军旗遮了个严严实实。这是李白的夸张吗？倒也并不是。按照《旧唐书》的说法，在江陵的时候，李璘就招募将士达数万人之多，而且还是水军。而李白也正是这一时期受到李璘邀请，登上李璘舰船的。

他们到达的寻阳，也就是后来白居易《琵琶行》中"浔阳江头夜送客，枫叶荻花秋瑟瑟"的那个浔阳。只不过，白居易是因贬官，在秋风瑟瑟的秋天，心情极度抑郁来到浔阳江头的。而李白他们，却是在万物即将复苏的正月来到浔阳，正被想象中的胜利所陶醉，心情大不一样。当然，李白要说的重点在后面。

他说，李璘水军对长江两岸的百姓是"秋毫不犯"，这一方面说明，李璘水军纪律性极强；另一方面也说明，李璘水军后勤供给很充足，用不着劳民伤财。而当地老百姓视李璘水军就像大旱之望云霓一样，把李璘他们当作祥云，盼望着他们来。这多半是李白的想当然。或者不如说，这仅仅是一种文学修辞、政治宣传。

> 龙盘虎踞帝王州，
> 帝子金陵访故丘。
> 春风试暖昭阳殿，
> 明月还过鸡鹊楼。
>
> （其四）

他说，永王李璘在路过南京时，专门去参观了当地的名胜古迹。这貌似是闲笔，其实是从另一个侧面为李璘唱赞歌：前面说军队的强大，相当于说"武功"，现在该轮到说他的"文治"了。他笔下的李璘，是一位儒雅好学，具有相当高的文化修养的一个人。他说，李璘的到来，就如春风、明月来到了南京城，给南京城带来了温暖和光明。说实话，他对李璘一直抱有感激之情，对他相当有好感。而对当时的肃宗皇帝，则相当淡漠。

但李璘并没有在这个龙盘虎踞、具有帝王气象的南京城停留，而是继续前进。为什么？他下一首告诉了我们原因。

> 二帝巡游俱未回，
> 五陵松柏使人哀。

> 诸侯不救河南地，
>
> 更喜贤王远道来。
>
> （其五）

　　他说，当时玄宗在四川，肃宗在彭原，都逃离了首都长安。长安城现在是啥状况呢？里面的人们充满了悲伤。他没直说，而是说长安城里先王陵墓前的松树都充满了哀伤。面对此情此景，那些将领却没有一个能收复洛阳的，更别提收复长安了。还好，永王按照玄宗的安排，从江陵远道而来，要完成这一历史使命。

　　怎么去完成呢？在后面的诗作里，他以含蓄、暗示的方式告诉了我们。他这些诗，一首扣一首，相当于连环套，到最后谜底才会缓缓揭开。

> 丹阳北固是吴关，
>
> 画出楼台云水间。
>
> 千岩烽火连沧海，
>
> 两岸旌旗绕碧山。
>
> （其六）

　　他说，丹阳郡（今江苏镇江）的北固山地区属于当年三国时吴国的地盘。现在，在战舰上，云水之间，就可以看到岸上的亭台楼阁。此时他依然被这浩浩荡荡的声势所激动，在他的眼里，停泊时战船上的旌旗整个地包围了北固山。而北固山则一个山头连着一个山头，直通大海。值得注意的是，这是他在这组诗中第一次提到大海：他们战船东下的目标所在。在这里，他已向我们隐隐约约透出了一点消息。

王出三江按五湖，

楼船跨海次扬都。

战舰森森罗虎士，

征帆一一引龙驹。

（其七）

果然，他接着写道，永王部队沿着长江，已从中游到了下游，马上就要到达扬州，跨海出征。在这里，他又告诉我们，永王的军威军容之盛：一艘艘战舰摆满了江面，每艘战舰上都装运着准备出征的士兵和战马。他们跨海要到哪里去？水军为什么备有众多战马？他下面会慢慢告诉我们。

长风挂席势难回，

海动山倾古月摧。

君看帝子浮江日，

何似龙骧出峡来。

（其八）

他说，他们水军扬起了帆，借着风势，沿江而下。其声势，可以让大海翻腾，让高山倾倒。而他们的目标则是要彻底消灭安禄山叛军。怎么从海上消灭安禄山叛军？唯一的可能，就是从扬州渡海，到达天津，然后水军变骑兵，直袭安禄山老巢北京。这样，他们跨海要到哪里，为什么水军要带那么多战马才解释得通。这是他们的战略部署。他用了暗示的方法来告诉我们。当时在这一战略意图尚处于保密状态下，他也只能用暗示的方法。而他写这些诗时，他们正在镇江，这一战略意图正在实施中。他说，你看永王水军东下的情形，像不像当年西晋龙骧将军王浚率大军讨伐东吴的情形呢？王浚一举拿下了东吴，在他的意识中，他们这次出发，也会一举消灭安禄山叛军的。

> 祖龙浮海不成桥，
> 汉武寻阳空射蛟。
> 我王楼舰轻秦汉，
> 却似文皇欲渡辽。
>
> （其九）

他说，他们这次出海，和当年秦始皇、汉武帝的出海没有明确的军事目的不一样。这是他们不屑于做的。他们要像唐太宗李世民当年出海征服高丽一样，取得军事上的大成功。这是他给他们这次出海的定位。很显然，他们出海的目的很明确，那就是前面所说，要消灭叛军。所以，李白说起他们的出海时，才这样理直气壮、振振有词，充满了正义感和使命感。

> 帝宠贤王入楚关，
> 扫清江汉始应还。
> 初从云梦开朱邸，
> 更取金陵作小山。
>
> （其十）

他说，唐玄宗非常看重永王李璘，命他经营长江流域。而永王李璘七月到襄阳，九月到江陵，大举招募组织水军。这是永王走出的第一步。随后，他沿江东下。在一般人眼里，南京属于龙盘虎踞之地，永王应该把它作为根据地。但永王并没有这么做，而是把钟山这一南京的标志物视作了小山。也就是说，并不把南京放在眼里，他有更大的目标。什么目标？前面已说了，那就是要跨海灭胡。而且，他还在诗中说，永王消灭了安禄山叛军，还要回到他的任地。也就是说，他之所以这样做并不是为了个人私欲，而是为了国家大局。

作为读者，对这一历史背景不太了解的情况下，也许自然而然就会把它当作是李白在说自己。前面，我也把李白作为这首诗的行为主体来解说。这未尝不对。但把它放到这一历史背景下，这首诗的主体未尝不可以是永王李璘。他有可能在说，永王李璘按照皇帝给他的授权，在庆功日来指挥献俘仪式。这是一种胜利的标志。而真正的胜利是什么？是他们的北上大军（即诗中的南风）彻底平定安史之乱，收复长安。这里说得很清楚，他们出海，不仅要直捣幽燕，收复"河南地"洛阳，更要收复长安，迎回玄肃二君。

从这十一首诗里，我们可以清楚地看到他们的出师路线，江陵—武昌—浔阳—南京—镇江，这是已经实现的；未实现的是扬州—天津—北京—洛阳—长安。

令他们当时万万没想到的是，这一战略之所以未能实现，缘自内部的权力斗争。

原因很简单，这一战略部署一旦实现，带来的结果可能有二：一是安史之乱早早结束；二是李璘声望、势力达到与唐肃宗争天下的地步。尽管李璘本人此时并没有这样的想法，但将来形势的发展是无法预料的，这也是唐肃宗最害怕看到的结果。可以说，当李璘从宫中出来出任军事长官、经营长江流域的那一天起，他这个当皇帝的哥哥已经对他疑虑重重。现在，他又要渡海作战，有可能会取得前所未有的成功，那么，此时他已成为肃宗心目中的头号敌人。正如郭沫若所分析的，当时唐肃宗李亨实际上在同两个方面争天下：一是同安禄山、史思明争；一是同自己的老子"太上皇"唐玄宗、弟弟李璘争。

而唐肃宗李亨，选择了"攘外必先安内"的政策，决定先向弟弟李璘下手，清除这一可能的后患。他在唐玄宗向其通报这一战略部署时，便采取阳奉阴违的态度：表面认可这一作战计划，让李璘按照玄宗的部署从江陵向扬州出发，背地里却抓紧安排对李璘的镇压。他任命当年在梁宋与李白、杜甫一块儿游山玩水、喝酒赋诗的高适为淮南节度使，来瑱任淮南西道节度使，与江东节度使韦陟共同联合收拾李璘。而这一任命，实际上是对玄宗对李璘任命的重复。也就是说，唐肃宗这时已经破坏了册命约定，唐玄宗的权力已被彻底作废。

而此时的李璘还蒙在鼓里，当他的水军到达长江下游时，随即被掌握话语权的肃宗集团以李璘"擅自率领水军东下扬州"为由进行镇压。

这个叛逆罪名，无论对李璘还是李白，都是晴天霹雳。背上"叛逆"大帽子的李璘集团，失去了行动上的正义性，他的主将们纷纷"反叛"，几万人随即分崩瓦解。李璘及其子均被害。

李白也自然而然地被戴上了"附逆"的帽子。他的宰相梦、平定安史之乱的梦，彻底破灭了。

第十六章

百忧与万愤

逃亡者

而我们的大诗人，当时正在丹阳前线，不得不再度开始逃亡。

在逃亡的路上，他对这一突如其来的"事变"进行了回忆与梳理。他说他在永王幕府中得到了和乐毅等人一样的待遇。但接下来的话，却令人感到突兀。他说，他之所以离开，并不仅仅是因为永王失败，而是早就动了离开的念头。

这种说法貌似是矛盾的，但正反映出了此时李白微妙的心理。说备受礼遇，是面对着永王说的，不忘他的知遇之恩；说早想离开，是面对着肃宗、高适他们说的。他知道，他迟早得接受他们的审判。他不得不为自己预留后路。

但在回忆的过程中，悲愤的情绪随即控制了他，使他不得不说出自己想要说的话。他是一个听从内心感受，"奋笔直书"的诗人。也许在这股情绪过后，他都会惊讶自己的大胆与无畏。

他说，永王手下的"主将"们受到了"谗疑"。这个说法值得细品。一是什么是"谗疑"：受到谗言蛊惑，心中起了疑惑犹豫。这是当时永王手下将军们的心理。二是受到谁的谗言，是谁在造永王他们的谣，在抹黑他们？无疑，李白指的是唐肃宗等。这里也可以清楚看到李白此时的态度。他对唐肃宗他们的这种行为是极度看不上的。三是受到什么谗言。肯定是指永王"擅自东下"，是"叛逆"，这种在他看来完全颠倒黑白的话。四是唐肃宗等的阴谋得逞了，永王手下的将军们被人家的舆论攻势击溃了心理，最后分崩离析。五是他对永王失败的责任做了分析。主要责任不在永王，而在带兵的将军们。

这里，他把永王的部队称为"王师"，把主将们中途"转向"称为"离叛"。不难看出李白此时的态度。在他看来，这些将军的行为，并不是什么归顺朝廷，而是典型的叛变。在他眼里，唐肃宗也并不意味着必然的正确，永王手下那些投奔肃宗的将军他同样瞧不上。

接着，李白告诉我们"事变"中自己的结局：幕僚们像天上的浮云一样，随风而散了。他也再度开始了逃亡生涯。但这时候，他依然没忘了告诉我们他在逃亡路上的所见所闻：船上、城上全是一个挨一个的死人。这时候，他的心情不知道有多悲愤，多压抑：这可是叛贼未灭呀，怎么就打起自己兄弟来了呢！

他说他一路上慌慌张张，过关穿隘，一点也不敢停留，因为后面不知有多少追兵在追呀。注意，这里他称唐肃宗的军队为"北寇"：北方来的强盗。那唐肃宗在他眼里，就是北方的强盗头子。他对这个皇上，可真是一点不客气呀。难怪人家后来不放过他。当然，写这诗的时候，他多半是气坏了，啥话解气说啥话，没考虑那么多。

他说，胡虏未灭，你们兄弟俩先打起来了，整个中国都乱成一团麻了，我该怎么办呢？他随即给出了答案。这相当于他的"政治表态"：

一是对于朝廷"叛逆"永王的态度：我对永王的知遇之恩充满感

激。这里，他不但公开表达对永王的感激之情，还公开称永王是"明主"，这和他称肃宗的部队为强盗是截然不同的态度。当然，称永王是"明主"，称永王的部队为"王师"，是心里话；称肃宗他们是"北寇"，则是气话。但要说出这样的气话也是要有胆量的，恐怕也只有李白这种性情冲动的人才说得出来。当然，说出来，也是要付出代价的。

二是对于安史之乱的态度：他说自己要像祖逖一样击楫中流，誓灭叛军，平定中原。在永王被宣布为叛逆，自己也被宣布为从逆犯的情况下，他依然念念不忘消灭叛军，平定中原。在对国家的态度上，他和杜甫是惊人的相似。不管我遭遇如何，不管朝廷如何待我，该报国我照样报国。这种对国家的赤诚之心是不变的。和杜甫不一样的是，李白对自己的能力、才华特别自信，他总认为，只要君王重用他，他就可以为国家作出巨大无比的贡献。

当然，他心里很清楚，在内战忽起，他也成了逃亡者的情况下，要实现这一壮志，希望更加渺茫了。此时，他心中充满悲愤，又无人可诉，无处可诉，只能拔剑击柱，悲歌当哭了。①

---

① 《南奔书怀》："侍笔黄金台，传觞青玉案。不因秋风起，自有思归叹。主将动谗疑，王师忽离叛。自来白沙上，鼓噪丹阳岸。宾御如浮云，从风各消散。舟中指可掬，城上骸争爨。草草出近关，行行昧前算。南奔剧星火，北寇无涯畔。"秦赵兴天兵，茫茫九州乱。感遇明主恩，颇高祖逖言。过江誓流水，志在清中原。拔剑击前柱，悲歌难重论。"

无望之望

他逃到了安徽太湖县一个叫司空原的地方。

他在逃亡的路上，表示要学习祖逖精神，闻鸡起舞，击楫中流，不平定中原誓不罢休。但逃到了司空原，安定下来后，他说的话就大不一样了。

我前面多次说过，他的许多诗文都是某一时刻情绪的产物。情绪一变，他对同一事物的观点、感受就变。我们根据李白的诗文来谈他的思想，谈他对人对事的看法，有时是一件非常"冒险"的事。现在，我们不妨再听听他在司空原的所思所想，也许我们就会对这一论断有更深切的体会。

他说，刘琨和祖逖这些人，虽然很有壮志雄心，也有救民于水火的思想，但终究还是"乐祸人"。这种说法虽并不自李白始，但现在从李白的嘴里说出来，却依然让人惊讶。所谓乐祸人，无非是说他们一看到国家有难，乱世来了，就高兴，觉得自己大展身手的机会来了。这和前面的评价无疑是大不一样的。

而且，他明确地说，自己和他们不一样。怎么个不一样呢？他说，天下大乱了，我不但高兴不起来，还跑到了皖水边隐藏了起来。

但是，这是他心甘情愿的吗？并不是，他只不过是为了躲避肃宗他们对他的追捕罢了。

但他此时的情绪明显已和逃亡路上的大不一样。那时充溢胸中的悲愤几乎已看不到了。他有的只是对现实的失望，或者说逃避。

他又开始了对炼丹求仙生活的向往，当然，这不过是做梦。

他说，等到天下太平后，他要把全部的家当拿出来炼丹求仙。这样的话，他就可以永远年轻，不用遭受什么死亡的折磨了。他也可以整天自由自在遨游太空，与日月星辰为伍，最后羽化成仙，和玉皇大帝他们生活在一起。

这样的梦，只要他在现实生活中遭受重大挫折，他就会做。这是一种安慰，一种寄托，他不得不如此。不然，他没法继续走下去。前面没有目标，他得给自己找一个目标。他是那种永远也不会绝望到底，陷入虚无的诗人。这是他绝望中的希望，是他的无望之望。①

但他这样的梦并没有做多久，他就被离司空原不远的浔阳（今江西九江）官府逮捕，投入了监狱。据他后来说，他是自首的。这有点不太像李白的一贯表现。但结果是一样的，他向往的自由生活不但不复存在，还过起了束缚重重的牢狱生活。

囚歌

他大约在狱中待了半年左右。这是他一生中最为悲愤的时期。他狱中写的诗，叫《上崔相百忧章》，叫《万愤词投魏郎中》。又是百忧，又是万愤，可见他是多么"出离愤怒"了。

他之所以这么愤怒，这么倍感冤屈，就是因为他是怀着一颗耿耿报国之心下山的，结果，最后莫名其妙地被加上了"附逆"罪名，这让他如何受得了？又如何想得通？

---

① 《避地司空原言怀》："刘琨与祖逖，起舞鸡鸣晨。虽有匡济心，终为乐祸人。我则异于是，潜光皖水滨。""俟乎太阶平，然后托微身。倾家事金鼎，年貌可长新。所愿得此道，终然保清真。弄景奔日驭，攀星戏河津。一随王乔去，长年玉天宾。"

　　他在写给当时的宰相崔涣的诗中说，安禄山就像共工发怒摧毁天的柱子一样，把大唐朝搅了个天翻地覆；又像传说中的北溟鲲和大海中的鲸在喷水、摇晃一样，波涛动荡，声势吓人。这对大唐朝的危害是巨大的。他想起了那产玉的昆山被熊熊大火燃烧的情形，最可能的结果就是玉石俱焚。这是他所不愿意看到的。因此，在监狱中的他，所要做的，所能做的，也就是仰天企求，请老天及时降下大雨，将安禄山叛乱这场大火浇灭。这是他对安禄山他们的态度，也是他一贯的态度。这也是他倍感冤屈的原因所在：他是为了消灭安禄山之辈，才下山参加李璘幕府的，现在这竟然成了他的罪名！

　　他说，当年李广可以用箭射穿石头，鲁阳可以挥戈使太阳为之徘徊不前。邹阳含冤大哭，大夏天都可以降下霜来，我的精诚怎么就感动不了上天呢，以至于我还被关在监狱中。而狱吏们就像苍鹰搏击般凶狠，狱墙上也插满了荆棘。在这样的环境下，即使是像周公这样的大圣人也要容颜憔悴，如今我才算真正理解了《王风》这篇写周公的诗中所表现出的伤痛情怀。

　　他举李广、鲁阳这两个例子，是说精诚所至，金石为开，他会坚持申诉。他举邹阳、周公这两个例子，是说他和他们一样，有天大的冤屈。别人不管，老天也会管。他的理由就是，老天不会让文化命脉断绝，泰山又怎会随便倒塌？不得不说，即使被关在了监狱里，他也清楚自己的斤两。对此，他从来没有怀疑过。

　　他说，那个在楚国一旦不受到重视就随即离开的穆生，还有劝说吴王未果也同样及时离开的邹阳都见机得早，没有遭受灾祸，我却没有这种预见能力，这二位肯定要笑我书呆子一个了。良马不会急着求人所用，麒麟在不该出来的时候又何必出来？这是他对自己的自我批评和反思。当然，这样的批评并不深刻，或者说他根本就不想深刻。对于他参与永王集团一事，他并不认为有什么错。在有的时候，他甚至认为，他不但没错还有功哩，你让他怎么作自我批评？

在狱中，他也想到了家人。他说，他们一家人星散各处，尤其是两个孩子，仓促间也没安排好。看来，当时他托门人武谔去山东接自己的两个孩子，最终武谔并未能完成这一任务。现在，他们成了他最挂念的人。他在这里，有着伤痛，更有着内疚。他对家庭，对亲人，始终有一种脱之不去的负罪感。

此时，国家的苦难、个人的遭遇、妻儿的分离，种种情形让他悲愤、忧伤，即使弹琴饮酒，带来的也依然是忧愁。他这里说得非常形象，说弹琴饮酒都是忧愁的媒人，其实无非是"举杯消愁愁更愁"的另一种说法。于是他举杯连连叹息，杯中滴满了带血的泪水。这是夸张还是写实？但不论如何，他的内心是备受摧残、煎熬的。

在另一首写给一个姓魏的郎中的诗里，他同样向我们表达了他的伤痛和悲愤难抑。

他说他在狱中，呼天天不应，哭；想起了父母，哭。结果，带血的眼泪融入了地中，土变成了泥。这需要多少泪水啊，这又是何等的伤心啊。值得注意的是，他这里和上面《上崔相百忧章》中一样，依然说他的泪水是带血的。这究竟是文学上的修辞还是一五一十的写实？不知道，反正，他是悲愤到了极点，似乎只有哭泣才能发泄他心中的愤懑。这让我们再一次见证了李白内心的敏感和脆弱。他是中国最乐观的诗人之一，也是中国最容易伤感、眼泪最多的诗人之一。

他说，春天来了，他在监狱的窗户上眼巴巴地望着外面，却连一点绿草也没有。也就是有春天无春色。这是他眼中所见，也是他内心所感。没有人来救他，他处在失望之中，整天忧愁，昏昏沉沉。此时，他寄希望于家人，可家人又在哪里呢？

他说，他的一个哥哥在九江，一个弟弟在三峡，兄弟们想死在一块儿都难了。而他的两个宝贝儿女，都抛在了山东；妻子呢，也还在江西南昌一带。他当时的感受是，他们一家人分散各地，不能团聚，遇到危难也无法救助。

其实，他不知道，他的妻子宗氏正在为救他出狱而四处奔走着。他后来得知这一情况后，把她比作了汉代才女蔡文姬。蔡文姬的丈夫遭人陷害后，她不顾一切向曹操陈情，最终救出了丈夫。只能说，他娶了一个让人羡慕的好妻子。①

他说，现在是什么世道呢？拔出香气四溢的桂树，栽上浑身是刺的荆棘；把凤凰这样的神鸟关起来，却把山鸡当个宝贝宠着。怎么这么美丑颠倒，这么是非不分，这么黑白不明呢？当年舜把位置禅让给大禹，伯成子高认为世道要衰落了，天下要大乱了，便不再做官，回家去种地。而现在也同样世风日衰，天下大乱，我该到哪里去栖息呢？他对这个社会的不公感受深刻，他对自己的前途更是充满了迷茫。②

他说，喜欢我的人对我十分体恤、照顾，不喜欢我的人为何忍心落井下石？这是在说那些整天嚷嚷着要朝廷砍了他脑袋的那些人吗？还是另有所指？

---

① 《万愤词投魏郎中》："南冠君子，呼天而啼。恋高堂而掩泣，泪血地而成泥。狱户春而不草，独幽怨而沈迷。兄九江兮弟三峡，悲羽化之难齐。穆陵关北愁爱子，豫章天南隔老妻。一门骨肉散百草，遇难不复相提携。"
② 《万愤词投魏郎中》："树榛拔桂，囚鸾宠鸡。舜昔授禹，伯成耕犁。德自此衰，吾将安栖？"

他说，伍子胥被吴王逼迫着自杀，装进皮袋子扔进了江里，彭越则被刘邦他们剁成了肉泥。为什么自古以来的豪杰，竟会是这样的下场呢？他说伍子胥、彭越，其实是在说自己。他自认为是不比他们差一丁半点的豪杰啊，难道他也会落个与他们同样的命运？

无论是给崔涣，还是魏郎中，他写诗的目的，都是为了求救。所以在诗的最后面，他都无一例外地希望他们能够明察秋毫，施以援手，使自己脱离牢狱之苦。

《上崔相百忧章》《万愤词投魏郎中》充溢着他的忧伤、他的悲愤，是他所受牢狱之灾的结晶与补偿。在一般的唐诗选甚至李白诗选中，这两首作品很少见到，一方面也许与其用典过多，不够通俗易懂有关；另一方面，也许是因为它们采用的不是唐代最常见的诗歌形式，从而有意无意地遭到忽略。

但我要说，这些以四言为主组成的句子，就像鼓点一样，短，急促，直接震动着神经，使人不由自主地被其中充溢的感情感染，从而为之悲，为之愤。它们像他的那些长短不拘的乐府诗一样，具有震撼人心的力量。它们也向我们展示了李白文学语言上的多样性。他可以通俗，浅显易懂；也可以典雅，甚至深奥，一切均为了更好地表达感情。他是以气御剑的典型。只要那股气奔走着，充溢着，这里的剑可以是刀，可以是枪，可以是其他任何一件武器。在语言上，他是十八般武艺，样样皆通的。

向朋友的求助

让他痛苦的还有，历史好像在戏弄他，他和当年的朋友高适成了政治对立面。想当年，他和杜甫、高适痛饮高歌的时候，是何等的亲密，而现在，却不知不觉间成了敌人。

从今天保存下来的资料看，李白当时通过一个考进士的读书人张梦熊委婉地向高适表达过求救之意：他说他当时正在狱中读《史记》中的张良传，正好张梦熊去看他，他听张梦熊要去拜访当时的淮南节度使高适，便给张梦熊写了一首诗。

这是一首很奇怪的诗，怪就怪在，他明明要向他当年的朋友高适求救，却又不明说，而是在诗中大谈特谈汉代的张良（他终生的偶像）当年如何如何不凡，现今张梦熊同样才华不凡，一定能够得到高适赏识。只是在最后，他说他在狱中，没有邹衍当年那样的冤情，再哭也不会在大夏天哭下飞霜来，死就死呗，大不了"玉石俱焚"。这儿，谁是玉？李白自己？那么谁又是石？反正和上一句皮里阳秋的话一样，这一句也同样说得不明不白。

从这封信上，也可以看出李白为人处世的"分寸"：对于他认为的同一阵营的人，他可以毫无心理障碍地向人家求助，如宰相崔涣、魏郎中，他都是这样做的。而对于他的敌对者，即使是当年的朋友，他也没有露出任何的哀怜、乞求相。在大的是非原则问题上，他很清醒。

但高适和他一样清醒，对他的求助，采取了置之不问的态度。他们已分属不同的阵营。说白了，就是敌人。为他求情，是要冒政治风险的。他和高适的友谊也就"戛然而止"了。友谊在政治面前，往往是不堪一击的。所以，要让两个好朋友闹翻，就让他们持不同的政治观点和立场。

据说，营救李白出狱的，是当时的天下兵马副元帅郭子仪、宰相崔涣、御史中丞宋若思他们。还据说，郭子仪当时还向皇帝提出来，要以自己的军功抵偿李白一命。

不是他们，按照当时"世人皆欲杀"的情形，李白多半是要被砍头的。

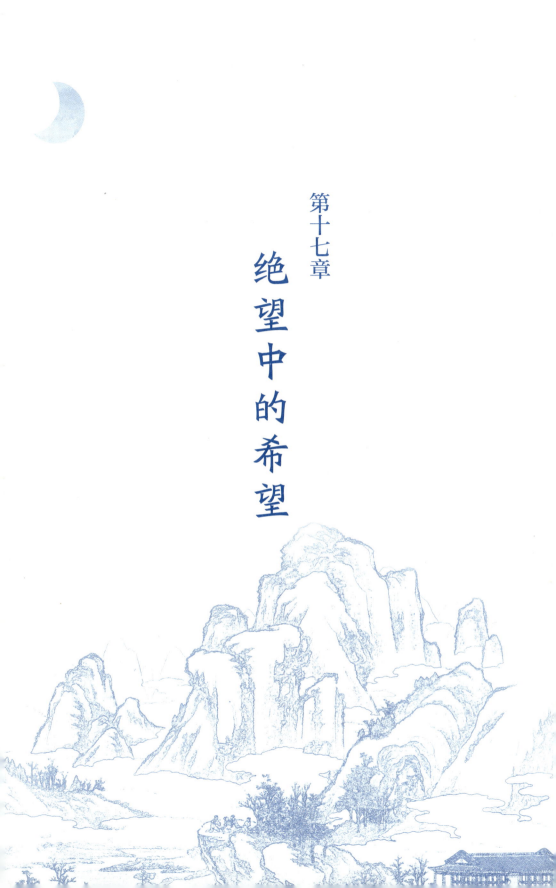

第十七章

绝望中的希望

不是佯狂，是真狂

宋若思是李白的朋友宋之悌的儿子。据说，是他亲自审理了李白一案，认为是"冤案"，不但为其平反昭雪，宣判李白无罪，把李白从监狱里放了出来，还让他做自己的参谋人员。李白也知恩图报，发挥大笔杆子的作用，为他写了《为宋中丞请都金陵表》，想请皇帝把首都搬到南京去。

他对南京一直有好感，当年辅佐永王时，就认为南京是"龙盘虎踞帝王州"。现在，面对肃宗，他又旧事重提，却未意识到，南京是个偏安之都，对于平定中原，安定天下，并不利。他还写了《为宋中丞祭九江文》，这是宋若思率军从浔阳渡江去平定安史之乱时写的祭江文。今天看来，这些都是典型的公文，李白写来依然是不在话下。

他在宋若思幕府中，还代宋若思给朝廷草拟了一封表，这其实是一份向朝廷为李白要官的表。

宋若思说李白是冤枉的，参加李璘集团也是被迫的，他已认识到错误，中途逃跑，并主动自首；说李白一案经过他和崔涣的审理，已经为其平反；说李白有经邦济国之才，也不愿意长期沉沦民间，做一个隐士。他的诗文可以改变社会风俗，学问可以推究自然与人类的方方面面，反正那意思就是啥都行。这样一个国家杰出人才，却连芝麻绿豆官都没做上，天下人都为他抱屈。

他还说，当年汉高祖刘邦的时候，"商山四皓"都隐居不出，为了辅佐汉惠帝才出了山。这说明，君臣之间的离离合合，也是命中注定的，是天数。

他借这个典故来说什么呢？实际上是说，当年玄宗没重用他，现在已是肃宗时代，一朝天子一朝臣，是不是到了该重用他的时候了呢？难道皇上你忍心让李白"名扬宇宙"，却当不上一官半职，从而憔悴不堪？

结论就是，这样的人，要重用。李白此时提出的请求是，请皇帝给一个"京官"做。也就是说，他还是想回到长安去，回到皇帝身边去。这是他的美好打算。他的理由是，皇上你用了李白，相当于树立了一个榜样，一个导向，那么四海的人才，就会慢慢地聚集到皇帝您的身边来。

不知李白写这封信时，脑子是否清醒，什么"文可以变风俗，学可以究天人，一命不沾，四海称屈"，什么"岂使此人名扬宇宙，而枯槁当年"，这些自我表扬到肉麻的话，他也毫无顾忌地写在了给皇帝上的表上。

郭沫若认为这封表不是李白所作。他对此的评价是："这如果真是出于李白的手笔，李白不简直是个狂人吗？"

问题是，在某些时候，李白本身就是个"狂人"，后来他的小兄弟杜甫，说他"佯狂"，也是对他不了解的表现。他对自己的能力特别自信，有时到了严重自恋，甚至完全失去正常理智的地步。他的许多诗文，给人的印象，就是在不理智、不清醒、迷狂的状态下写出的。而这样的文章呈现在一个清醒、理智的读者（包括皇帝）面前，会留个什么印象？

反正最后的结果是，宋若思不但没给李白要上官，还把唐肃宗李亨给惹火了，毫不客气，把李白"长流夜郎"。

按照唐代的法律，李白犯的是"十恶不赦"中最严重的"谋反"罪，本应是死罪，但因宋若思等人的活动，最终被判了流放，但却是最重的"加役流"：流放三千里，时间为三年。①

夜郎在今天贵州遵义附近，当时是最艰苦的地方，相当于沙俄时期的西伯利亚。长流夜郎，这让刚刚出狱不久的李白一下子又跌入了人生的深渊。

人生的转机

这恐怕是李白一生中最绝望的时刻。他的冲天志向、宏伟抱负、绝世才华，最终换来的却是流放夜郎。当年，他听说自己的朋友王昌龄被贬官到贵州的龙标时，满怀深情写下了这样的诗句：

> 杨花落尽子规啼，
>
> 闻道龙标过五溪。
>
> 我寄愁心与明月，

---

① 参见《唐律疏议·名例三十》。

随风直到夜郎西。

（《闻王昌龄左迁龙标遥有此寄》）

没想到今天，自己也有了和王昌龄同样的命运，而且比王昌龄更惨。但经过了半年牢狱生活的折磨，他已经没有了"愤"，只有"愁"和"泪"了：

他说，他所去的夜郎，路途遥远（他比之为"天路"），就是飞鸟也要嫌长，更何况人呢？而他春天从浔阳（今江西九江）出发，整天处在奔波、愁闷之中，以至于觉得春天流逝的速度加快了，春天也比往年变短了。

他说，与亲朋好友们一一告别，是真正的远别，眼泪都流尽了；整天发愁，心像被什么东西摧毁了一样。

他说，我从黄牛峡出发，一路上听着猿猴悲惨的啼声，心中满是愁苦。人家都说，卷施草拔心也不死，而现在我的心也被拔去了。也就是说，他的心已死了。在这种状态下，面对朋友的送别，他还能说些什么呢？

他说，路过黄牛峡的时候，船只行驶得多么缓慢，走了多少天，还没走出来，愁得他鬓毛都发白了。

总之，去夜郎的路上，他的心情和逆流而上、缓慢行走的船只一样，是极度压抑苦闷的。

但要说他完全绝望了，倒也并没有。

他企盼着皇帝颁布大赦令，能让他早早回去。这并不是不可能。当时遇上新皇帝登基、册立太子、郊祀、大旱、改年号等国家大事，一般要大赦天下。但什么时候赦，赦到什么程度，什么范围，却很

难说。

所以，在路上，他说，我一边行路，一边盼望着来阵雷雨（也就是大赦），好滋润我干枯的心灵。但这场及时雨什么时候才能来呢？他不知道。他只能愁闷。

他又把自己比作屈原，说自己被流放两年了，脸色憔悴不堪，几时才能回去呢？他不死心，却也不知道自己什么时候才能"解放"，只能在苦熬中盼望，在盼望中苦熬。

他还把自己比作贾谊，说自己被流放到夜郎，三年也不许回去，啥时候皇帝才能想起我，把我召回长安呢？回长安是他的梦，啥时候这个梦能圆，不知道。但有没有这个梦，却大不一样。有了这个梦，他就有了盼头，不致彻底沉沦下去。这个梦，是他的一个精神支撑。

他在另一首诗中说得更明白了：我流放夜郎这么偏远的地方，整天发着愁，啥时候皇帝才能大赦我，让我回去呢？大赦是他目前最爱做的梦，就像当年他的平定天下的梦一样。他现在之所以不再做平定天下的梦，是因为条件不允许了。条件一旦允许或者稍稍有点这方面的希望，他立马就会再做这个梦的。他一辈子都生活在各种梦想中。

反正，在去夜郎的路上，他都是边发愁，边做梦，梦想着皇帝能赦免他。这对他是一个最大的希望与慰藉。

他别的梦没实现，这个梦却最终实现了。

在他走到半路的时候，唐肃宗便因天下大旱大赦天下，他这个流犯，一下子就成了自由人。

他说，他这辈子遭遇了两位"明主"，结果，在唐玄宗手里，被赠金放还，离开了朝廷；在唐肃宗手里，更惨，被流放到了夜郎，整天在荒山野谷中奔波。不过，他又说，他这是自作自受，不怨人，也不怨天，都是自己太愚蠢，才陷入了罗网之中。怎么越听越像是在说反话呢？这可是他的拿手好戏啊。

当然，这些委屈在突然得到的自由面前，又算得了什么呢？他告诉我们，他得到被赦免的消息后，就像飞出笼子的鸟一样，感到天地是那么空阔无边。

他的兴奋溢于言表。

在回来的路上，他写下了有名的《早发白帝城》：

> 朝辞白帝彩云间，
>
> 千里江陵一日还。
>
> 两岸猿声啼不住，
>
> 轻舟已过万重山。

这首诗和顺流而下的船只一样，充满了轻快、欢快、畅快，那些忧愁、不快都已成为过去时，一扫而尽。他又恢复了李太白的真面目。每一个读者都会感受到他奔跃于胸中的那股激情，那股青春气息。谁能想到，这会出自一个近六十岁的，已届人生黄昏的诗人之手呢？

在诗中，李白永远是青春的、不老的。

幻想的再次泛起与沉落

这次大赦，并非专门针对他的特赦，但依然让他对他的人生前景产生了幻想，以为朝廷看上了他的文章，会再次重用他。

他说，去年他在流放夜郎的路上，忧愁苦闷，没了创作的心思，连砚台中的墨水都干枯了。今年在巫山被皇帝赦免，他的笔像蛟龙一样翻腾起来，发出闪闪的光芒。他觉得唐肃宗还是要看美妙的文章的，他又恰好是司马相如这样的大笔杆子，他不用我用谁呢？他那一显身手的心思又动了，似乎美妙的前景又在等着他了。

他被这虚幻的前景鼓舞着，心情好得不能再好，见了朋友，不再是苦脸相对，而是愿把整个鹦鹉洲都打扫得干干净净，来招待朋友。怎么个招待？大喝他个一百场，不醉不休。当然，喝大了，要吟诗，要大喊大叫，连楚地的白云都被惊动了，绕着七泽乱飞；湖南的青青流水也都震动摇荡起来。

当然，这是李白喝高兴了胡吹牛。兴致一上来，他就觉得，光在岸上喝，多没意思，还要开了船，载了美酒，到湖中喝，到江上喝，花多少钱也不在话下，边喝酒，边看江上、湖上春天的美景，那才惬意哩，那才叫享受人生哩。①

看看，他现在的心情多么好，他的那支笔又开始带上了洒脱，带上了豪迈，带上了一股谁也挡不住的气势。那个我们最常见到，也最爱见到的李太白似乎又回来了。尽管我们清楚，他这点子高兴、欢快持续不了多久。但我们还是愿意他高兴起来，愿意他的笔飞扬起来。

在一篇送人的序中，他同样的"大言不惭"：现在唐朝已不再追究"季布"的责任，应该是重用"贾谊"的时候啦。

季布曾是项羽手下的爱将，好几次逼得刘邦走投无路。刘邦得天

---

① 《自汉阳病酒归寄王明府》："去岁左迁夜郎道，琉璃砚水长枯槁。今年赦放巫山阳，蛟龙笔翰生辉光。圣主还听子虚赋，相如却与论文章。愿扫鹦鹉洲，与君醉百场。啸起白云飞七泽，歌吟渌水动三湘。莫惜连船沽美酒，千金一掷买春芳。"

下后，曾下令悬赏千金捉拿季布，要报当年之仇。后来，听人劝说，赦免了季布，还给他了个郎官做。李白在这里用这个典故，无非是说，朝廷既已赦免他，不再追究他的罪责，那么，也应该像当年汉高祖刘邦重用季布那样，也重用他。他说"当征贾生"，和《自汉阳病酒归寄王明府》中提到的"圣主还听子虚赋，相如却与论文章"都是这个意思。

所以，他开始向皇帝表示，希望能够重新回到"工作岗位"上去，好有机会收拾制造动乱的那些混账小子。

在写给江夏太守的诗中，他说，他从夜郎被赦免回来，就像寒谷中吹来了暖气，死灰中冒出了烟火。他从中看到了重生的希望。当然，他的落脚点在后面一句话：将来你到朝廷任要职的时候，可千万别忘了我。他生怕朝廷忘了他，生怕这辈子就这么"庸庸碌碌"。如果仅仅写出点诗文，而没做出点惊天动地的事业来，他总觉得对不起自己的天才似的。这不仅是他个人的看法，也是当时所有读书人的看法。就是到了中唐的白居易，依然在为李白写出了那么多"惊天动地"的文字，却没能当上一官半职，仍是一介平民感慨不已。只能说，要干出点"事"来，或更准确地说，要当上个官，而不仅仅是写出点"文"，是当时所有读书人的人生追求和价值追求。

他又说，半夜三更他睡不着，不停地叹息，就为目前的国家局势。当时郭子仪、李光弼等九节度使大败于河南相州，史思明再次攻占洛阳，形势不容乐观。但此时我们的诗人一点也不悲观，依然是雄心勃勃。面对这种糟糕的局势，他说的是：自己怎么才能像后羿射落太阳那样，一举消灭安史叛军呢？意思很明白，就是朝廷如果重用了我，我就会像后羿射落太阳那样，收拾了安史叛军。他现在又像刚下

庐山时一样壮志凌云了。

不用说，他的美好愿望再次落空了。

原因很简单，此时的朝廷里没有人会用李白。肃宗朝廷进入了和玄宗后期同样的怪圈，只是用宦官李辅国代替了李林甫、杨国忠，用自己的老婆张良娣代替了杨贵妃，可以说是每况愈下，一茬不如一茬。当年那些帮助李白的，比如张镐、崔涣、宋若思，更让唐肃宗给戴上了"玄宗派"的大帽子，一个个被先后远远地打发了。更为重要的是，在唐肃宗眼里，李白不仅是玄宗派，还是李璘派，谋反分子，别说没人推荐，就是有人推荐，也不会用他。所以，朝廷要用他，只能是李白一厢情愿的单相思。

他在湖南、湖北待了一年多，多半是在等朝廷重用他的消息，但最终等到的还是失望。他开始苦闷了。

他说，新皇帝上来了，东西两京收复了，就像来到新的天地一样，而法令宽松，大赦天下，连他这样的流放犯都给赦免了，只是他却怎么也高兴不起来，心中好像被一层寒霜蒙着。这时候，他的第一感受是苦闷，是来自心底的苦闷。痛苦、辛酸过去了，接着来的还是痛苦、辛酸。怎么办？他只能喝酒。这是他逃避痛苦的"良方"，也是他最常想到，也最常采用，其实也是最无奈的应对现实的方式。

他说愁一来，他可以饮酒二千石，这和"白发三千丈"一样，都是夸张。但夸张得让人觉得非但不离谱，还挺适合他。就像吹惯了牛的人，他不吹，你反而觉得不正常。一切夸张在李白这个生性夸张的人这儿，都是正常的表达。不如此不是李白。夸张，在别人，有可能是丢乖出丑，在他，却是出自生命本能、带有生命印记的。

有意思的是，在喝大了后，他又觉得自己满血复活了，从寒冬来到温暖的春天了。他又豪气干云天了，说什么晋朝的襄阳太守山简喝得大醉，还能骑骏马，被看作风流倜傥之举，我为什么不能呢？可惜的是，这儿的风光就像头陀寺一样，带上了和尚们的"僧气"（是指一本正经气呢，还是迂腐气呢？），一点儿也不能让人满意。既然游山玩水没意思，那还不如我们吹着笳，打着鼓，坐了船，到大江上去，再把那些江南的美女们叫上，唱着歌，跳着舞，多好。

当然，听着歌，赏着舞，心中的那股烦闷就消除了吗？并不，现实的问题依然横亘在那儿，似乎在某个时刻在他胸中折腾得更厉害了。于是，我们的诗人决定"动手"了，光喝，光看，光听，可解决不了问题啊。他撸起了袖子，甚至可能跳上了桌子：我要为你捶碎黄鹤楼，你也为我推倒鹦鹉洲。这更是大话，醉话。这样的话，不是喝醉的人说不出来。光喝醉，没有李白那样的才情、奇思妙想也说不出来。老天似乎就是派李白喝醉了，来说这些惊人的同时也是迷人的话。当然，在当时，他的朋友多半是要把他一把按住的。

令人惊讶的是，在他的大话说出之后，他突然冒出了一句：当年赤壁争战的英雄们而今何在呢？还不是如同做了一场梦一样。这样的跳跃性思维，让他的好些诗句在理性的解读者眼中，往往找不到线头，接不上线路，以致有人认为其"思路混乱""逻辑不清"。

其实，读李白的诗，要根据他的情绪走。他的情绪就是诗中游走的气。如果他的气断了，那他的诗就失败了。如果他的诗是一气贯注，那他的诗依然是成功的。对诗太讲逻辑，相当于拿数学公式来解诗，费力不讨好。他多半是突然想到，在死亡面前，一切都如过眼云烟。再伟大的英雄都抵挡不住时间的清洗。既然如此，那还是抓紧现在吧，让我们听歌看舞，来打发目前的忧愁吧。

其实，在他的思维中，暗藏着这样的逻辑：功业得不到，痛苦；得到了，同样不能长久。自己能掌握的，似乎只有现在。他的结论只能是及时行乐，用所谓的享乐来消除功业无法成就的痛苦。这真是没办法的办法。

庐山谣：山水与梦想

如果饮酒也无法解除他现实生活中的痛苦，那么，他自然而然就会想到另一个"法宝"，那就是寻道求仙。在他被唐玄宗赶出朝廷时，他采用了这一法子，加入了道教，正式成为道家信徒；在李璘失败后，他逃到司空原，依然想用这一法子来打发余生；而现在，流放夜郎被赦免，想在政治上有所作为却又看不到任何希望时，他自然又开始向求道寻仙之路进发。这是他每次政治追求失败后的一大安慰，也几乎成了他心理和行动上的惯性。

他再度来到了弥漫着仙气的庐山，并留下了著名的《庐山谣寄卢侍御虚舟》。有意思的是，好些人因宗教而损伤了文学，而在李白这里，宗教不但没伤害他的文学，反而在某种程度上成全了他的文学。他的那些山水诗，相当一部分就是他寻仙求道的副产品。

> 我本楚狂人，凤歌笑孔丘。
> 手持绿玉杖，朝别黄鹤楼。
> 五岳寻仙不辞远，一生好入名山游。

当年孔子周游列国，传播自己的治国理想，到楚国时，楚国的

"狂人"接舆路过他住的地方，唱着歌子，说："凤凰啊凤凰，你能奈何得了道德人心的衰落吗？"这就是李白所说的"凤歌"。①

而这里，李白则毫不客气地说，自己就是那个楚狂接舆，也是有胆量嘲笑你们眼中圣人的那种人。他这样说，其实是为他的访道求仙的行为张本，或者说打广告：从此以后，孔子治国平天下的那一套，对我不起作用啦。俺不要什么功业功名啦，在长生不老的仙人面前，它们又算得了什么呢？这本是无奈的选择，但他一旦选择了，就必须得给自己找出一套说辞。而且，每次无论他是出山准备大干一番也好，还是铩羽归来、归隐求仙也好，他都能说得振振有词，煞有介事。

既然看不上世俗的功名，那么，还留在江夏（今武汉）干什么！所以他告诉我们，他手拿着神仙经常拿的绿玉杖，大清早就离开了江夏城。干啥去？寻找神仙去。他说他这辈子为了能找到神仙，从而自己也成为神仙，名山胜水就是再远，也要去。因此，他最大的喜好就是到各地的名山胜水游玩。他这里把他与山水的关系说得很清楚：游山玩水是手段，寻仙访道是目的。所以，我们今天真要感谢李白所具有的这种神仙思想，正是它们，促使我们的大诗人一生也未间断对山水探寻的兴趣，从而也就可以不断地为我们奉献出美妙的诗句。

而他上面之所以说这些，就是为了要引出他这次来到庐山。他一生与庐山结下了不解之缘。刚出川漫游东南时，他第一次上庐山，给我们留下了《望庐山瀑布》这样的杰作；安史之乱后，他又跑上庐山以避乱世，但终究心太热，没避得了；而这次，从夜郎归来，他最终还是选择了庐山。今天看来，庐山是他的福山，最起码是他文学创作

---

① 《论语·微子》："楚狂接舆歌而过孔子，曰：'凤兮凤兮，何德之衰？'"

上的福山。

> 庐山秀出南斗傍，屏风九叠云锦张，影落明湖青黛光。
> 金阙前开二峰长，银河倒挂三石梁。香炉瀑布遥相望，回崖
> 沓嶂凌苍苍。翠影红霞映朝日，鸟飞不到吴天长。登高壮观
> 天地间，大江茫茫去不还。黄云万里动风色，白波九道流
> 雪山。

那么，庐山在他眼中呈现出什么样的景象呢？他用了一个"秀"字来概括，这是庐山给他的第一感受，也是最直接的感受。而对庐山整体的感觉，他是这样说的：庐山是以挺立在南斗星旁的秀丽姿态著称的。这是在说庐山的最大特点，也是在说庐山的具体位置。从这一句开始，李白就成了一位出色的导游，开始为我们娓娓介绍庐山的美景了：

"你们看哪，眼前的这九座山峰，像不像是九叠云屏？而这九叠云屏，像不像是铺展开来的锦绣云霞？大家再看，这庐山倒映在鄱阳湖湖面上，湖光山色交相辉映，泛出青黑色的光芒，是多么地绮丽迷人呀。

"再看那金阙岩前的两座高峰，一座叫香炉峰，一座叫双剑峰，左右对峙，合起来像不像一座大门？金阙，顾名思义，就是金色的大门，金阙岩这个名字，就来源于这两座高耸如门的山峰。

"这座大门里有什么呢？大家肯定早看到了，那儿有瀑布倒挂下来，像不像是银河流泻而下呢？我以前写过一首《望庐山瀑布》，写的是香炉峰的瀑布，大家远远地是不是也可以看到那儿的瀑布？大家发现没有，香炉峰瀑布和这儿的瀑布不一样，它是从高空"飞流直

下"的，我第一次看到的时候，最先想到的也是银河。可这儿的瀑布有三个房梁一样的石头挡住了它们的去路，使得我们看到的瀑布是"三折而下"的。这两股瀑布就像牛郎织女一般遥遥相望，是不是有股子脉脉含情的味道呢？

"不知大家发现没有，庐山的山是连绵不断的，是一个山崖连着一个山崖，一座山峰连着一座山峰的，而且每座山峰又是那样高耸，像宝剑一样直插苍穹，多么莽莽苍苍，多么迷迷茫茫，里面不知居住着多少神仙呢。

"当然，大家如果是早上来的话，看到的就会是另一番景象：太阳刚刚出来，天边的霞光，空中的云彩，变成了五颜六色，与金色的太阳交相辉映。大家想想，那会是怎样的一番景象。所以，看日出，不仅要到泰山去，也要到庐山来。

"当然，我所介绍的，仅仅是庐山的一部分，而且还是很小的一部分。大家知道庐山有多大吗？我毫不夸张地说，就是只飞鸟，也不可能飞过庐山去。

"不过，如果仅就庐山看庐山，那么，庐山给你的感受还不是最充分、最高级、最震撼的。因此，我要请大家登上庐山最高峰，去眺望那天地间的壮观景象。你会看到，在茫茫的天地间，滚滚长江东流而去，永不回还的景象；也会看到，在万里长风的吹拂下，无边无际昏暗的云彩不断变幻着形象的景观；还会看到，长江分为九道，浩浩荡荡像簇拥着一座座雪山一样澎湃而去，此时此刻，你们会是怎样的一种感受呢？反正，我是震撼了，陶醉了，非要写诗不可了。"

好为庐山谣，兴因庐山发。

闲窥石镜清我心，谢公行处苍苔没。

早服还丹无世情，琴心三叠道初成。

遥见仙人彩云里，手把芙蓉朝玉京。

先期汗漫九垓上，愿接卢敖游太清。

最后，他说，我这个人特爱写庐山，唱庐山，你们也许不知道，我只要一看到庐山，就有歌唱的冲动。我写了那么多有关庐山的诗，都是在庐山的激发下完成的。所以，奔波来，奔波去，到了晚年，我又回到了庐山。我要与庐山长相厮守了。现在，我每天有空时就照照这儿的石镜，那里可以让我看到自己，审视自己，那儿有另一个我与我对视。我已经不再年轻，我已经经历了那么多兴衰荣辱，我已经把世俗的世界全部看清。我的心灵在这面镜子前平静下来了。谢灵运，这是我曾经尊崇的一个诗人，他当年也来过庐山。可是，他早已离开了这个世界，他当年在庐山留下的足迹也早已被青苔湮没了。我难道还要重蹈谢灵运的命运？不，我绝不能这样，我所希望的是永恒，是神仙那样的永恒。因此，我早已服下了道家最高级的仙丹，断绝了尘世的俗念，虔诚修炼，已有所成。我现在已经可以在彩云中远远地看见仙人们啦，他们常常手拿着芙蓉花，朝拜着元始天尊。你信不信？我早已和神仙们约好，要在茫茫九天上会面，希望你，我的朋友，也能与我一块儿去遨游那永恒的太空。

他此时的意识进入迷狂状态了？还是修道过度，出现幻觉了？还是把梦当真？总之，他看到了仙人们，也企盼着能尽快与他们在一起。这不是他第一次看见神仙。他以前在诗里多次写到他看见了神仙。不知他只是用诗表达一下渴望见神仙的心情，还是幻觉使然。

他年轻时曾与老道司马承祯相约一块儿遨游太空，肯定是没遨游成；而现在，他又向新的朋友发出了邀约，他多半感到了时间压迫的紧张，所以，才更加渴望着要得道成仙。他多半也感到了访道求仙的孤独，所以，才希望朋友们也能加入这一行列。他多半还是要失望的。但这个失望什么时候来，却不知道。他曾在《月下独酌》中说，要和月亮结伴一块儿到银河去漫游。一旦朋友失约，他会不会再次举杯邀请明月同去呢？

最后的一搏

他在庐山并没有待多久。多半是吃饭问题无法解决。此时他是一个被大赦的谋反分子，没有工作，也没有其他收入来源，在山上餐风饮露肯定是解决不了人类生存的根本问题的。

下山后，他主要往来于宣城（今安徽宣城）、历阳（今安徽和县）两郡之间，到过南昌、南京等地。据他后来写给从叔李阳冰的诗，我们可以知道，他在这些地方，过得相当窘迫。他说，那些凤凰可怜我这只作客他乡的鸟（注意，以前他总是以凤凰自比，现在，他却把"凤凰"这样的神物送给了南京城的官员们、文人们，而自称是作客他乡的鸟。真是形势逼人呀），纷纷发出了伤心的叫声（对我表示同情），拔出它们的羽毛送给我（对我的馈赠、救济）。

他说，他们的情意，真是比泰山还重。遗憾的是，和他的花费相比，朋友们的捐赠也仅是杯水车薪。他用了一个相当形象的比喻：朋友对他的捐赠就像一斗水浇在长鲸上，不顶多大用。看来，这时候，他依然没有学会节衣缩食过日子，还是大手大脚，有多少花多少。①

这时候，他听说李光弼率大军讨伐史朝义（该年3月，史朝义杀了自己的父亲史思明取而代之），进军安徽临淮一带，他的心思又动了。此时他已六十一岁，但毅然决定去从军。他仅仅是要报国吗？要洗刷旧耻吗？也许并不这么简单。当他看到现实中的自己过着靠人救济甚至施舍的生活，一向高傲至极的他会是什么感觉？而且，当现实中的他与他一贯自我塑造、自我定位的他产生了巨大的背离后，他又怎么看待自己？他可是要"使寰区大定，海县清一"的人，他可是要做谢安、张良、诸葛亮那样的人啊。他能容忍得了自己这样"平庸"？他此时心理上又承受着怎样的痛苦？所以，越是到晚年，他越不会放过任何足以实现他心中梦想的机会。这不仅关系到一生抱负能否实现的问题，也关系到他现实生存以及自我评价的问题。

他上路了。但让他没想到的是，这一次却是自己的身体阻碍了他的梦想。他在半路得了病，据说是"腐胁疾"，似乎还很严重。学过医的郭沫若认为，"顾名思义，当是慢性脓胸穿孔"，并认为他的病源是"酒精中毒"。

他只好从半路返回南京。然后，又从南京前往从叔李阳冰任职的安徽当涂。

他说，他遗憾没有李左车那样超人的谋略，也羞愧没能做出鲁仲连那样的功业，但他还是要重新拿起宝剑，穿起军服，原因很简单，就是他要洗刷旧耻，来报答朝廷对他的"恩荣"。他称这个旧耻

---

① 《献从叔当涂宰阳冰》："小子别金陵，来时白下亭。群凤怜客鸟，差池相哀鸣。各拔五色毛，意重泰山轻。赠微所费广，斗水浇长鲸。"

为"会稽耻",这是在用越王勾践的典故来说事。越王勾践当年被吴王夫差包围在会稽山,被迫求和。吴兵退后,他天天"卧薪尝胆",对自己说:"你难道忘了会稽山被围之耻吗?"最终打败了吴国。李白这里引用,是说他因追随永王被流放夜郎的"自身之耻"呢,还是说安禄山攻陷长安的"国家之耻"呢?恐怕兼而有之。这里的"恩荣",是说当年唐玄宗让他待诏翰林之"荣",唐肃宗把他从夜郎赦免之"恩"?还是有点说反话的味道呢?

他走在半路上,还是因病返回了,没有机会参加李光弼讨伐叛逆的战争了。这让他想起了汉初的游侠剧孟。当时吴楚七国发动对朝廷的叛乱时,汉朝的主帅周亚夫在河南遇见了剧孟,非常高兴,说吴楚造反却没有把剧孟这样的人才请去,可以断定,他们成不了什么大气候。自己得到剧孟,就像得到一个国家一样。他这时把李光弼比作汉代的周亚夫,把自己比作剧孟。可见此时,他的自我评价依然是不变的:他是壮士,是国士,是天下之士。这是他一贯的自许,永远都不会改变。他遗憾的只是因为疾病,而错过了这一使他实现抱负的机会。

他说了一句很沉痛的话,叫"天夺壮士心":他的心还是壮士心、国士心,但老天(这里也可以说是命运),却逼迫着他放弃这颗壮士心。或者准确地说,心还是壮士心,身却不是壮士身了。离了身的支持,心此时只能徒唤奈何了。在疾病面前,任何伟大的人物,任何雄心壮志也不得不屈服。他这最后一次努力,只能被迫放弃了。

他肯定是心有不甘的，但又没办法，只好遗憾地离开了南京。[1]

很多人用曹操的"烈士暮年，壮心不已"的诗句来评价李白这次的从军之行。这是没错的。他的一生，无论是年轻时代，还是晚年，那颗心从来没有衰老过。他是典型的"生命不息，奋斗不止"的代表。

---

[1] 《闻李太尉大举秦兵百万出征东南，懦夫请缨，冀申一割之用，半道病还，留别金陵崔侍御十九韵》："恨无左车略，多愧鲁连生。拂剑照严霜，雕戈鬘胡缨。愿雪会稽耻，将期报恩荣。半道谢病还，无因东南征。亚夫未见顾，剧孟阻先行。天夺壮士心，长吁别吴京。"

第十八章

人生的归宿

当涂：无奈之下的选择

他是冬天来到当涂的。当涂，成了他人生的终点站。这一点，不知道他意识到了没有。我感觉，他是意识到了。他最后投奔的是本家叔叔李阳冰，带有托付后事之意。此时，他的父母多半不在了，他的兄弟也不在身边。他似乎已经无人可托了。

他投奔的从叔李阳冰当时是当涂的县令。当然，这仅是他的一个身份，他还有其他身份。比如说，诗人。按李白的说法，他的诗文采斐然，就像天上的星星发出的璀璨光芒。他美丽的诗句传遍了江南大地，他的才华超过了天上的神仙们。这是他一贯的夸张作风。当着自己叔叔的面，也免不了这一套。当然，更大的可能是，他和这个从叔并不熟。他现在要求人家，不得不说些恭维话。①

李阳冰还有一个身份，那就是名扬天下的书法家。他写的小篆被后人认为在唐代是独步天下的。当时著名书法家颜真卿给人写碑志，非要李阳冰用小篆题写碑头才行。并说，只有这样，世上书法的双璧

---

① 《献从叔当涂宰阳冰》："吐辞又炳焕，五色罗华星。秀句满江国，高才掞天庭。"

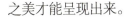

之美才能呈现出来。

所以，李白在写给他的诗中，说他这个从叔是当代杰出的人才，虽然没有高官显位，却声名赫赫。说他写的小篆，就像浓云崩裂一样让人震惊。①

只是他来到当涂，并没有向李阳冰明说他已到穷途末路，是来投奔他的。这也同样可以看出他性格的另一面。他多次写信向人自我推荐，毫无心理障碍，这主要是因为他极度自信。可是，他也同样的极度自尊。每到自己遭遇困难、需要他人帮助时，他都不会露出任何哀怜之相。但现在，随着晚年和疾病的到来，他将不得不寄人篱下时，他又如何开得了口？我们可以想象得到，此时，他心理上不知遭受着怎样的痛苦和折磨。

从他后来写给李阳冰的诗看，当时李阳冰并不了解这一情况，多半以为他是来走亲戚，待几天就走。所以，在他们告别的时候，李白才用诗表达了自己的窘迫无奈之情。他说了自己在南京受人接济，依然无法生活的遭遇后，谈到他当前在当涂的感受：他就像平原君门下的冯谖，弹剑奏出的也是像这冬天一样又凄苦又寒冷的声音；凛冽的寒风在门前呼啸着；早上起来的时候，清冷的月亮还挂在天门山上；大江中的牛渚山，落满了凄凉的白霜。而正是在这种冷清、孤寂的氛围中，他长叹着踏上了归路。可到了渡口，却徘徊又徘徊，不知道到哪里去。此时，他的心中一定做着痛苦的挣扎。最后，在走投无路，实在没有办法的情况下，他给李阳冰写了这首诗，告诉他自己真实的

---

① 《献从叔当涂宰阳冰》："吾家有季父，杰出圣代英。虽无三台位，不借四豪名。""落笔洒篆文，崩云使人惊。"

情况。①

李阳冰看到这首诗，才知道李白已到了山穷水尽的地步，赶紧把他追了回来。这样，他就在当涂待了下来，度过了他人生最后的岁月。

死亡的警告与依然不停的美酒

只是，他似乎没意识到，这次的疾病，是老天对他发出的警告。或者他意识到了，依然是不管不顾。

在他生命最后的一年，他还到过历阳、南陵等地。他留给我们的诗句告诉我们，此时的他，神仙，不再求了。身体糟成了这样，又寄人篱下，还炼什么丹，求什么仙？能吃饱饭、喝上酒，就算不错了。功名富贵，也不求了。身体是革命的本钱。现在，这个本钱没了，翻盘的机会彻底没了，即使心有不甘，也已无力回天。

他的人生乐趣，全部集中在了饮酒上。今天看来，对于已在病中的他而言，这就像是慢性自杀，但在当时的他看来，却是快活一时算一时。他已对长生、永恒绝望了。他要紧紧地抓住这个目前似乎在加速前进的光阴。

他告诉我们，这年的冬天，他和历阳的王县丞喝大后，开始挥毫泼墨。写字和写诗一样，都是倾泻感情、疏解怀抱的方式。和李白性

---

① 《献从叔当涂宰阳冰》："弹剑歌苦寒，严风起前楹。月衔天门晓，霜落牛渚清。长叹即归路，临川空屏营。"

格相近的贺知章、怀素他们都喜欢这样做。李白也喜欢这样。不过，他一张嘴，就说自己一写起来，打都打不住，笔都写秃了上千支。只能说，他的这种夸张的作风，这种人生的豪气，至死都没变。真是性格决定人，性格决定诗。

他可不光是随便写写字，他写下的还是诗。也就是说，在他笔墨的挥洒下，他即兴写了许许多多诗。当时的现场是，只见毛笔起起落落，犹如龙腾虎跃。不用说，他写的肯定是像张旭、怀素那样的狂草，而用这样的狂草写下的，说不定就有我们所看到的这首诗。对于李白而言，书法，不仅是一种艺术创作，也是一种文学创作。

当然，有他在场的酒宴，自然少不了歌舞。这次是两个胡人舞女，她们甩动的长袖似乎要飞到天上去，她们的歌子也似乎唱到了清晨。看来，这次，他们多半是玩了个通宵达旦。这时，他们才发现，不知何时，门外已飘起了雪花。按常理，该休息了。但李白还是意犹未尽，非要举着酒杯，和王县丞比个高低胜负不可。他的兴致真是高啊，谁能想到，此时的他已是一个六十一岁的病人呢？

多半是王县丞喝多了，不愿再喝了；再不就是担心李白的身体，不敢再让他喝下去，我们的大诗人却不依不饶，拿诗开始"嘲笑""刺激"王县丞：你看，雪下得这么大，雪花比人的手还大。地都白了，又刮着风，这么冷的天，你还不喝酒，还想干什么？你还自比是陶渊明呢，陶渊明是不喝酒的人吗？白白浪费了这张琴，白白栽了这么些柳树，白白辜负了你头上的这片布了（头上的方巾，读书人的标志），一点情趣都没有，让我说你啥好呢？

反正他是挖空心思要逼着王县丞喝酒，和今天酒场上劝酒的酒鬼们没什么两样。我得说，这样的话，不是酒鬼说不出来，不是酒鬼也写不出来。他真是在用自己的生命写诗。此时，任何生活场景都可以被他信手拈来，变成诗，而且是充满着情趣和幽默感的诗。①

面对这样的诗，王县丞恐怕不想喝也得喝。

在告别王县丞时，他念念不忘的还是他们饮酒的场景。他说，你家中只要有酒，我哪还有什么忧愁呢？喝高兴了，我们点起蜡烛，秉烛夜游。我现在虽然年纪大了，但还能喝，也还能跳，感谢你让我免去了典衣买酒的尴尬和不便。②

对于王县丞这样盛情相待的朋友，他无疑是充满感激的。他们一定程度上给了他快乐，也给了他尊严。

而根据他对南陵刘都使的说法，他光喝酒的钱就欠下了许多。他给刘都使写诗，也就是为了向其"化缘"。他说他这时候依然是酒朋肉友成群打伙，整天高谈阔论，喝酒作乐。用他的话说，一天喝一千杯也不在话下。③

这里，他是向人请求经济支援，理由就是欠的酒债太多，支的酒场太多。这理由，对一个"酒仙"来说，真够充分、堂皇。虽然依旧免不了夸大的成分，但依然可以看出他此时生活的大致面貌。酒，几乎成了他人生的全部。他多半每天都在醉中，当然，是在有酒钱，或者没酒钱，别人也愿意赊的情况下。

他这一时期，还专门写了一首诗，悼念一位姓纪的卖酒的老人。他说，纪老汉去了黄泉，肯定还是干他的老本行——酿酒，只是地下

---

① 《嘲王历阳不肯饮酒》："地白风色寒，雪花大如手。笑杀陶渊明，不饮杯中酒。浪抚一张琴，虚栽五株柳。空负头上巾，吾于尔何有。"
② 《对雪醉后赠王历阳》："君家有酒我何愁，客多乐酣秉烛游。谢尚自能鸲鹆舞，相如免脱鹔鹴裘。"
③ 《赠刘都使》："归家酒债多，门客粲成行。高谈满四座，一日倾千觞。"

没有我李白，你的酒卖给谁喝呢？[①]他写得多么随意、随和、简单，就像他这个人一样。酒鬼遇见了卖酒的，而且还是卖好酒的，真是一点架子也没有。我们的诗圣杜甫和老农喝酒，嘴上不说，心里还怪人家没礼貌呢。而李白则不会，他只要喝得高兴，管你什么地位不地位、礼貌不礼貌。看得出来，在纪老汉生前，他肯定没少喝人家的酒，多半也没少欠人家的酒钱。所以，他的笔此时面对这样一个普通的卖酒人，也是温热的，甚至是有着幽默感的。

但在第二年（762年），也就是李白生命最后一年的春天，他告诉我们，他因病闲下来了。也就是说，酒局似乎没有了。看来在这一年的春天，他的病情加重了。他无法再像以前那样肆无忌惮地畅饮了。

此时他是在当涂李阳冰家中或李阳冰为其租赁的屋中养病。养病，而不是大块吃肉、大碗喝酒，这是他多么不习惯的生活啊。他说他整天寂寞无聊。春天来了，万物复苏，一派欣欣向荣的景象，他也只能看着，无法融入、享受这美好的春光。大好春天似乎与自己不相干了。他不甘心啊。因此，也许是在身体刚好一些后，他就急不可耐地游览了当涂的谢公亭，并写下了一首流露着对这个世界的热爱与欣喜的诗。

这是一个雪后的春日，他把路上的积雪扫到了松树下，抚摸着那些纠缠着的藤萝，沿着石头铺就的小路慢慢走着。到了谢公亭后，他发现，这儿池塘上已经悄悄长出了春草。他这个久不出门的病人，大口呼吸着新鲜空气的同时，饥渴地饱赏着这春天的景色。开满花朵的

[①] 《哭宣城善酿纪叟》："纪叟黄泉里，还应酿老春。夜台无晓日，沽酒与何人？"

枝条轻拂在他的身上，山中的鸟也向他叽叽喳喳地叫着，似乎是在欢迎他。他多半是在家中憋得够呛，一出来，顿时有一种天地清爽、身心清爽的欣喜。

让人惊讶的是，他告诉我们，他受到了当地农民的热情款待。结果又喝了个天昏地暗。只要见了美酒，什么病不病，身体不身体的，都一边去。李太白啊，你也太不把自己的身体当回事啦。你以为你的身体是一个可以无休无止装得下天下美酒的酒囊吗？

还值得注意的是，他踏着月光回去时，远远地看见小儿子在门前迎接他。他是多么高兴啊。他一生大多数时间都在各处漫游、流浪，很少享受到家庭的乐趣。而现在，有孩子陪在他的身边，这是一件多么让他高兴，也让我们高兴的事。如果我们想到，在这一年的十一月左右，他就去世了，那么，在他去世时，他的孩子至少有一个是在身边的，妻子呢，多半也是在身边的，我们多少也会有一种欣慰感。①

他现在过的就是这样的日子，只要有酒，他就高兴，一喝就到深夜。这等于是慢性自杀。但我们的诗人享受的就是现在，至于那不知藏匿在哪儿的死亡，他已不在乎，先喝了这口再说。他此时对死亡采取的是蔑视、无所谓的态度。

---

① 《游谢氏山亭》："沦老卧江海，再欢天地清。病闲久寂寞，岁物徒芬荣。借君西池游，聊以散我情。扫雪松下去，扪萝石道行。谢公池塘上，春草飒已生。花枝拂人来，山鸟向我鸣。田家有美酒，落日与之倾。醉罢弄归月，遥欣稚子迎。"

思乡曲

据说他还去过安徽宣城，是在这一年暮春三月的时候。他给我们留下了《宣城见杜鹃花》：

> 蜀国曾闻子规鸟，
> 宣城还见杜鹃花。
> 一叫一回肠一断，
> 三春三月忆三巴。

子规鸟就是我们平时所说的杜鹃鸟。据说远古时蜀王杜宇，因水灾让位于臣子，死后化为杜鹃，日夜悲鸣，泪尽而继以血，他的血最终也化作了杜鹃花。因此在古代文人眼里，它是一只浑身充满悲剧性的鸟儿。这种鸟在李白的故乡四川最多。它们一到春天的晚上，便开始叫个不停。到了六七月，叫得更厉害，昼夜不停，声音凄恻哀怨至极。据说它的叫声极似"不如归去，不如归去"，因此，中国古代离家漂泊的文人们，听到它们的叫声，没有不伤感思家的。

李白在四川的二十年，没少见过这种鸟，也没少听过它们不死不休的"不如归去"曲。所以，他对它们是极度熟悉的。他在诗中，也没少提到过它们。如在《蜀道难》中他曾说，"又闻子规啼夜月，愁空山"。那时他三十多岁，听到这种鸟叫，思乡的情怀往往被功名富贵、长生不老这些思想压倒；而现在，他已年迈，即将走向生命的终点，当年追求的那些东西，离自己越来越远。在这种情形下，突然见到了开得火红的杜鹃花，他不由得想到了故乡的杜鹃鸟，耳畔似乎也响起那不停地叫着的"不如归去，不如归去"的声音。这是故乡在唤

他回去啊。可是，他现在还回得去吗？

他的心中泛起了强烈的、充满伤感的思乡之情。他说，想起那熟悉的子规鸟的叫声，每叫一回，就叫人肝肠寸断一回。在这暮春的三月，故乡又怎不叫他忆恋？

这样悲苦的思乡情绪，在他一生中都是极为罕见的。他从二十四岁出川后，再没回去过。而现在，当他年迈无依，受人接济时，故乡，在他这个游子的心中，一下子具有了特殊的魅力。他的童年，他的青少年，整整二十年的岁月啊，静静地尘封在四川那个小县城的乡村中，似乎就等着他去揭开帷幕的这一天。

那么多熟悉的人，那么多熟悉的事，一定会像放电影一样在他脑中闪过。那些熟悉的人，多半都不在人世了。那些熟悉的事呢，他忘得了吗？父母紧紧地拉着他和哥哥弟弟们的手，生怕他们走散。他们这是要从遥远的碎叶长途跋涉到四川一个叫昌隆县清廉乡的地方去。这是他人生中第一次大搬家、大迁徙，他忘得了吗？他是不是对四川这个陌生的地方充满着向往呢？从父母零零碎碎的言谈中，得知他们一家是偷偷背着官府跑回来的，内心会不会隐隐地有一点担心呢？他到了四川便开始的读书岁月，多么不同于碎叶啊。他读六甲，读诸子百家，在父亲的指导下背诵司马相如的《子虚赋》，一个神奇的完全不同于现实生活的天地呈现在了他的面前，他忘得了吗？他的学剑，他的要做一个大侠的理想，他与那些剑客们的交往甚至冲突，他忘得了吗？在那一片道家氛围浓厚的天地间，他十五岁就开始的学道求仙，他忘得了吗？他在山中养下的千百只奇禽，他忘得了吗？他前往梓州师从赵蕤学习纵横术的经历，他忘得了吗？这些生活，影响了他一生的志趣与追求，他忘得了吗？

他多么想回到故乡去啊。哥哥弟弟们，你们现在在哪里呢？家乡的杜鹃鸟，你们还记得我吗？峨眉的山月，可还认得我吗？

可回得去吗？他已老迈，行动上不便；经济上，窘迫不堪；更重要的是，他一事无成，难道以一个落魄的糟老头子的身份回去吗？故乡欢迎他吗？他要强的自尊心受得了吗？

故乡只能存在于忆念中，无论如何是回不去了，也不能回去了。

他只能是在苦苦的思恋中向故乡告别。

向尘世的告别

而他向这个世界告别的时间也要到了。

据说，他去当年曾隐居过的当涂横望山旧居看望一位老朋友，写下了《下途归石门旧居》，向老朋友告别，也向旧日的一切告别。

这同样是一首奇怪的诗。首先是题目很怪。什么是"下途"，有人说是"乘船顺水而下"，是这样吗？那么，李白又从哪里乘船而下？反正这样的用法在《李太白全集》中是唯一的。而且，正如许多注家所指出的，这个题目似乎并不全，缺了类似"别人"的字样。其次，它表现出的情绪很特别。他似乎被离情别绪所压倒，语气低沉，节奏缓慢，似乎看破一切，却又有所留恋。和李白的那些"主流"作品大不一样。最后，这也许是最让我感到奇怪的：它整体气韵不够流畅，没有李白作品通常所具有的那种一气贯注的特征，给人一种断断续续、似连还断的感觉。似乎李白写这首诗时不在状态，有点魂不守舍的样子。

303

但我依然愿意把它作为李白晚年作品来看待，并用他来解读李白晚年的心绪。原因很简单，它所流露出的"非典型性"情绪，是那样切合李白暮年的心态，尽管这首诗写于何年充满了争议。

据说，他所告别的那位老朋友是道士吴筠。吴筠当年和他一块儿隐于剡中，后来被唐玄宗诏入长安，成了待诏翰林，进而也借机推荐了他，从而使他有机会与吴筠一起做待诏翰林，成为他一生最引以为荣的经历。他对吴筠，无疑是充满了感激之情的。当他得知吴筠就在他曾隐居的横望山时，他怎会不来看他？离别时又怎会不充满依依惜别之情呢？

当涂横望山面对丹阳湖，背倚秦淮水，同钟山遥相呼应，属于吴越之地。所以，一上来，李白就告诉我们，他是在吴越山高水清之处与吴筠告别的。他们当时的举止是"握手无言"，双方都陷入了别离的伤感之中。叙旧的话也许在相见相聚时已说了许多，此时相别，想起他们将面对别后不可知的茫茫时光时，他们沉默了。是此时无声胜有声吗？还是面对那飞速而来，又将飞速而去的时光，他们心头沉重，不知该说什么好。

李白说，我就要与你告别，乘船而去了，但人虽离开了，魂魄却还在，它们萦绕不去，徘徊在山边烟云弥漫的树丛中。也就是说，他不愿意离开这儿，不愿意离开吴筠。此时，吴筠就是一个象征，告别吴筠，就是告别青春，告别旧日时光。此时，他心情极度复杂，可谁又能够真正了解呢？他告诉我们，离别吴筠，他心中充满了抑郁、惆怅，不时泛起的还有惭愧之情：他做待诏翰林，没能做出一翻惊天动地的大事业，有愧于吴筠当年的推荐之恩啊。

这里，他再次提到了那个他经常挂在嘴上的词："国士"——国家杰出人才。这是他的自许，也是相当一部分人，包括吴筠对他的期许。"吴筠以国士待我，可是我却不能以国士报答他们，辜负了他们对我的厚望。"他并不能忘却自年轻时就立下的宏图大志，并不能忘却那个久久也未实现的梦想，即使到垂暮之年，到死亡之时。可遗憾也罢，不甘心也罢，他必须得承认，他的仕途是以失败告终了。这是他平生最大的遗憾。

他说，想当年他们在烟花烂漫的春天，喝了多少美酒啊；逢年过节，在那些达官贵人的府上，又聚会过多少次，痛饮过多少次？那时，他们对未来有着多少美好的打算啊。他们谁又能想到，他们最终的归宿、相聚会是在这当涂的"旧居"呢？谁又会想到，绕来绕去绕了一大圈，又回到了人生的起点呢？

而现在的吴筠呢，他似乎依然按照自己的志趣、自己的追求在生活。他明显地感到，吴筠不论身体状况，还是精神状态，都要比自己好许多。他看到的是，他的屋中案头上，摆满了道书，它们是用朱笔写在白绢上的，书摊开，白中透红，红白相映，犹如霞光灿烂。这说明吴筠仍在研读道家经典，他的精神世界和道家依然紧紧相连。郭沫若认为，"含丹照白霞色烂"这样的话，其实也是在形容吴筠"唇红齿白，鹤发童颜"。这是他凭直觉在说话，是他面对这样的文字生发出的想象。但这样的想象是有道理的。这让李白羡慕至极。他曾经也是走哪儿都是"仙药满囊，道书盈箧"呀。而现在呢，仙药他不吃了，也吃不起了；道书呢，他不看了，也没心思看了。他的身体，已明显地衰老，死亡已在向他招手了。成仙悟道，已与他无缘了。所以，他这里的羡慕，其实也是在变相地承认他求仙修道的失败——他只能以一个尘世之人告别人间了，尽管心底同样带着些许的遗憾、

不甘。

他说，他过去也曾求仙学道过，一心想着穷尽道家的精髓，还常常梦见自己在仙山上游玩。整天盼着自己哪天也能得道成仙，好进入那神奇的别一个天地中去。而从梦中醒来，眼前的现实是什么呢？当年王羲之他们在兰亭聚会，大发感慨，说用不了多久，这儿的一切都会成为陈迹，成为过去时。而现在，我也是同样的感受。人生啊人生，太短暂了，就像这窗户对面钟山的白云，稍纵即逝。一方面，是想进入神仙行列，想不朽，这是理想，是梦；另一方面，却是人生的短暂，肉身的凋朽，这是沉甸甸的无法回避的现实。醒来后，他似乎只能面对这无法逃避的现实。

令人困惑的是，他忽然告诉我们，"惜别愁窥玉女窗，归来笑把洪崖手"：上次相别，是在嵩山玉女窗，这次归来，我兴奋地握住您的手。是谁在别谁？是李白在嵩山别吴筠，还是吴筠在嵩山别李白？而且这里是"惜别"，而非"昔别"，理解为"上次相别""昔日相别"对不对？他的思绪为什么一下子又飘到了当年？是为了引出后面他要继续说到的旧居？文气为什么这样飘忽不定？是面对离别，他的情绪处于剧烈的波动之中吗？

接下来，他说到当年道教的著名人物陶弘景曾在这儿隐居修道炼丹，所以，这儿的寺叫隐居寺，这儿的山叫隐居山。我当年来这儿的时候，还很年轻，身体特别棒，曾一气攀上过那座山，欣赏那儿的美景，悠闲自得得很。那背后的意思就是，现在老啦，不行啦，一气登上去，那是不可能啦。

但他随即又说，他昨天在山上见到几个老翁，就如《庄子》中所描写的仙人一样，"肌肤若冰雪"——这是古人想象中的神仙的主要特征之一。在他们的想象中，神仙吃的是风，喝的是露，整天云里来，雾里去，不劳动，不晒太阳，连一点血色都没有——他们多半是按照当时统治阶级的生活和形象来塑造神仙的。但李白在深山里，见到的这几位老人，就是这么白，和书中描写的神仙差不多。多半也是常年在深山中，不晒太阳的缘故。

但李白不这么认为，他多半觉得是修仙炼丹的结果。这让他很惊讶，一问人家，结果人家都不知道自己已活了几个甲子了。一个甲子六十年，李白这一算，应该是更加吃惊。这可是他一直企盼的境界啊。他多半会想：为什么人家达到了，我却达不到呢？我才活了一个甲子，怎么身体就这么差了呢？

但他似乎已无所谓了，面对这样差的身体，面对即将来到的死亡，你再羡慕人家的长寿，又有什么用呢？所以，他不愿想了，不愿意再谈这些不知活了多大岁数的老人了。他话题一转，说的是，我虽离开了许久，这儿的景物变化可真大，但现在，一草一木，我都辨认得清清楚楚啦。

李白的原话是"如今了然识所在"。这是一句有着天然"歧意"的诗。你可以理解成：旧居的一切，我都认得一清二楚啦；你也可以理解成：随着岁月推移，我也认清了我之所在。我是谁、我从哪里来、我要到哪里去，这些人生根本的命题，他心里已有了清晰的认识，再不会为这些东西烦恼啦。

也许正因为此，所以，他才对吴筠说，不要悲伤，不要认为这次我们没有尽情欢乐，你的好客，我是清楚的，留待下次吧。下次的聚会才更值得期待啊。他这是在安慰吴筠吗？还是在安慰自己？或者说，尽管他清楚那吞噬自己的阴影马上就要到来，但在没来之前，他该干啥照样干啥。所以，他像普希金一样，尽管自己多么多么悲伤，但对朋友，对他人，他说的是：不要悲伤，也不要痛苦。这是朋友对朋友的责任，也是诗人对社会的责任。

但接下来，李白向他的朋友吴筠提到了他当年的旧居石门。吴筠和李白虽先后隐居于当涂横望山，但吴筠隐居地在当年陶弘景隐居的附近，也就是隐居山，隐居寺那儿。这也是这次李白与吴筠告别的地方。而李白当年的旧居却在石门一带，这从这首诗的题目就可以看出来。

他说，石门那儿就像陶渊明描写的桃花源一样，桃花盛开，流水处处，到处都跑着鸡呀猪呀，种着桑呀麻呀。这分明是当地农民居住生活的地方。而李白现在开始对这样的生活大唱赞歌。他说，这样的生活，悠然自得，既远离城市的喧嚣，又和修道炼丹、骑鹤云游的生活有着相当的距离。这里，他明显地倾向了这种自给自足、自食其力的生活，而对富贵生活、神仙生活采取了一种远视，甚至可以说远离的态度。既然神仙他们离我很远，或者说，远离了我，我为什么不能像这儿的农民一样过一种恬然自得的生活呢？这样的生活难道不值得投入热情和生命吗？难道比那些城里的达官贵人差吗？既然这样，我为什么还要常常和达官贵人们混在一起呢，就是得到了千金万金的荣华富贵又能怎样呢？

这里，他无论是对他昔日孜孜以求的神仙生活，还是荣华富贵，均做出了反省。这是罕见的。他以前一旦在政治上受挫，就开始鄙视荣华富贵，他对荣华富贵、达官贵人之类，没少鄙夷、批判，但他批判的结果是走向求仙。也就是说，他不追求贵，就追求仙，一直在这两者之间摇摆。而现在，这种摇摆不见了，他走出了这两者所织成的人生旋涡。他似乎觉醒了，或者更准确地说，是彻悟了。而这种对人生的新认识，正是建立在"了然识所在"的基础上的。他不再追求虚妄的神仙与富贵，开始坦然面对自己，面对现实——来吧，新的人生；来吧，新的生活；来吧，新的李白。他如凤凰涅槃一般，重生了。

最后，李白回到了这首诗的主题，那就是告别。他说，老朋友，和你离别后，我会常常想你的。这一别后，我们俩就像浮云，不知道要飘向哪儿；就像细雨，不知道要落向何方。他很清楚，这一别之后，多半就是永别。不论是云，还是雨，要不了多久，都会从这个世界上消失了。他也要在世界消失了。永别了，老朋友。永别了，世界。

他说，你知道我现在的心情吗？就像这春天傍晚时分的杨柳枝，如万千条丝线一样飘舞。他当年别元演时，说"问余别恨今多少？落花春暮争纷纷"。都是春天，都是别自己的好朋友，他的心情，一个像晚春的花朵一样纷纷飘落，一个像初春黄昏时分的柳条轻轻飘扬。明显地，前者的情绪要浓烈得多、伤感得多，而后者，则平淡得多。他更多的是淡淡的惆怅。即使是说苦，这种苦也是淡淡的。

黄昏中，随风飘舞的杨柳枝条——这是他告别吴筠时的情绪，也是他此时自身的形象。他的人生已到了黄昏。经过多少次的风雨飘摇，他这条杨柳枝，最终要飘向哪里呢？那个黑暗飘飞的世界里，又会是什么样子呢？他还会见到他的父母吗？他还会再度在父亲的指导下背诵司马相如的《子虚赋》吗？他还会遇到这么多朋友吗？他还会这样度过他的人生吗？

一切都是昏黄的、未知的。

在未知的昏黄中，他走向自己人生的终点。①

毕生不忘的人生图腾

他死于这年（762年）的十一月左右。

在临终时，他把自己手头所有的诗文草稿都交给了李阳冰，并托付李阳冰为他的作品作序。可惜的是，当时他的作品已经"十丧其九"。我们今天看到的《李太白全集》，虽然经过了不同时代人们的多方收集，但依然不是他所有的作品。他是那种即兴吟诗的诗人，兴致一来，脱口而出，挥笔就写，自己并不太珍惜，如果收到他的诗的人也不珍惜，那么，他的作品必将如落叶般飘逝于风中。

李白对此很清楚，所以，他临终前的移交手稿带有"托孤"的性质：他的这些作品，在这时的他眼中，和自己仅存的孩子一样宝贵。他把自己最重要的生命结晶，全部托付给了李阳冰。

临终前，他作了《临终歌》：

> 大鹏飞兮振八裔，中天摧兮力不济。馀风激兮万世，游扶桑兮挂左袂。后人得之传此，仲尼亡兮谁为出涕。

这首诗是李白的人生告别词。他一直以大鹏自比，刚出道那阵，他写有《大鹏赋》；给李邕写诗，也说"大鹏一日同风起，扶摇直上九万里"；到生命的最后时刻，他依然遗憾自己这只大鹏"直上九万

---

① 郭沫若：《李白与杜甫》，长安出版社2010年版，第108页。

里"的人生使命未能完成。可以说，大鹏，已经成为李白的生命图腾。他的人生，是以大鹏始，以大鹏终的。但现在，这只振动八荒的大鹏，却没有力气了，就要离开这个世界了。这不能不令人悲伤。这是英雄老去的悲伤，也是人生梦想没有实现的悲伤。这样的悲伤谁又能够理解呢？当年孔子得知麒麟出现在乱世，伤心地哭了，后世谁又会为他这只未完成人生理想的大鹏哭泣呢？

尽管如此，他依然坚信，大鹏的"余风"会在以后的时代激荡。也就是说，他相信，他的人死了，他的诗一定会活着，而且会是"万世"地活着。

他把生命的价值全部寄托在了他的诗上。

他是对的。1200多年过去了，他的诗依然是中国乃至世界上最优秀、传诵最广的作品之一。李白这个名字，在后世，已经不仅仅是诗人的最高代表，也成为蔑视权贵、追求自由的代表；同时，他也成为一种充满人生激情充分享受生命的代表。后世有那么多李白的传说，有那么多"太白酒楼"，就是因为，李白或李太白这个名字，寄托了太多有关人生的梦想，比如自由，比如平等，比如对人生价值的不懈追求，比如像李太白所梦想的，像大鹏一样飞翔。

第十九章

李白这个人

一个时代的终结

李白的离去，也同时代表了一个时代的终结。这是一个需要用"大"字来形容的时代，更是一个出大诗、出大诗人的时代。王昌龄、孟浩然、王维、高适、岑参、李颀，当然少不了李白和杜甫，他们就像约好了一样，一块儿在这个时代出现，一块儿在这个时代发光，形成了让后世惊讶的灿烂星空。这个时代催生了他们，而他们给这个时代增辉。

在诗中，这个时代是理想的，浪漫的，向上的，慷慨激昂的，不可一世的，充满希望和自信的；是狂欢的，豪情的，乐观的，有无穷的精力和想象不断迸发的，是充溢着血性和激情的；是大声呐喊的，四处驰骋的，两眼向天的，跳跃的，躁动的，充满着男子汉气味的；是面目爽朗的，俊美的，健康的，流露着圣洁光辉的，充满着青春气息的；是和诗书、刀剑，血与火，激情与燃烧并肩而来的；痛苦也并不使人沉沦，而是催人向上的；擦干泪水后，依然眺望着天际和远方的。

而李白，则是这种时代精神的最好代表。他诗中一挥手，一投足，都充满着豪气和仙气。豪气者，"大鹏一日同风起，扶摇直上九万里"也，对人生有着绝对的自信；仙气者，"我欲因之梦吴越，一夜飞度镜湖月"也，对人生有着丰富的想象。如果用"丰神俊骨"这样的词来形容，那么豪气是俊骨，仙气是丰神。这两者，在成就李白上，缺一不可。试问，中国后来的诗人，哪一个可以具有这样的精神气质？不是他们不想有，而是他们有不了。自安史之乱后，那个社会氛围不存在了，那个精神世界更不存在了。他们已被那无形的枷锁笼罩了，限制了。可以说，在李白之后，那种目送飞鸿，手挥五弦的气质不可复见，那种天地与我共生，万物与我为一的精神不可复见。

李白的离去，标志着这个时代的结束。或者更准确地说，诗的盛唐结束了。

不可复现的天才

他和一切伟大的诗人一样，靠自己的作品说话。作品就是自己。如果把"天才诗人"这样的称号用在王勃、李贺身上，我们会觉得那只是对他们早逝的一种同情；而用在李白身上，却只是因为，再没有更恰当的词来形容他了。他出口成章，他下笔立就，他文不加点，他思维反应之快，从脑到口、到笔，似乎没有任何的过程。他似乎根本不用思索。"文思泉涌"这样的词，就是专门为他这样的人造的。

同是大诗人的杜甫，说他这个老大哥"敏捷诗千首""斗酒诗百篇"，面对这完全与他不同的生命、完全不同的写作方式，他同样是充满了惊讶的。如果这样产生的是些垃圾也就罢了，事实上却是，它们整体水平极高，相当一部分是杰作，至今依然被我们所热爱。这样的惊讶就不仅仅是对诗作的惊讶，更是对他这个人的惊讶。

古人在用"天才"这个词的同时，也常用"天材"这样的词，也许这样的词更接近李白这样的人。只能说，他是特殊材料制成的。这唯心吗？不，在面对李白这样的诗人的时候，我们必须得承认这样的事实。他和一般人就是不一样，他和那些大多数诗人就是不一样。他的思维方式不一样，他产生作品的方式也不一样。

诗人，特别是大诗人，他的禀赋，他的天生的气质，对一首诗的决定因素有多少呢？不知道。但我们绝对不能否认它们在其中所起的作用。每一个行当都有适合它的人。李白，也许从他出生的那一天起，就已经决定了，他是来写诗的，是来写好诗的，是来写与众不同的好诗的。人们常说李白的诗不可学，但试问，有哪个天才是可学的呢？对于李白的作品，我们不要想着从中去学招。那儿没有招，纯粹是一片性情。性情可学吗？所谓的无招胜有招，在李白这儿体现得最为明显。

高扬的自我意识

他是一个典型的自我表现派。他在诗中反复使用"我"字。这个"我"，从它在诗中出现的那天起，从来没有像在李白诗中那样突出、高大过；"我"的价值、"我"的追求、"我"的尊严、"我"的人格，也从来没有像在李白诗中那样强烈过。他也多次直接将"李白"写入诗中，如"李白与尔同死生""李白乘舟将欲行"等，也同样不过是向人表明，我是李白，李白是我，告诉他人"我"的存在，引起他人对"我"的重视。他是唐代对"我"最看重的诗人。也正因为此，他才显得那么自信，具有傲视一切、睥睨一切、冲决一切的勇气与豪气。而这种自信，有时候甚至到了极度自负、自恋的地步。

他曾坦言，他要"平交王侯""俯视巢由"。这是一个大胆的，足以让当时大多数人震惊失色的宣称，却也足以表明他的心态。王侯是权力的象征，巢由是道德的代表。而他，对它们采取的是平等的态度。你们并不高人一等。这是他的潜意识和潜台词。他是这样想，也是这样做的。甚至在某种程度上，不由自主地流露出了"我比你们强"的意识，也就是所谓"俯视"的心态。这里的"我"是巨大无比的，而那些现实中的高高在上者，在他的心中，反而是渺小的，甚至是可笑可鄙的。所谓"戏万乘若僚友，视俦列如草芥"，也不过是这一心态的外现。而当他在现实中受到轻视，受到不公正待遇时，他的反应也比一般人要激烈得多，就是因为，自我意识在李白身上，就如一个弹簧，受到的侵害越深、压力越大，他的反弹就越强劲、猛烈。

我们常常提到他的那些"大话"，无论是写山水的，如"飞流直下三千尺，疑是银河落九天""桃花潭水深千尺，不及汪伦送我情""黄河之水天上来"；还是写自己的，如"白发三千丈""天为容，道为貌，不屈己，不干人，巢、由以来，一人而已""文可以变风俗，学可以究天人"，都处处显出了他的"大"。可以说，他是一个"大"写的人，处处带着夸张和想象。他不是按照你看到的来和你说话，而是按照他感受到的、他想象到的来和你说话。这里充满了他的主观性。甚至某种程度上，他就是主观的代名词。在他那里，只要一张口，就是主观，就是想象，就是夸张，就是与你我眼中的"事实"差着十万八千里。他不讲客观，或者说，他不讲你眼中的客观，他讲的是他的"客观"。在他那里，客观与主观是难分难解的。他是一个不折不扣的感觉派。

一团矛盾

他和他同时代的那些同行，无一例外都是理想主义者。但"理想主义"这个词在他身上体现得更为充分。甚至，有时候，我愿意用"终生的做梦者"这样的话来概括他。他一生有个最大的梦想，那就是"使寰区大定，海县清一"。注意，他的志向不是要做什么文学家，他的志趣并不在此。他要做的是政治家，而且还是伟大的政治家。这是他毕生为之追求的梦想。今天，当我们细细审视他的这一梦想时，不由惊讶，这是一个何等高远的梦想，和杜甫"致君尧舜上，再使风俗淳"有着本质性的区别吗？和周恩来"为中华之崛起而读书"有着本质性的区别吗？这是一个诗人的梦想吗？今天我们的诗人们还会有这样的梦想吗？

而这样的梦想一旦在他的思想中扎根，他的生命走向基本上也就决定了，那就是用整个一生为它奔波、痛苦。有时候，我觉得他就像逐日的夸父一般，给自己设定了一个永远也达不到的目标。但正是对这一目标的不懈追求和受挫，才有了今天我们所看到的李太白。它不断激发着他的人生激情，也不断催生着他的诗歌。他诗中几乎无处不在的激情，其实就是无处排解的政治激情的发泄。他和杜甫一样，奔政治而去，却最终拥抱了文学。

除追求伟大的世俗功业外，他还有另外一个梦想，那就是对自由的迷恋与追求。他一生不停地学道求仙，无非是神仙们脱离了世俗、死亡的拘束，可以自由自在地生活；他一生多次写到大鹏，也无非是这只神鸟可以完全按照自己的心意，自由自在飞翔；而他在诗的形式上，那样不待见律诗，也无非是它清规戒律太多，一点也不自由。

功业，是出自世俗的需求；自由，却是出自本性的渴望，这两者很难兼得。但李白一生的"悲剧"却在于，他妄想把这两者"统一"起来。但最后的结果是，功业没有得到，自由也没有得到，使得他长期处于心灵的煎熬之中。只能说，无论在思想上，还是行为上，他都是一团矛盾。他的许多诗，就像正负两方在冲突、交战一般。那种心理上的纠结、矛盾、徘徊、痛苦，以及由此带来的张力，是其他诗人那里很难见到的。

他目标远，追求高，自然失望也就大，痛苦也就多。只不过，他的痛苦一旦化为诗句，就往往会被他体内自然而然生出的豪气压倒，不致使他绝望，也不致使我们绝望。他虽时时感受着痛苦，但本质上却并不是一个悲悲泣泣、唉声叹气的人。他是一个善于化悲痛为力量的人。即使痛苦，也是充满力量的。

赤子之心

他还是一个极端情绪化的诗人。沉稳、冷静，不动声色，这些都与他无关。

对于他，哭与笑是随时可以转换的，没有什么理由，仅仅是因为心情，因为感受。他诗歌中的情绪，一会儿就可能跌到了谷底。当然，他更多的时候是，跌到谷底后，你还没从悲痛中缓过劲来呢，他已经又冲到了高峰，在那里大谈美好的理想和未来。那是眺望波涛汹涌的大海的感受，是聆听贝多芬交响乐的感受，也是坐过山车的感受。

他对人对事对物，同样没有固定的看法，也看心情。心情一变，看法大变。他今天有可能把你捧到天上去，把你当偶像崇拜个没完，明天有可能就对你鄙夷不屑。不是他对你的态度有了根本的改变，只是心情有了变化而已。我们今天看到的他的那些肉麻话，无疑，也是情绪化的产物。在那一阵，他多半陶醉在自己的夸夸其谈、慷慨陈词中，控制不住自己。

他是"反复无常"吗？这样的词只反映出了他这个人的表象，却更多地误解了他这个人。

只能说，他是性情中人。他按着自己的性情来行事，这是大多数人无法做到的。因为他们太成熟了，太知道这背后的代价了。他们不敢这样。而李白为什么敢这样？原因只在于，他拥有着一颗童心。他人是一个成人，心却往往单纯得如同孩子。王国维认为，诗人，就是有着赤子之心的人。所谓赤子之心，也就是童心。李白恰恰就是这样的一个人。一个小孩子，他会和你隐藏他的情绪吗？他会喜怒不形于色吗？他的脸是不是动不动就阴晴不定呢？在世俗人的眼里，他的心理永远都没有"成熟"。而也正是这种"不成熟"，在某种程度上，成就了诗人李太白，也断送了政治家李太白。而这种断送，却也正是今天的我们所乐于看到的。政治家，即使是优秀的政治家，我们代不乏人；而李太白，却只有一个。

左手持书右手持剑的人

他是一个持剑而来的诗人。他将书与剑结合得那样紧密，以至于有时候，我们不知道是该称他侠客还是该称他诗人。或者说，他是左手持书，右手持剑。他的一生也基本上演绎了"书剑飘零"这个词。他的诗，韵高，往往一气呵成，如同长江大河，无有断绝；声雄，铿锵铿锵，如同万马奔腾，锣鼓齐鸣；气壮，心气高，底气足，一出口，吐出的就是干云豪气，即使向人借钱，都显得理直气壮。而气壮是韵高声雄的底子或原因。这是一个壮士在写诗，是一个英雄在写诗，是一个身上带剑，心中有剑的人在写诗。记得德国诗人海涅曾说，"我是剑，我是火焰"。其实，李白也有资格这样宣称。他的诗中有一种别人所没有的节奏感或速度感，快，忽上忽下，猛然的回旋，突然而来的高扬，这是舞剑的节奏和速度。毛笔在他手中，是当剑来使的。它总是让我想起杜甫笔下公孙大娘的剑舞，那样的目不暇接，却又收放自如。说他诗中有豪气，有英雄气，不如说他诗中是一片剑气纵横。他是人剑合一的。

发现大好山河的人

他是一个发现了祖国大好山河的诗人。河山只有到了李白眼中、笔下才开始"形势大好"起来，它们似乎就在那儿等待，等待一个叫李太白的人来发现它们、欣赏它们、歌唱它们，从而吟出"飞流直下三千尺，疑是银河落九天""黄河之水天上来，奔流到海不复回""朝辞白帝彩云间，千里江陵一日还""登高壮观天地间，大江茫茫去不还"这样壮美的诗句。李白因山河之壮丽之多姿而激动而欣喜，山河因李白的诗句而增色而添彩。山水到了李白笔下，激动了起来，活跃了起来，他使中国的山河焕发出了前所未有的光彩与生机。他用他的诗唤醒了沉睡的山河大地，也唤醒了读到他的诗的无数沉睡的灵魂。

他同样使山河万物带上了灵性。在他眼中，月亮是有情的。他举杯邀请明月与他对饮（"举杯邀明月，对影成三人"）；他要与月亮结伴到银河里（"永结无情游，相期邈云汉"）；他把忧愁寄给了明月，要它随风一块儿到远方的朋友那儿去（"我寄愁心与明月，随风直到夜郎西"）；他下山的时候，月亮也随着他一块儿下山（"暮从碧山下，山月随人归"）。山是有情的，他望着山，山也望着他，谁也不讨厌谁（"相看两不厌，只有敬亭山"）。水是有情的，故乡的江水，不顾万里之遥，一路上恋恋不舍地送别着他（"仍怜故乡水，万里送行舟"）。面对这些山水万物时，他的心地单纯得如一块水晶，在那里反映出的一切，都是含情的。天人合一，只有在他这里，才得到了最为真切的体现。

建立诗的新世界的人

他是解放中国诗歌语言的诗人。一个诗的新世界在李白手中建立起来了。中国诗歌语言，到了他手中，清新了，简单了，深入浅出了，多姿多彩了，他的"眼前景"，他的"口头语"，会成为神奇的作品。其神奇之处也许在于，简单的，一看就懂的，却又耐嚼，耐品，耐分析，一下子打动你，唤醒你的记忆，打开你心灵的闸门，却又带有李太白"只此一家"的标记，带有李太白的气味和面目。你如果对诗的嗅觉稍微灵敏的话，仅仅凭着其中的味道，你就可以判断出一首诗是不是李白所作。记得鲁迅说过，从喷泉里出来的都是水，从血管里出来的都是血。那么，是不是可以说，从李白笔下流出的，都是诗？而且相当一部分还是好诗？中国诗歌语言到了他手中，已经到了随心所欲不逾矩的地步，或者说，达到了"自由"的境界，想怎么玩就怎么玩了。

他是一个集大成的诗人。他创造性地学习了此前所有的优秀文化。在学习上，他一反常态，是那样地谦虚。此前的文化成果，包括那些别人不一定放在眼里的民歌，包括后来他评价不高的六朝文学，他几乎没有不接触不借鉴的。在学习上，他广收博采，一点不狭隘，也不浮躁。正因为海纳百川，所以才有容乃大。他的四言诗，使这一几乎已濒临绝境的形式焕发出了新的光芒；他的乐府诗，使这一自汉代而来的旧形式得到了前所未有的改造和提升，他赋予了它们新的个性和灵魂；他的绝句，特别是七绝，是他心灵中自然而然流出的清泉，就神韵丰采而言，恐怕就是"七绝圣手"王昌龄也无法相比；他的长篇歌行，是他灵魂的绝唱，是他心灵上奏出的交响，那里有他强烈的自我在跳动，也是最能体现出李太白之为李太白的作品；即使是他不大看得上的律诗，在他手中，也变得灵动、飞扬起来。说实在的，如果唐诗中没有李白这一路不按规矩出牌，只凭心到手到写出的律诗作品，我都要嫌这一形式太教条，太呆板，太死相。只能说，几乎任何形式在他手中，都具有了飞扬的生命。

有这样的人，才有这样的诗

李白最让人惊讶的，是他那旺盛得如同火焰，充沛得如同江河的生命力。他是一股奔腾不息的生命之水，自来到这个世上，就喧哗着，呐喊着，冲撞着，潺潺着，从不知停止，从不知劳累，即使污秽缠身，也会很快地自我净化，把那些污秽冲刷得干干净净。有时是野性的，有时又是柔和的；有时是慷慨激昂的，有时又是一往情深的；有时是呼天喊地，恨不得冲破整个世界的，有时却又是物我两忘，静静地融入自然，与自然成为一体的。但却从来没有停滞过、放弃过，总是一个劲地往前冲，冲，冲。他的那些诗，和他的行侠学剑、游山玩水、炼丹求仙、喝酒、从政一样，都是他不可抑止的生命力的外现。可以说，有这样的人，才有这样的诗。

无冕之王

总之，他是那个时代最耀眼的一颗星，或者如我前面所说的，是那个时代的太阳，没有哪个诗人的光芒可与他相比。他有他的庸俗之处，但他的那些庸俗，不过是太阳中的黑子，它无法掩盖太阳的光芒，最终会被他那些光芒四射的作品所洗涤，所冲淡，所照亮。或者说，他的庸俗是一个伟大诗人的庸俗，我们会因为他杰出的诗，而理解、原谅他的庸俗。

他也是最能代表盛唐气象的诗人。所谓盛唐气象，我以为就是，爱祖国，爱百姓，爱生活；有理想，有朝气，有信心；敢作为，不放弃，特英雄，用整个身心去拥抱大千世界，包括那虚无缥缈之境；用整个生命去灌注理想的花朵，即使这理想无法实现，仍然不屈不挠，无怨无悔。而李白，就是盛唐浇灌出的最艳丽、最灿烂的理想之花、英雄之花。他是诗人中的英雄，英雄中的诗人。一句话，他是那个时代的无冕之王。

主要参考书目

李白著，王琦注.李太白全集[M].北京：中华书局，2011.

詹锳主编.李白全集校注汇释集评（1—8）[M].天津：百花文艺出版社，1996.

赵昌平.李白诗选评[M].上海：上海古籍出版社，2002.

苏仲翔选注.李杜诗选[M].杭州：浙江文艺出版社，1983.

安旗，薛天纬.李白年谱[M].济南：中州书画社，1983.

刘维崇.李白评传[M].台北：台湾商务印书馆，1996.

周勋初.李白评传[M].南京：南京大学出版社，2004.

李长之.李白传[M].北京：东方出版社，2010.

王瑶.李白[M].上海：上海人民出版社，1979.

林庚.诗人李白[M].上海：古典文学出版社，1957.

郭沫若.李白与杜甫[M].北京：中国长安出版社，2010.

张炜.也说李白与杜甫[M].北京：中华书局，2014.

王辉斌.李白研究新探[M].合肥：黄山书社，2013.